30

D0596314

UNION GÉNÉRALE D'ÉDITIONS
8, rue Garancière – PARIS VIᵉ

Dans la même série

MEURTRE SUR UN BATEAU-DE-FLEURS

(Les Nouvelles Enquêtes du Juge Ti)

PAR

ROBERT VAN GULIK

Traduit de l'anglais
par Roger GUERBET

Série « Grands Détectives »
dirigée par Jean-Claude Zylberstein

La première édition en France de « The Chinese Lake Murders » a
paru en 1963 au Club du Livre policier sous le titre : « Les Nouvelles
Enquêtes du Juge Ti » dans cette traduction de Roger Guerbet.

ISBN – 2-267-00609-9

LES PERSONNAGES

*En Chine, le nom de famille
(imprimé ici en majuscules)
précède toujours le nom personnel.*

PERSONNAGES PRINCIPAUX :

TI Jen-tsie,
*magistrat nouvellement nommé à Han-yuan,
petit district de montagne
près de la capitale.*

HONG Liang,
Sergent du tribunal.

MA Jong et TSIAO Taï,
Premier et second lieutenants du Juge Ti

TAO Gan,
*qui fait son apparition au chapitre douze et devient
le troisième lieutenant du juge.*

PERSONNAGES QUI JOUENT UN RÔLE DANS L'AFFAIRE DE LA COURTISANE NOYÉE :

HAN Sei-yu,
gros propriétaire foncier, l'un des premiers citoyens de Han-yuan.

Chaton-de-Saule, *sa fille.*

Mlle Fleur-d'Amandier, Mlle Anémone, Mlle Fleur-de-Pêcher,
Courtisanes du Quartier des Saules de Han-yuan.

WANG,
Maître de la Guilde des Orfèvres.

PENG,
Maître de la Guilde des Argentiers-joailliers.

SOU,
Maître de la Guilde des Ciseleurs de Jade.

KANG Po,
riche marchand de soieries.

KANG Tchong,
son frère cadet.

PERSONNAGES QUI APPARAISSENT DANS L'AFFAIRE DE L'ÉPOUSÉE DISPARUE :

TCHANG Wen-tchang,
Docteur en littérature.

TCHANG Hou-piao,
son fils, Candidat aux Examens littéraires.

LIOU Fei-po,
riche marchand de la capitale.

Fée-de-la-Lune,
sa fille.

MAO Yuan,
Charpentier.

MAO Lou,
son neveu.

PERSONNAGES APPARAISSANT DANS L'AFFAIRE
DU CONSEILLER PRODIGUE :

LIANG Meng-kouang,
Conseiller Impérial; retiré à Han-yuan.

LIANG Fen,
son neveu qui lui sert de secrétaire.

WAN Yi-fan,
agent d'affaires.

ET ENFIN :

MENG Ki,
Grand Inquisiteur Impérial.

Le Ciel, qui composa le Grand Rouleau de notre vie,
Seul en connaît le début et la fin... s'il a une fin!
D'humbles mortels sont incapables de déchiffrer son texte,
Nous ignorons même dans quel sens il se lit.

Assis derrière le siège du tribunal recouvert d'écarlate,
Les juges ont comme le Ciel pouvoir de mort et de vie,
Sans pourtant posséder la Lumière d'En-Haut. Qu'ils
prennent garde,
Et nous avec eux: ceux qui jugent seront un jour jugés!

I

*Un fonctionnaire impérial
de l'Époque Ming achève dans le désespoir
une singulière confession;
le juge Ti se rend sur un bateau-de-fleurs
pour assister à un banquet.*

Personne, je crois, ne qualifiera d'insignifiante carrière les vingt années passées par moi au service de notre illustre Empereur Ming [1]. Il est vrai que mon père vénéré le servit cinquante années et venait de célébrer son soixante-dixième anniversaire quand il mourut avec le titre de Conseiller d'État. J'aurai quarante ans dans trois jours, mais fasse le Ciel Auguste que je ne sois plus alors de ce monde.

Au cours des instants de plus en plus rares où mon pauvre cerveau tourmenté redevient un peu lucide, je revis par la pensée les heures d'autrefois. C'est la seule évasion qui me soit encore permise. Il y a quatre ans, je fus nommé Investigateur de la Cour Métropolitaine, honneur insigne pour un fonctionnaire de trente-cinq ans, et tout le monde me prédit alors le plus bel avenir. Combien j'étais fier de la magnifique demeure qui me fut attribuée, et comme j'aimais parcourir ses splendides jardins, la main de ma fille dans la mienne. Ma fille! Si jeune que fût alors cette

1. Pour cette note et celles qui suivront, se reporter en fin de volume (page 297), où toutes les notes indiquées en cours de texte ont été regroupées.

enfant de quatorze ans, elle connaissait déjà le nom littéraire de toutes les fleurs que je lui montrais. Il y a seulement quatre années de cela et ces choses me paraissent à présent lointaines comme les souvenirs confus d'une vie antérieure.

Ah, te voilà revenue, Ombre menaçante! Tu approches, et moi je recule, terrifié. Mais je dois t'obéir. Tu trouves qu'un instant de répit si bref est encore trop pour moi? Pourtant, n'ai-je pas exécuté tous tes ordres? Le mois dernier, à mon retour de cette funeste cité de Han-yuan nichée au bord de son lac sinistre, n'ai-je pas immédiatement choisi une date propice pour les noces de ma fille? N'est-elle pas mariée depuis une semaine? Je ne saisis pas tes paroles... mes sens sont engourdis par une insupportable douleur. Comment? Ma fille doit apprendre la vérité? N'auras-tu donc pas pitié de moi! Ce secret de mon cœur va briser le sien. Non... non, ne me torture pas davantage, j'obéirai.

Je vais tout écrire sous ton regard glacé, bourreau impitoyable que je suis seul à voir. Mais lorsque la Mort a posé sa main sur un homme, les compagnons du condamné ne s'en aperçoivent-ils pas? Lorsque je croise une de mes épouses ou une de mes concubines dans les couloirs à présent déserts, elle détourne la tête. Quand, assis devant mon bureau, je lève les yeux du rouleau que j'étudie, c'est pour rencontrer le regard de mes employés; et quand vite ils se penchent à nouveau sur leur travail, je sais qu'ils touchent à la dérobée les amulettes dont ils ne se séparent plus. Depuis ma visite à Han-yuan, ils sentent bien que ce n'est pas la maladie seule qui me mine. On plaint un malade, un homme possédé du démon, on l'évite.

Ah, pourquoi me refusent-ils leur pitié! A moi

qui ressemble au misérable condamné que le bourreau force à s'infliger lui-même le terrible supplice de la mort lente. On souffre pour lui quand on le voit trancher morceau par morceau sa propre chair, mais chaque lettre que j'écris, chaque message chiffré que j'envoie, n'est-ce pas une parcelle de chair que je détache de moi? Les fils de cette ingénieuse toile d'araignée tissée par mon intelligence sur toute l'étendue de l'Empire sont sectionnés les uns après les autres, et chaque fil coupé représente un espoir déçu, un rêve évanoui. A présent, il ne reste plus trace de mon œuvre. Personne ne saura jamais de quoi il s'agissait. J'imagine même que la *Gazette Impériale* imprimera une notice nécrologique consacrée «au jeune fonctionnaire plein de promesses, mort prématurément à la suite d'une longue maladie». Longue, oui... longue au point de ne plus laisser de moi qu'une carcasse exsangue.

Voici venu le moment où le bourreau plonge sa longue lame dans le cœur du supplicié pour le miséricordieux coup final. Pourquoi veux-tu prolonger mon agonie, Ombre terrible au nom pourtant fleuri? Pourquoi veux-tu déchirer mon cœur jusqu'au dernier lambeau en m'obligeant à tuer l'âme de ma fille trop aimée? Elle n'a commis aucun crime. Oui, oui, je t'entends, tu veux qu'elle sache *tout!* Eh bien, je vais lui dire comment les Pouvoirs d'En-Haut m'ont refusé la mort rapide choisie par moi pour me condamner à une lente agonie entre tes mains cruelles, et cela après m'avoir accordé la brève vision d'un bonheur possible.

Ma fille connaîtra notre rencontre sur le lac et la vieille histoire que tu m'as racontée, mais, s'il y a un Ciel, je jure qu'elle me pardonnera. Elle pardonnera au traître et au meurtrier, mais à toi, elle ne pardonnera pas car tu es la haine incarnée, et tu vas mourir avec moi... mourir pour toujours. Non, n'essaie pas à présent de retenir ma main. Tu m'as dit d'écrire, j'écrirai! Que le Ciel ait pitié de moi... et, peut-être, de toi aussi. Trop tard maintenant je te reconnais pour ce que tu es, et je sais que tu tortures seulement ceux dont les noires actions t'arrachent au monde infernal.

Voici donc comment les choses se passèrent.

La Cour m'avait envoyé faire une enquête à Han-yuan. Il s'agissait d'une affaire assez compliquée de détournements de fonds et l'on soupçonnait les autorités locales d'avoir participé aux malversations. Cette année-là, tu t'en souviens, le printemps fut précoce. Un sentiment d'attente faisait vibrer l'air attiédi, et, avec une insouciante témérité je songeai, l'espace d'un instant, à emmener ma fille avec moi. Mais je sus me ressaisir à temps, et pris à sa place Chrysanthème – la plus jeune de mes concubines – espérant ainsi retrouver la paix de l'âme, car Chrysanthème m'avait été très chère... avant. Arrivé à Han-yuan, je me rendis compte de la vanité de mon espoir. Celle que j'avais laissée dans la capitale tenait une place plus grande que jamais dans mon âme. Toujours son image se dressait entre Chrysanthème et moi et m'empêchait de seulement effleurer la jolie main effilée de ma compagne.

M'efforçant d'oublier, je consacrai fiévreusement toutes mes heures à l'affaire de détournements. Je l'éclaircis en une semaine; le coupable était un employé de la capitale et il avoua tout. Le dernier soir de mon séjour, des citoyens reconnaissants m'offrirent un splendide banquet d'adieu dans leur Quartier des Saules, renommé depuis des siècles pour la grâce et l'esprit de ses chanteuses et de ses courtisanes. Admirant la promptitude avec laquelle j'avais débrouillé cette pénible affaire, ils ne me ménagèrent pas les compliments. Leur seul regret, me dirent-ils, était que je ne puisse voir danser Fleur-d'Amandier, la plus belle et la plus accomplie de leurs danseuses. Elle portait ce nom en souvenir d'une fameuse beauté d'autrefois dont on avait beaucoup parlé à l'époque T'ang. Malheureusement, elle venait, le matin même, de disparaître d'inexplicable façon. Si je pouvais rester quelques jours de plus, ajoutèrent-ils, j'éclaircirais sans doute aussi ce mystère-là! Leur flatterie me chatouilla plaisamment, je bus plus que de coutume, et quand, tard dans la nuit, je regagnai le somptueux logis mis à ma disposition, j'étais d'excellente humeur. Tout irait bien, j'allais rompre l'envoûtement!

Chrysanthème m'attendait revêtue d'une légère robe couleur de pêche qui mettait en valeur ses formes juvéniles. Le doux regard de ses beaux yeux m'enflamma et je m'apprêtais à la prendre dans mes bras quand, brusquement, une autre silhouette – la silhouette à laquelle je n'avais pas le droit de penser – apparut entre ma concubine et moi.

Un violent frisson me secoua. Murmurant je ne sais quelle excuse, je sortis et courus jusqu'au jardin. Je suffoquais, il me fallait de l'air, et comme la nuit était chaude et étouffante, je décidai de gagner le lac. Je sortis sur la pointe des pieds pour ne pas éveiller le portier et j'atteignis bientôt le bord de l'eau. Le cœur plein de désespoir, je m'arrêtai pour contempler sa surface tranquille. A quoi serviraient mes plans si soigneusement conçus? Peut-on commander aux autres si l'on est incapable de se maîtriser soi-même? Un seul dénouement était concevable, je venais de le comprendre.

Ma décision prise, je sentis la paix renaître dans mon âme. J'ouvris un peu ma robe de soie cramoisie et repoussai mon bonnet de gaze noire afin de dégager mon front moite. Je longeai tranquillement le bord du lac, cherchant l'endroit voulu pour réaliser mon dessein. Je crois bien même que je chantonnais. Le meilleur moment pour quitter le grand hall décoré n'est-il pas celui où les bougies rouges brûlent encore et où le vin ne s'est pas refroidi dans les gobelets d'or? Je goûtais le charme du décor qui m'entourait. A ma gauche, des amandiers en fleur emplissaient de leur lourd parfum la tiède nuit printanière, à ma droite l'étendue argentée du lac étincelait sous la lune.

A un détour du chemin, j'aperçus sa silhouette.

Debout sur la rive, et tout près de l'eau, elle était vêtue d'une robe de soie blanche [2] qu'une ceinture verte serrait à la taille; un nénuphar blanc ornait sa chevelure. Lorsqu'elle tourna la tête vers moi, un rayon de lune éclaira son adorable visage. Je compris dans un éclair que je venais de trouver la femme que le Ciel me destinait, la femme capable de rompre le charme maléfique.

Elle aussi le savait, car lorsque je fus près d'elle nous n'échangeâmes pas les rituelles formules de politesse. Elle dit simplement :

— Les amandiers fleurissent de bonne heure, cette année!

Et je répondis :

— Les bonheurs inattendus sont les plus grands!

— Le sont-ils toujours? demanda-t-elle avec un doux sourire un peu moqueur. Venez, je vais vous montrer où j'étais assise.

Elle passa entre les arbres, et je la suivis jusqu'à une petite clairière proche de la route. Nous nous assîmes côte à côte. Les lourdes branches fleuries des amandiers formaient un dais au-dessus de nos têtes.

— Comme tout ceci est étrange, murmurai-je ravi en saisissant sa petite main fraîche. J'ai l'impression d'avoir pénétré dans un autre monde!

Elle se contenta de sourire en me regardant du coin de l'œil. Je passai un bras autour de sa taille et j'appuyai ma bouche sur ses lèvres rouges, ses belles lèvres humides d'amour.

Son étreinte me guérit; elle rompit le charme néfaste, et notre passion brûlante cautérisa la blessure de mon âme.

Suivant du bout du doigt l'ombre des branches sur son beau corps aussi lisse que le jade le plus blanc, je m'entendis soudain lui expliquer le miracle qu'elle venait d'accomplir. D'un geste plein de langueur elle se débarrassa des fleurs que la brise avait fait voltiger sur ses seins et me dit en se redressant :

— J'ai entendu la même histoire il y a bien longtemps. Après une courte hésitation, elle ajouta : « N'êtes-vous pas juge? »

Je lui montrai l'insigne d'or qu'un rayon de lune faisait luire sur mon bonnet accroché à une branche basse, et je répondis avec un petit sourire :

— Mieux que cela, je suis Investigateur de la Cour Métropolitaine.

Elle hocha gravement la tête, et se faisant un oreiller de ses bras ronds, dit d'une voix songeuse :

— Je connais une vieille histoire qui vous intéressera peut-être. Il s'agit d'un juge très perspicace qui fut magistrat ici il y a plusieurs siècles. A cette époque...

Je ne sais combien de temps j'écoutai sa voix insinuante mais quand elle se tut la terreur me glaçait à nouveau le cœur. Je me levai d'un mouvement brusque, et, tout en rajustant ma robe, je lui dis d'un ton rauque :

— Ne te moque pas de moi avec cette histoire inventée de toutes pièces! Explique-moi plutôt comment tu as découvert mon secret. Parle, voyons!

Elle se contenta de me regarder, un sourire provocant sur ses lèvres charmantes. Ma colère n'y résista pas. Tombant à genoux, je m'écriai :

— Qu'importe après tout comment tu l'as appris! Je ne me soucie pas de savoir qui tu es réellement ni d'où tu viens. Mes plans sont mieux établis que ceux dont tu m'as parlé, et je te jure que toi, toi seule, seras ma reine! La regardant avec tendresse, je ramassai sa robe et murmurai : « Le vent souffle du lac, tu vas prendre froid! »

Mais au moment où je m'apprêtais à déposer le soyeux vêtement sur sa pâle nudité, j'entendis parler tout près de nous.

Un groupe d'hommes venait d'envahir la clairière. Embarrassé, je me plaçai entre les nouveaux arrivants et la femme étendue dans l'herbe. Un grave personnage que je reconnus pour être le Magistrat de Han-yuan jeta un coup d'œil par-dessus mon épaule. Il s'inclina profondément, et d'une voix où perçait l'admiration me dit :

— Ainsi, vous l'avez trouvée, Noble Seigneur! En fouillant sa chambre du Quartier des Saules, nous avons découvert le message laissé par elle. Nous sommes tout de suite venus ici, car un courant du lac coule en direction de cette crique. Ce qui tient du prodige, par exemple, c'est que vous ayez pu tout démêler si vite. Mais vous n'auriez pas dû vous donner la peine de la sortir de l'eau et de l'amener jusqu'à la route!

Se tournant vers ses hommes, il commanda :

– Allons, vous autres, apportez la civière!

Je me retournai brusquement. La robe blanche qui adhérait comme un suaire au corps de la jeune femme était ruisselante d'eau, et des herbes aquatiques se mêlaient aux mèches de cheveux collées sur son visage rigide et sans vie.

* *
*

Le crépuscule achevait de descendre sur Han-yuan. Assis bien droit dans un fauteuil placé sur la haute terrasse du tribunal, le juge Ti buvait son thé à petites gorgées en contemplant le panorama de la ville.

Des lumières commençaient à s'allumer un peu partout, trouant les unes après les autres la masse indistincte des toits. Plus bas s'étendait l'eau lisse et noire du lac dont la rive opposée s'estompait dans la brume accrochée aux contreforts montagneux.

La journée avait été torride et la nuit s'annonçait moite et étouffante. Sur les arbres qui bordaient la rue, au-dessous de lui, aucune feuille ne bougeait.

Le juge fit jouer ses épaules dans la robe officielle de lourd brocart, cherchant à les placer de façon plus confortable. L'homme d'un certain âge qui se tenait à son côté lui jeta un regard empreint d'une respectueuse sollicitude. Les notables de Han-yuan avaient décidé d'offrir à son maître un banquet sur l'un des bateaux-de-fleurs du lac et il songeait qu'à moins d'un changement de temps, cela n'aurait rien d'une partie de plaisir.

Caressant distraitement son épaisse barbe noire, le juge suivait des yeux les évolutions d'une barque lointaine qu'un pêcheur attardé ramenait vers le rivage. Lorsqu'elle eut complètement disparu, le magistrat leva la tête.

— Je n'arrive pas à m'habituer à cette ville sans remparts, dit-il. L'absence de murailles me met mal à l'aise.

— Han-yuan n'est qu'à une soixantaine de milles de la capitale, Noble Juge. Les Gardes de l'Empereur pourraient être ici très vite. De plus, les différentes garnisons...

— Non, non, je ne fais pas allusion au problème militaire, l'interrompit impatiemment le magistrat. Je parle de l'atmosphère de la ville. J'ai l'impression qu'il se passe beaucoup de choses ici dont on se garde bien de nous parler. Dans les cités pourvues d'une enceinte, les portes sont closes à la tombée de la nuit. On se sent tout à fait maître de la situation. Mais dans une ville ouverte aux quatre vents comme celle-ci, une ville dont les faubourgs s'égaillent au pied de la montagne ou s'étendent sur la rive du lac, les gens peuvent entrer ou sortir absolument comme il leur plaît!

Ne sachant que répondre, le Sergent tiraillа sa maigre barbiche grise. Il s'appelait Hong Liang et, vieux serviteur de la famille Ti, il avait bercé dans ses bras le juge quand celui-ci n'était encore qu'un poupon. Lorsque son maître fut nommé magistrat du district de Peng-lai (il y avait de cela trois ans), Hong insista malgré son âge pour l'accompagner dans ce premier poste provincial. Le juge le fit nommer Sergent du tribunal afin de lui donner un statut officiel, mais sa principale tâche consistait à servir de conseiller au nouveau magistrat qui pouvait parler à cœur ouvert avec lui de tous ses problèmes.

– Il y a deux mois que nous sommes installés ici, Sergent, reprit-il, et pas une seule affaire tant soit peu importante n'est venue dans le tribunal.

– Cela signifie que les citoyens de Han-yuan sont des gens respectueux des lois, Votre Excellence!

Le juge secoua la tête.

– Non, Sergent. Cela signifie qu'on nous tient à l'écart. Comme tu viens de le dire, Han-yuan n'est pas très éloignée de la capitale. Mais sa situation sur le bord d'un lac de montagne en fait un district plus ou moins isolé et peu de personnes étrangères à la région sont venues se fixer ici. Les membres d'une telle communauté sont étroitement solidaires, et si quelque événement désagréable se produit, on fait tout pour que le magistrat – cet intrus – n'en sache rien. Je le répète, Sergent, il se passe ici plus de choses que nous ne l'imaginons. De plus, ces singulières histoires qu'on raconte à propos du lac...

Comme il n'achevait pas sa phrase, le Sergent Hong demanda :

– Votre Excellence ne croit pas à ces contes?

– Y croire? Non, je ne vais pas jusque-là. Mais quand j'entends dire qu'en moins d'une année quatre personnes se sont noyées sans qu'on ait pu retrouver leurs corps...

A ce moment, deux hommes de haute taille vêtus de simples robes brunes et coiffés de petits bonnets noirs apparurent. C'étaient Ma Jong et Tsiao Taï, les deux autres lieutenants du juge. Chacun mesurait plus de six pieds de haut, et leur cou puissant ainsi que leurs larges épaules révélaient des boxeurs bien entraînés. Après avoir salué respectueusement son maître, Ma Jong annonça :

– L'heure fixée pour le banquet approche, Votre Excellence. Le palanquin est prêt.

Le juge se leva. Son regard s'arrêta un instant sur les deux hommes. Ma Jong et Tsiao Taï étaient tous deux d'anciens « Chevaliers des Vertes Forêts » – le nom poli qu'on donne aux voleurs de grands chemins. Trois années auparavant, ils avaient attaqué le juge sur une route déserte, mais le courage et la vigoureuse personnalité de leur victime les impressionna tellement qu'ils renoncèrent à leur déplorable profession et supplièrent le magistrat de les prendre à son service. Touché par leur visible sincérité, le juge Ti accepta *. La suite montra qu'il avait eu raison; les deux colosses le servirent avec loyauté et se montrèrent fort utiles en arrêtant de dangereux malfaiteurs et en accomplissant maintes tâches délicates.

– Comme je viens de le dire au Sergent, il se passe dans cette ville des choses qu'on nous cache avec soin, expliqua le juge. Pendant que j'assisterai à ce banquet, arrangez-vous pour faire boire les serviteurs et les membres de l'équipage, et faites-les parler!

Ma Jong et Tsiao Taï s'inclinèrent avec un large sourire. Ni l'un ni l'autre ne détestaient les missions de ce genre.

Les quatre hommes descendirent les degrés de pierre et arrivèrent dans la grande cour du Yamen ³.

Le palanquin de cérémonie attendait au bas des marches. Le juge Ti et le Sergent Hong y prirent place, et douze porteurs hissèrent les perches sur leurs épaules calleuses. Deux coureurs prirent la tête du cortège, tenant de grandes

* Voir *Trafic d'or sous les Tang*, coll. 10/18, n° 1619.

lanternes en papier sur lesquelles on pouvait lire :
« *Le Tribunal de Han-yuan.* » Ma Jong et Tsiao
Taï suivaient, accompagnés d'une demi-douzaine
de sbires en veste de cuir, la ceinture rouge
autour de la taille et le casque de fer sur la
tête.

Les gardes ouvrirent à deux battants la lourde
porte du Yamen et le petit groupe sortit. Les
porteurs franchirent d'un pied sûr les marches qui
descendaient vers la ville; ils arrivèrent bientôt
devant le Temple de Confucius, près de la place
du marché, et les coureurs se mirent à frapper
leurs gongs portatifs en criant : « Place! Place!
Son Excellence le Magistrat approche! »

La foule dense qui entourait les éventaires
éclairés par des lampes à huile s'écarta, jeunes et
vieux regardant passer le cortège avec une crainte
respectueuse.

Le palanquin continua sa descente à travers les
quartiers populaires avant d'atteindre la grande
route qui longeait le lac. Un demi-mille plus loin,
les porteurs prirent le chemin bordé de saules
élégants qui donnaient leur nom au quartier des
courtisanes et des chanteuses. Des lampions de
soie aux couleurs vives illuminaient gaiement les
demeures de ces belles filles, et dans l'air nocturne flottaient des bribes de chansons qu'accompagnait la musique d'instruments à corde. Des
jeunes femmes vêtues de robes voyantes se pressaient sur les balcons laqués de rouge et regardaient passer le cortège en bavardant avec anima-
tion.

Ma Jong, qui se proclamait volontiers fin
connaisseur en vins et en femmes, leva la tête afin
de ne rien perdre du charmant spectacle. Il
réussir à capter l'attention d'une jeune personne
potelée, au visage avenant, penchée au balcon

d'une des plus belles demeures. L'ex-Chevalier des Vertes Forêts lui décocha une œillade éloquente et fut récompensé par un sourire engageant.

Arrivés devant l'embarcadère, les porteurs déposèrent le palanquin sur le sol. Des notables vêtus de longues robes de brocart chatoyant attendaient l'arrivée du juge, et un homme de haute taille, en robe violette décorée de fleurs d'or, s'avança pour lui faire une profonde révérence. C'était le riche Han Sei-yu, l'un des plus importants citoyens de Han-yuan. Depuis des siècles sa famille occupait la vaste habitation bâtie sur le flanc de la montagne, à la même hauteur que le Yamen.

Han Sei-yu mena cérémonieusement le juge à un magnifique bateau-de-fleurs dont le large pont avant se trouvait de niveau avec le quai. Des centaines de lampions multicolores accrochés au toit de la grande cabine illuminaient les alentours. Lorsque le juge traversa l'entrée ornementale pour pénétrer dans la salle du festin, l'orchestre attaqua un air joyeux.

Han conduisit le magistrat à la place d'honneur, une haute table disposée au fond de la salle. Il lui indiqua un siège à sa droite, et les autres convives s'assirent aux deux tables plus petites placées en face l'une de l'autre, à angle droit avec celle de leur invité.

Le juge Ti promena son regard autour de lui. Il connaissait de réputation les fameux bateaux-de-fleurs de Han-yuan, ces maisons de rendez-vous flottantes où le visiteur d'un soir pouvait souper en compagnie féminine et passer la nuit sur le lac, mais le luxe du décor surpassa son attente. La pièce mesurait bien trente pieds de long, et des rideaux en bambou la fermaient à bâbord et à tribord. Quatre grosses lanternes tendues de soie peinte étaient suspendues au plafond laqué rouge, et les minces colonnes de bois doré avaient été sculptées par un ciseau de la plus délicate habileté.

Un léger balancement révéla que le bateau s'éloignait du rivage : quand la musique s'arrêta, on entendit le bruit rythmé des rames manœuvrées par des hommes enfermés dans la cale.

Han Sei-yu se hâta de présenter ses compagnons. La table de droite était présidée par Monsieur Kang Po, un vieillard maigre et légèrement voûté qui faisait le commerce de la soie. Quand il se leva pour s'incliner trois fois devant le juge, ce dernier constata que la bouche du vieil homme se tordait en un rictus nerveux et que son regard changeait à tout instant de direction.

Le gros homme à l'expression pleine de suffisance assis près de lui était son frère cadet, Kang Tchong. « Voilà deux frères qui doivent se ressembler aussi peu au moral qu'au physique », pensa distraitement le juge Ti.

Le troisième invité, un personnage tout rond à l'air pompeux, se nommait Wang. Il était Maître de la Guilde des Orfèvres.

Un homme assez grand et large d'épaules présidait la table opposée. Il était vêtu d'une robe prune brodée d'or et portait sur la tête un bonnet carré en gaze noire. L'expression autoritaire de son visage brun aux traits accusés, ses longs favoris et son épaisse barbe noire lui donnaient l'air d'un fonctionnaire impérial. Han le présenta comme un riche marchand de la capitale nommé Liou Fei-po qui avait fait construire une magnifique villa près de sa demeure pour y passer l'été. Les deux autres convives, Monsieur Peng et Monsieur Sou, étaient respectivement Maître de

la Guilde des Argentiers-Joailliers et Maître de la
Guilde des Ciseleurs de Jade. Le juge Ti nota le
contraste formé par leurs deux personnes : Monsieur Peng était un vieil homme très mince, aux
épaules étroites, à la longue barbe de neige;
Monsieur Sou, beaucoup plus jeune, avait la
carrure d'un lutteur professionnel et ses traits
vulgaires exprimaient un ennui maussade.

Han Sei-yu frappa dans ses mains. Aussitôt
l'orchestre entama un air gai, et quatre serviteurs
entrèrent, portant des plateaux chargés de plats
froids et de cruchons de vin. Han Sei-yu proposa
un toast de bienvenue et le souper commença.

Tout en grignotant canard et poulet, Han
adressa quelques paroles polies à son hôte. C'était
évidemment un homme cultivé, mais sous la
courtoisie de ses phrases perçait un certain manque de cordialité; il éprouvait visiblement peu de
sympathie pour ceux qui n'avaient pas eu le
bonheur de naître à Han-yuan. Quand il eut avalé
plusieurs coupes de vin, il sembla se détendre et
dit en souriant :

— Pour cinq tasses que je vide, Votre Excellence en boit seulement une!

— Je sais apprécier une coupe de bon vin,
répondit le juge, mais il faut une agréable occasion comme celle-ci pour me faire boire. Vous
traitez magnifiquement vos invités!

Han Sei-yu s'inclina.

— Nous faisons de notre mieux pour rendre
tolérable à Votre Excellence son séjour dans notre
humble district. Mais de simples paysans comme
nous sont indignes de votre noble compagnie et je
crains fort que Votre Excellence ne trouve Han-
yuan bien morne; il ne se passe jamais rien
d'important ici!

— Les dossiers du tribunal, répondit le juge,

m'ont révélé que les citoyens de ce district sont travailleurs et respectueux des lois, ce qui est une très agréable constatation pour un magistrat. Quant au manque de personnes éminentes, mon honorable hôte est beaucoup trop modeste! En plus d'une personnalité aussi distinguée que la sienne, n'avons-nous pas à Han-yuan le fameux Conseiller Impérial Liang Meng-kouang qui, m'a-t-on dit, a choisi cet endroit pour y finir ses jours?

Han leva sa tasse vers le juge et répliqua :

— La présence du Conseiller Liang est un grand honneur pour cette ville! Nous regrettons que l'état de sa santé l'empêche depuis six lunes de nous dispenser ses précieux enseignements.

Il vida sa tasse d'un trait; le juge Ti pensa que son hôte buvait un peu trop.

— Il y a une quinzaine de jours, dit-il, je me suis rendu chez le vieux Conseiller pour lui faire une visite de courtoisie, mais on m'a déclaré qu'il était souffrant. J'espère que ce n'est pas très grave?

Han regarda un instant le juge avant de répondre :

— Le Conseiller a près de quatre-vingt-dix ans. A part quelques rhumatismes et de petits ennuis avec sa vue, il jouissait jusqu'ici d'une santé remarquable pour une personne de son âge. Mais, il y a six lunes, son cerveau... Je crois que Votre Excellence ferait mieux de se renseigner auprès de Liou Fei-po à ce sujet; leurs jardins sont contigus et il rencontre le Conseiller plus souvent que moi.

— J'ai été fort étonné d'apprendre que Liou Fei-po était un négociant, remarqua le magistrat. Son physique, son allure, ses manières, tout en lui évoque le fonctionnaire impérial!

Baissant la voix, Han répondit :

– Il s'en est fallu de peu qu'il en soit un. Liou appartient à une vieille famille de la capitale et commença ses études avec l'intention de suivre la carrière administrative. Mais il ne fut pas reçu au second examen et en ressentit une telle amertume qu'il abandonna ses livres et se fit négociant. Sa réussite dans ce nouveau domaine fut si complète qu'il est à présent l'un des hommes les plus riches de notre province. Ses entreprises commerciales couvrent tout l'Empire, c'est pourquoi il voyage tant. Mais ne faites jamais allusion devant lui à ce que je viens de vous dire, car il n'a pas encore digéré son échec littéraire [4]!

Le juge fit un signe d'assentiment. Tandis que son voisin continuait à vider coupe sur coupe, il écouta négligemment ce qui se disait aux autres tables. Le jovial Kang Tchong venait de lever sa tasse vers Liou Fei-po en s'écriant :

– A la santé des jeunes mariés! Puissent-ils couler des jours heureux jusqu'à ce que leurs têtes soient devenues blanches!

Tous battirent des mains, mais Liou Fei-po se contenta de s'incliner légèrement.

Se penchant vers le juge, Han Sei-yu lui murmura :

– Liou a une fille qui s'appelle Fée-de-la-Lune [5]. Elle a épousé, hier, le fils unique du Dr. Tchang. Le Dr. Tchang est un ancien professeur de littérature classique qui habite de l'autre côté de la ville. Le mariage s'est célébré chez lui et les invités ont fait montre d'une gaieté... un peu tapageuse. Élevant la voix, Han ajouta : « Notre savant professeur nous manque. Il avait promis d'être des nôtres ce soir, mais au dernier moment il s'est fait excuser. Le vin servi à sa propre table s'est probablement montré trop capiteux! »

28

Tout le monde éclata de rire, à l'exception de Liou Fei-po qui se contenta de hausser les épaules en conservant son air morose. Le juge se dit que le riche négociant avait peut-être, lui aussi, fait trop honneur au festin nuptial. Il lui présenta ses félicitations, ajoutant : – Je regrette que le professeur ne soit pas venu. Sa conversation aurait sans doute été des plus intéressantes.

– Un simple marchand comme moi ne prétend pas comprendre la littérature classique, répliqua sèchement Liou, mais j'ai entendu dire que les bonnes mœurs ne sont pas toujours les compagnes fidèles du savoir.

Il y eut un silence gêné.

Han fit signe aux garçons qui roulèrent rapidement les rideaux de bambou. Tous les convives posèrent leurs baguettes pour admirer la splendeur du spectacle nocturne. On était à présent loin du rivage et les milliers de lumières de Han-yuan se réfléchissaient sur la nappe sombre du lac tandis que le bateau se balançait mollement sur place. Dans la cale, les rameurs mangeaient leur riz du soir.

Le rideau en perles de cristal placé à gauche du juge s'écarta soudain avec un tintement musical. Six courtisanes apparurent et vinrent s'incliner profondément devant l'invité d'honneur.

Han Sei-yu fit signe à deux d'entre elles qui demeurèrent près d'eux tandis que leurs compagnes se dirigeaient vers les autres convives.

Han présenta la première jeune femme au juge Ti.

– Voici Mademoiselle Fleur-d'Amandier, dit-il. Nous admirons tous son grand talent de danseuse.

Bien qu'elle gardât les yeux modestement baissés, le juge remarqua le charme de son visage aux traits réguliers mais à l'expression un peu froide. L'autre courtisane, Mademoiselle Anémone, semblait d'un naturel plus enjoué : quand ce fut son tour d'être présentée au magistrat, elle lui sourit immédiatement.

Tandis que Mademoiselle Fleur-d'Amandier remplissait la coupe du juge, ce dernier s'enquit du nombre de ses verts printemps.

— Dix-neuf, tous inutilement gaspillés, répondit-elle.

Sa voix douce était celle d'une personne cultivée et son accent rappela au juge celui de sa province natale. Agréablement surpris, il lui demanda si elle n'était pas originaire du Chansi.

Elle leva la tête pour acquiescer d'un air grave. A présent qu'il voyait tout l'éclat de ses grands yeux, le juge découvrit à quel point Mademoiselle Fleur-d'Amandier était belle. Mais il nota aussi dans son regard une sorte de feu sombre qui contrastait de façon curieuse avec la fraîcheur de sa jeunesse.

— J'appartiens à la famille Ti, de Tai-yuan, poursuivit-il. Dans quelle ville de notre grand Empire avez-vous vu le jour?

— Votre indigne servante est originaire de Ping-yang, répondit-elle.

Le juge Ti la fit boire dans sa propre coupe. Il s'expliquait maintenant l'étrange regard de son interlocutrice. Ping-yang était un district situé à quelques milles au sud de Tai-yuan, et ses femmes avaient la réputation d'être quelque peu sorcières. Elles connaissaient les incantations qui guérissent les malades, et certaines d'entre elles passaient même pour pratiquer la magie noire. Le juge se demanda comment une fille aussi belle — et visiblement de bonne famille — avait pu quitter le lointain Chan-si pour venir exercer la triste profession de courtisane dans leur petit district. Il se mit à bavarder avec elle, évoquant les beaux paysages de Ping-yang et les vestiges historiques qui abondent dans cette région.

Pendant ce temps, Han Sei-yu jouait au jeu des poèmes avec Mademoiselle Anémone. Chacun récitait à son tour un vers. Celui des deux partenaires qui se montrait incapable de dire aussitôt le vers suivant était mis à l'amende et devait vider une tasse de vin. A en juger d'après le manque de netteté de sa diction, Han avait dû perdre souvent. Renversé sur son siège, il contemplait l'assemblée avec un sourire béat, et sous ses lourdes paupières ses yeux semblaient sur le point de se fermer. Mademoiselle Anémone avait fait le tour de la table pour mieux voir son partenaire et suivait avec beaucoup d'intérêt ses efforts pour rester éveillé. Soudain elle pouffa et dit à Fleur-d'Amandier debout entre Han et le juge :

— Je vais lui chercher du vin bien chaud. Cela le remettra d'aplomb! Pivotant sur elle-même, elle trottina jusqu'à la table des frères Kang et s'empara d'un gros cruchon qu'un serviteur venait d'apporter.

A côté du juge, Han Sei-yu ronflait doucement. Maussade, le magistrat se dit qu'avec des convives déjà ivres morts, le souper allait manquer d'agrément; il cherchait quel prétexte invoquer pour partir le plus tôt possible quand il entendit soudain Mademoiselle Fleur-d'Amandier lui dire à voix basse mais de façon fort distincte :

— Il faut que je vous voie tout à l'heure, Seigneur Juge. Un dangereux complot se trame dans cette ville!

II

*Le juge Ti admire la danse
de la Fée des Nuages;
il fait une bien macabre découverte.*

Le juge Ti se tourna vivement vers la courtisane, mais, évitant de le regarder, elle se pencha sur Han dont les ronflements venaient de cesser. Mademoiselle Anémone arrivait, tenant à deux mains un gobelet empli jusqu'au bord. Toujours sans regarder le magistrat, Fleur-d'Amandier dit rapidement :

– J'espère que Votre Excellence joue aux échecs... » Elle s'arrêta net en apercevant sa camarade et prit le gobelet qu'elle approcha des lèvres de Han Sei-yu. Celui-ci avala une longue gorgée de vin.

– Ah! petite friponne, s'écria-t-il en riant, me crois-tu incapable de tenir moi-même ma coupe? Il passa son bras autour de la taille de la jeune femme et ajouta : « Si tu montrais à Son Excellence une de tes jolies danses? »

Fleur-d'Amandier acquiesça d'un sourire, puis, se dégageant prestement de son étreinte, lui fit une profonde révérence et disparut à travers la portière de cristal.

Han commença une description assez confuse des pas dansés par les courtisanes de Han-yuan. Le juge l'écoutait en hochant la tête; il ne s'ennuyait plus du tout et pensait aux paroles de Mademoiselle Fleur-d'Amandier. Son intuition ne l'avait donc pas trompé, une force malfaisante était à l'œuvre dans la ville. Dès que la danseuse aurait terminé son numéro, il s'arrangerait pour avoir un tête-à-tête avec elle. Une courtisane intelligente apprend bien des secrets en bavardant avec ses admirateurs!

L'orchestre attaqua un air vif scandé de battements de tambour. Deux jeunes femmes vinrent se placer au milieu de la salle et commencèrent une danse du glaive. Chacune d'elles tenait une longue lame et la pointait, la baissait, la retirait rapidement, ponctuant la musique du cliquetis de leurs armes.

Le coup de tambour final fut noyé sous d'enthousiastes applaudissements et le juge Ti complimenta son hôte.

— Simple exercice d'adresse, Votre Excellence! répondit Han. Cela n'a aucun rapport avec l'art véritable. Attendez d'avoir vu la danse de Fleur-d'Amandier. Tenez, la voici!

Vêtue seulement d'une légère robe de soie blanche aux longues manches traînantes, la jeune courtisane s'avançait à son tour vers le centre de la salle. On la devinait nue sous la mince étoffe qu'une ceinture verte serrait à la taille. Une grande écharpe, verte également, couvrait ses épaules et descendait jusqu'au sol, et dans ses cheveux relevés en un haut chignon était piqué un nénuphar blanc, sa seule parure.

Secouant ses manches, elle fit signe aux musiciens et les flûtes préludèrent par une mélodie étrange qui semblait appartenir à un autre monde.

Fleur-d'Amandier leva lentement les bras au-dessus de sa tête et, les pieds fixés au sol, se mit à

33

faire osciller ses hanches en mesure. Sa mince robe collante révélait la jeunesse de ses formes et le juge Ti pensa qu'il avait rarement contemplé corps féminin aussi parfait.

D'une voix rauque, Han murmura :

– C'est la Danse de la Fée des Nuages! [6]

Les castagnettes claquèrent. La jeune femme baissa les bras et, pinçant les deux extrémités de l'écharpe entre ses doigts, la fit tourbillonner autour d'elle en balançant son buste avec grâce. Cithares et violons reprirent le motif musical sur un rythme plus cadencé; à leur tour les genoux de la danseuse s'animèrent et le mouvement onduleux monta progressivement tandis que ses pieds conservaient leur parfaite immobilité.

Le juge Ti n'avait jamais vu spectacle aussi fascinant. L'impassibilité hautaine du visage aux paupières à demi baissées ajoutait une sorte de piment voluptueux aux torsions de la souple silhouette, devenue le flamboyant symbole de la passion.

Tout à coup, le haut de la robe glissa, l'émouvante rondeur des jeunes seins apparut et un puissant fluide sensuel sembla se dégager de tout son corps. Le juge tourna les yeux vers les invités. Le vieux Kang Po fixait sa tasse d'un air absent, les sourcils froncés. En revanche, le regard de son cadet était rivé sur la jeune femme; sans la quitter des yeux, il murmura quelque chose à Monsieur Wang, assis à côté de lui. Tous deux eurent un déplaisant petit rire.

– Ceux-là, ce n'est pas la danse qui les intéresse! fit sèchement remarquer Han Sei-yu. La demi-ébriété dans laquelle il se trouvait n'entamait évidemment par sa faculté d'observation.

Monsieur Peng et Monsieur Sou semblaient en extase, mais l'attitude de Liou Fei-po frappa le juge. Tandis que son visage impérieux était figé dans une expression impassible, ses lèvres minces se serraient comme malgré lui et son regard brûlant trahissait une haine violente mêlée de désespoir.

La musique se fit plus douce et devint mélodie tendre, presque murmurée. Fleur-d'Amandier décrivait un grand cercle sur la pointe des pieds, exécutant à chaque pas une pirouette qui faisait voler autour d'elle ses longues manches et son écharpe vaporeuse. Le rythme s'accéléra... La danseuse se mit à tourner de plus en plus vite. On eût dit à présent que ses orteils ne touchaient plus le sol et qu'elle flottait au milieu de nuages arrondis figurés par la gaze verte et les manches virevoltantes.

Un coup de gong assourdissant claqua soudain. L'orchestre se tut et la danseuse s'arrêta net, semblable à une statue de marbre; seuls, ses beaux seins nus continuèrent à se soulever doucement dans le profond silence de la salle.

Elle baissa enfin les bras, enroula l'écharpe autour de ses épaules, et vint s'incliner devant la table du juge Ti. Puis, tandis qu'éclatait un tonnerre d'applaudissements, elle se hâta vers la porte et disparut à travers le rideau de cristal.

— Quelle extraordinaire artiste! déclara le juge à son voisin de table. Elle est digne de paraître devant l'Empereur!

— C'est exactement ce que nous a dit l'autre jour un haut fonctionnaire de la capitale – un ami de Liou Fei-po – qui l'a vue danser au cours d'une fête. Il a proposé au maître de la jeune femme de parler d'elle à la Duègne du Sérail Impérial. Mais Fleur-d'Amandier refuse absolument de quitter notre ville... et nous lui en sommes tous très reconnaissants. »

Le juge se leva. Haussant sa coupe, il proposa un toast en l'honneur des charmantes courtisanes de Han-yuan, geste qui suscita un grand enthousiasme parmi les convives. Le magistrat se dirigea ensuite vers la table de Kang Po et entama une conversation polie avec le marchand de soie et ses deux voisins pendant que Han Sei-yu complimentait le chef des musiciens.

Le vieux Monsieur Kang Po avait évidemment fait honneur au vin. Des taches rouges marbraient son visage maigre et la sueur lui coulait du front. Il réussit cependant à répondre de façon cohérente aux questions du juge sur le commerce local. Après un petit silence, son cadet Kang Tchong dit en souriant :

— L'humeur de mon aîné est meilleure ce soir! Ces derniers jours il n'a cessé de se faire du mauvais sang à propos d'une affaire parfaitement sûre!

— Une affaire parfaitement sûre? répliqua Kang Po avec colère. Tu oses appeler un prêt à ce Wan Yi-fan une affaire parfaitement sûre?

— Qui ne risque rien ne gagne rien! plaisanta le juge Ti pour le calmer.

— Wan Yi-fan est une fripouille! s'obstina Kang Po.

— Seuls les imbéciles attachent crédit aux ragots! laissa tomber Kang Tchong.

— Je... je refuse de me laisser insulter par un frère-né-après-moi! bégaya le vieillard au comble de la fureur.

— Ton frère-né-après-toi a le devoir de te faire connaître la vérité, répliqua Kang Tchong.

— Allons, en voilà assez... dit derrière eux une voix grave. Qu'est-ce que Son Excellence va penser de nous? » Tout en parlant, Liou Fei-po avait rempli leurs tasses et, soudain apaisés, les deux frères burent à leurs santés réciproques.

Le juge Ti profita de la circonstance pour demander à Liou des nouvelles du Conseiller Liang. « Monsieur Han », ajouta-t-il, « m'a dit que votre demeure touchait celle du Conseiller et que vous le voyiez fréquemment.

— Il y a six mois encore, oui. Le Conseiller me faisait alors souvent l'honneur de m'inviter à le joindre dans ses promenades, car nos deux propriétés communiquent par une petite porte. Mais, à présent, il n'est plus le même homme. Il a des absences, sa conversation devient de plus en plus confuse, et il lui arrive même de ne pas me reconnaître. Je ne l'ai pas vu depuis plusieurs mois. Que c'est donc triste, Votre Excellence, d'assister au déclin d'un grand esprit! »

Monsieur Peng et Monsieur Wang vinrent se joindre au petit groupe. Han Sei-yu apporta une cruche de vin et insista pour remplir les tasses de tous les convives. Le juge bavarda un instant encore avec les deux maîtres de Guilde, puis regagna sa table. Han avait déjà repris sa place et plaisantait avec Mademoiselle Anémone. En s'asseyant à son tour, le juge demanda :

— Où donc est Fleur-d'Amandier?

— Oh, elle va revenir, répondit son hôte sans s'émouvoir. Quand ces filles se remettent du rouge et de la poudre, elles perdent la notion du temps! »

Le juge regarda autour de lui. Tous les invités étaient de nouveau attablés et attaquaient le second service, un plat de poisson farci. Les quatre courtisanes versaient du vin dans les gobelets de chacun, mais Fleur-d'Amandier demeurait invisible.

— Allez jusqu'à la loge des danseuses, commanda le juge à Mademoiselle Anémone, et dites à votre compagne que nous l'attendons.

– Ah! ah! s'exclama Han, je vois que les charmes rustiques de nos belles ont fait une favorable impression sur Votre Excellence. C'est un grand honneur pour Han-yuan!

Il y eut un éclat de rire général, auquel le juge se joignit poliment. Mademoiselle Anémone reparut bientôt.

– C'est étrange, dit-elle, notre Mère-adoptive affirme que Fleur-d'Amandier a quitté la loge il y a un moment déjà, mais j'ai regardé dans toutes les chambres sans la trouver!

Priant son hôte de l'excuser, le juge Ti se leva et sortit par la porte de droite. Empruntant l'allée de tribord, il gagna l'arrière.

Là, on ne s'ennuyait pas. Le Sergent Hong, Tsiao Taï et Ma Jong étaient assis sur la banquette placée contre la cabine, une petite jarre de vin entre les genoux et une tasse à la main. Une demi-douzaine de serviteurs, accroupis en demi-cercle autour d'eux, étaient suspendus aux lèvres de Ma Jong qui terminait une histoire risquée. Se frappant le genou du poing, le colosse conclut : « Et à ce moment précis, le lit s'effondra! »

Tous partirent d'un grand éclat de rire. Le juge tapa sur l'épaule du conteur qui leva la tête et donna aussitôt un coup de coude à ses camarades. Les trois hommes se levèrent et suivirent leur maître à tribord.

– Une danseuse vient de disparaître, expliqua le magistrat. Je crains un accident. L'un de vous a-t-il vu passer une jeune femme?

Le Sergent Hong secoua la tête.

– Non, Noble Juge, dit-il. Nous étions assis face à l'arrière du bateau, devant l'écoutille qui dessert la cuisine et la cale. Nous avons vu les garçons aller et venir, mais pas de femme.

A ce moment, deux serviteurs apparurent, se

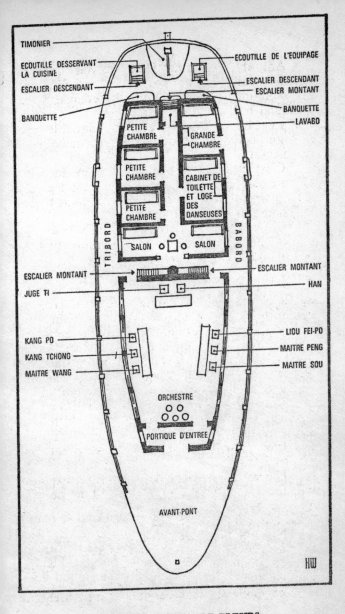

PLAN DU BATEAU-DE-FLEURS

dirigeant vers l'avant. Interrogés, ils répondirent qu'ils n'avaient pas aperçu la danseuse depuis sa sortie de la salle du banquet. « Et il y a peu de chance pour que nous la rencontrions, ajouta le plus âgé des deux, car le règlement nous oblige à toujours passer par tribord. La loge de ces demoiselles est à bâbord, ainsi que la grande chambre. En principe, nous n'allons de ce côté-là que lorsque nous en recevons l'ordre. »

Le juge Ti hocha approbativement la tête. Il regagna l'arrière, suivi de ses trois lieutenants. Sentant que quelque chose d'anormal venait de se produire, les serviteurs entouraient le timonier et discutaient avec lui.

Le juge passa près du groupe et tourna vers bâbord. La porte de la première cabine était entrouverte. Il entra. Contre le mur du fond se trouvait une large couche en bois de rose sculpté que recouvrait une courtepointe de brocart. Deux bougies brûlaient dans des chandeliers d'argent posés sur une haute table, à droite d'une élégante coiffeuse et de deux tabourets. Il n'y avait personne dans la pièce.

Le juge ne s'arrêta pas. Il jeta un coup d'œil à travers le rideau de gaze de la cabine suivante, évidemment la loge des danseuses. Une imposante matrone vêtue de soie noire sommeillait dans un fauteuil et une servante pliait des robes de couleurs vives.

La dernière fenêtre, celle du salon, était ouverte. Personne ne s'y trouvait.

– Votre Excellence a-t-elle regardé sur le pont supérieur? demanda Tsiao Taï.

Le juge secoua la tête et se hâta vers l'escalier central. Son lieutenant avait raison, Fleur-d'Amandier était sûrement montée sur le toit des cabines pour y chercher la fraîcheur, pensa-t-il.

Un regard cependant suffit à lui prouver que personne ne se trouvait là-haut. Il redescendit et resta un long moment au pied de l'escalier, caressant sa barbe noire d'un air songeur. Anémone ayant déjà visité les chambres de tribord, où donc pouvait bien être la danseuse?

— Examinez toutes les cabines, commanda-t-il à ses lieutenants. Et n'oubliez pas les lavabos.

Il revint dans l'allée de bâbord et s'appuya contre le bastingage, non loin de la coupée. Les bras croisés dans ses larges manches, il contempla l'eau noirâtre. Il n'y avait pas le moindre souffle d'air et la chaleur était étouffante. Dans la salle du banquet, les convives étaient de plus en plus bruyants, le son de leurs voix joyeuses venait jusqu'à lui, accompagné de lambeaux de musique.

Comme il se penchait sur la rambarde pour mieux voir le reflet des lanternes multicolores, il sentit soudain son estomac se contracter : affleurant la surface de l'eau, un visage livide le fixait de ses yeux grands ouverts.

III

*Le tribunal siège
dans un décor inhabituel;
la soubrette
de Mademoiselle Fleur-d'Amandier
décrit une hideuse apparition.*

Un simple coup d'œil suffit au juge : la
danseuse était retrouvée.

Il s'apprêtait à descendre le long de l'échelle de
coupée quand Ma Jong apparut. Sans un mot, le
magistrat lui désigna du doigt sa trouvaille.

L'ancien Chevalier des Vertes Forêts poussa un
juron. Il dégringola rapidement les échelons, prit
le corps dans ses bras et le remonta sur le pont. Le
juge lui fit signe de le suivre dans la grande
cabine, et là tous deux étendirent le cadavre sur
la couchette.

– Cette malheureuse pèse plus que je n'aurais
cru, remarqua Ma Jong en tordant ses manches.
Je suppose qu'on a fourré quelque chose de lourd
dans sa veste.

Le juge n'entendit pas la remarque de son
lieutenant. Il contemplait le visage de la morte
dont les yeux le fixaient toujours. Elle avait
encore son costume de soie blanche et s'était
contentée d'enfiler par-dessus une veste de soie
verte. La robe mouillée collait à son corps,
moulant ses formes pures d'une façon un peu
gênante. Le juge Ti frissonna. Quelques instants
plus tôt, la jeune femme dansait, charmante et

pleine de vie... et voilà ce qu'elle était devenue.

Chassant de son esprit ces désagréables pensées, il se pencha sur le cadavre pour examiner une meurtrissure qui bleuissait sa tempe droite, puis il essaya de clore les yeux obstinément fixés sur lui. N'y parvenant pas, il sortit un mouchoir de sa manche et en couvrit le visage de la morte.

Le Sergent Hong et Tsiao Taï arrivèrent à cet instant. Se tournant vers eux, le juge expliqua :

— Ce cadavre est celui de Mademoiselle Fleur-d'Amandier. Elle a été assassinée, on pourrait presque dire sous mes yeux. Mets-toi devant la porte, Ma Jong, et ne laisse entrer personne. Je ne veux être dérangé sous aucun prétexte. Si l'on t'interroge, pas un mot de tout ceci.

Il souleva le bras inerte de la courtisane et fouilla sa manche droite. Non sans difficulté, il en retira un lourd brûle-parfum de bronze qu'il tendit au Sergent. Il examina ensuite la table : sur le tapis de brocart rouge, entre les deux chandeliers, on distinguait trois légères dépressions. Il fit signe à Hong Liang de poser le brûle-parfum. Ses trois pieds correspondaient exactement aux trois creux. Le juge se laissa tomber sur l'un des tabourets.

— Méthode simple et sûre! murmura-t-il. L'assassin attire cette malheureuse ici sous un prétexte quelconque. Il l'assomme par-derrière, fourre ce pesant brûle-parfum dans sa manche, et la fait glisser doucement le long de la coupée. Pas de choc bruyant sur l'eau et le cadavre va descendre jusqu'au fond du lac. Dans sa hâte, pourtant, le misérable ne s'aperçoit pas que sa manche s'est accrochée à un clou... ce qui n'empêche d'ailleurs pas sa victime d'être noyée, car ce lourd brûle-parfum a maintenu son visage sous l'eau. A quelques pouces seulement de la surface, peut-être! D'un geste las, il passa la main sur son front et ajouta : « Regarde s'il n'y a rien dans l'autre manche, Sergent. »

Hong Liang obéit. Il trouva seulement un paquet de petites cartes de visite rouges appartenant à la morte et un papier plié en quatre qu'il remit au juge [7].

Ce dernier ouvrit le feuillet avec précaution.

— C'est un problème d'échecs! s'écrièrent en même temps Tsiao Taï et le Sergent.

Le juge pensa immédiatement aux dernières paroles de la courtisane. Il demanda au Sergent son mouchoir pour envelopper la feuille de papier mouillée et glissa le tout dans sa manche.

— Reste ici et garde cette cabine, commandat-il à Tsiao Taï. Le Sergent et Ma Jong vont m'accompagner dans la salle du banquet où je procéderai à l'enquête préliminaire.

Tout en marchant, Ma Jong remarqua :

— Nous n'aurons pas à chercher bien loin, Votre Excellence. L'assassin est forcément à bord!

Sans répondre, le juge écarta la portière de cristal et pénétra dans la grande salle.

Le souper touchait à sa fin et les invités mangeaient le dernier bol de riz traditionnel en bavardant gaiement. Lorsque Han Sei-yu aperçut le juge, il s'écria :

— Votre Excellence arrive à point! Nous allions monter sur le pont supérieur pour admirer la lune.

Le magistrat ne répondit pas. S'approchant de la table, il frappa trois petits coups secs avec ses phalanges repliées en ordonnant :

— Silence, s'il vous plaît!

Tous le regardèrent, surpris.

— Permettez-moi d'abord, Messieurs, de vous remercier de cette charmante petite fête, commença-t-il d'une voix claire. Il nous faut malheureusement l'interrompre. Comprenez bien que si j'agis à présent en magistrat et non plus en invité, c'est pour remplir mon devoir envers l'État et envers tous les citoyens de ce district, vous compris. Se tournant vers son voisin, il ajouta : « Je dois vous prier de quitter cette table, Monsieur Han. »

Interloqué, Han Sei-yu se leva. Mademoiselle Anémone porta sa chaise près de celle de Liou Fei-po, et il se rassit en se frottant les yeux.

Le juge Ti se plaça bien au centre, et lorsque le Sergent et Ma Jong furent debout à sa droite et à sa gauche, il reprit :

— Moi, votre Magistrat, déclare ouverte la session de ce tribunal temporairement institué pour éclaircir les circonstances dans lesquelles la courtisane Fleur-d'Amandier a trouvé la mort. D'ores et déjà, je puis vous préciser qu'il s'agit d'un meurtre.

Il regarda son auditoire. Personne ne semblait saisir pleinement le sens de ses paroles. Il commanda au Sergent Hong d'aller chercher le capitaine du bateau et d'apporter de quoi écrire.

Han Sei-yu venait de se ressaisir. Il chuchota quelque chose à Liou Fei-po. Ce dernier hocha approbativement la tête. Han se leva et dit :

— Cette façon de procéder est des plus irrégulières, Votre Excellence. Au nom des notables de Han-yuan, permettez-moi...

— Le témoin Han Sei-yu est prié de se rasseoir et de garder le silence jusqu'à ce qu'on l'interroge, trancha le juge Ti d'un ton froid.

Han devint cramoisi et se laissa retomber sur son siège.

Le Sergent reparut, accompagné d'un homme au visage grêlé. Le magistrat lui donna l'ordre de s'agenouiller devant la table et de dessiner un plan de son bateau. Pendant qu'il se mettait à l'œuvre d'une main tremblante, le juge regarda de nouveau les convives. La brusque transformation d'une partie de plaisir en enquête criminelle les avait complètement dégrisés et tous semblaient mal à l'aise. Quand le capitaine eut terminé son croquis, il le posa respectueusement devant le juge. Celui-ci poussa la feuille vers le Sergent Hong, lui commandant d'y indiquer la position des tables et le nom des personnes présentes. Le Sergent fit signe à un garçon qui lui murmura le nom de chacun des invités à mesure que le Sergent le lui désignait. D'une voix posée, le juge dit alors :

— Lorsque la courtisane Fleur-d'Amandier eut achevé sa danse, il y eut un va-et-vient général. Je vais vous demander de me dire, l'un après l'autre, à quel endroit précis vous vous êtes trouvés à ce moment-là.

Monsieur Wang se leva. Avec un dandinement qui le faisait ressembler à un canard empressé, il vint s'agenouiller devant la grande table et déclara :

— L'insignifiante personne prosternée devant Votre Excellence la supplie respectueusement de lui permettre d'exposer une idée.

Le juge ayant acquiescé, le gros homme poursuivit : « La nouvelle stupéfiante de cet horrible assassinat nous bouleverse tous. Mais, si terrible que soit cette affaire, nous devons considérer la situation en toute objectivité.

« Au cours de ces dernières années, j'ai assisté à de nombreuses fêtes sur ce bateau et je puis affirmer que je le connais comme le dos de ma main. J'informe donc respectueusement Votre Excellence que dans sa cale se trouvent dix-huit rameurs. Douze manœuvrent les avirons et six autres les remplacent à tour de rôle. Loin de moi l'idée de dire du mal d'hommes qui, après tout, sont mes concitoyens, mais, Votre Excellence le découvrira bien tôt ou tard, ces rameurs sont, en général, des gens peu recommandables qui s'adonnent au jeu et à la boisson. C'est donc de ce côté-là qu'il faut chercher l'assassin. Ce ne serait pas la première fois qu'un coquin de cette espèce mieux tourné que les autres aurait eu une aventure avec quelque courtisane et soit devenu violent, pour peu que celle-ci manifestât l'intention de rompre avec lui. »

Le Maître de la Guilde des Orfèvres se tut un instant. Après un coup d'œil inquiet à l'étendue sombre du lac, il reprit : « Il y a autre chose que nous ne devons pas non plus perdre de vue. Un mystère a de tout temps plané sur ces eaux. Il est communément admis qu'elles viennent des entrailles mêmes de la terre et que certaines créatures innommables montent parfois de leurs profondeurs pour le plus grand dommage des vivants. Quatre personnes se sont noyées dans le lac cette année. On n'a jamais pu retrouver leurs corps, et les fantômes de ces malheureux ont été aperçus errant le soir dans notre ville.

« Je crois que mon devoir est d'attirer l'attention de Votre Excellence sur ces deux aspects de la question, afin de placer ce crime horrible dans sa véritable atmosphère et d'épargner à mes amis ici présents la honte d'être interrogés comme de vulgaires malfaiteurs. »

Un murmure approbatif accueillit ce discours.

Le juge Ti frappa de nouveau la table. Regardant Monsieur Wang bien en face, il déclara :

— J'écoute avec attention tout avis correctement exprimé. J'ai déjà envisagé le fait que le meurtrier pouvait appartenir au personnel de la cale. Le moment venu, je questionnerai l'équipage. Je ne suis pas non plus un mécréant et je ne rejette pas la possibilité d'une immixtion de créatures des ténèbres dans les affaires terrestres.

« Quant à l'expression : « de vulgaires malfaiteurs » employée par le témoin Wang, je ferai remarquer que tous les citoyens sont égaux devant ce tribunal. Aussi longtemps que l'assassin ne sera par découvert, les mêmes soupçons pèseront sur *tous* les passagers de ce bateau, aussi bien sur les invités que sur les rameurs ou les cuisiniers. Quelqu'un a-t-il autre chose à dire? »

Monsieur Peng se leva et vint s'agenouiller à son tour devant le tribunal improvisé. D'une voix tremblante, il demanda :

— Votre Excellence daignera-t-elle nous révéler de quelle manière l'infortunée jeune femme a trouvé la mort?

— Ces détails ne peuvent être divulgués pour l'instant, répondit le juge. L'un de vous a-t-il encore une déclaration à faire? » Personne ne prenant la parole, il continua : « Chacun de vous a eu la possibilité de s'exprimer librement, je vous demande donc à présent de garder le silence et de me laisser, moi, votre Magistrat, mener cette affaire comme je l'entends. Que le témoin Peng retourne à sa place et que le témoin Wang s'avance pour nous décrire ses mouvements depuis la sortie de la danseuse.

— Après le toast en l'honneur de nos courtisanes si gracieusement proposé par Votre Excellence, déclara aussitôt Wang, je suis sorti par la porte de gauche pour gagner le salon. Comme personne ne se trouvait là, j'ai emprunté le couloir central pour aller aux lavabos. En revenant ici, j'ai entendu les frères Kang se quereller et je me suis approché au moment où Monsieur Liou rétablissait la paix entre eux.

— Avez-vous rencontré quelqu'un dans le couloir ou les lavabos?

Wang secoua la tête. Le juge attendit que le Sergent eût noté sa déposition et appela Han Sei-yu.

— Je suis allé dire quelques paroles aimables aux musiciens, expliqua Han d'un ton aigre, puis ayant brusquement éprouvé une sorte d'étourdissement causé, je suppose, par la chaleur, j'ai gagné l'avant-pont. Appuyé au portique d'entrée, j'ai admiré le spectacle de l'eau tranquille, et quand je me sentis un peu mieux, je me suis assis sur le cylindre de porcelaine placé à cet endroit. C'est là que m'a trouvé Anémone. Votre Excellence connaît le reste.

Le juge fit appeler le chef des musiciens, debout dans un coin avec ses hommes, et lui demanda :

— Pouvez-vous confirmer les paroles de Monsieur Han?

Le chef des musiciens regarda ses artistes qui se contentèrent de secouer négativement la tête. Il répondit d'un ton désolé :

— Non, Seigneur Juge. Nous étions occupés à accorder nos instruments et nous n'avons pas levé les yeux avant la venue de Mademoiselle Anémone. A ce moment, je suis sorti avec elle et nous avons vu Monsieur Han assis à l'endroit qu'il vient d'indiquer.

— Vous pouvez reprendre votre place, dit le juge à Han Sei-yu. Il fit ensuite venir Liou Fei-po.

Liou semblait moins maître de lui que précédemment et un léger tic crispait le bas de son visage. C'est cependant d'une voix ferme et bien assurée qu'il expliqua :

– Lorsque la courtisane eut terminé sa danse, je vis que mon voisin, le Maître de Guilde Peng, ne semblait pas à l'aise. Juste après que Monsieur Peng eut quitté la salle du banquet, je conduisis donc Monsieur Peng sur le pont, en passant par la porte de gauche. Pendant qu'il se penchait au-dessus du bastingage, j'allai aux lavabos qui se trouvent dans le fond du couloir, puis je revins sans avoir rencontré personne. Peng me dit qu'il se sentait mieux, et nous avons regagné ensemble la salle à manger. Les frères Kang se disputaient; afin de les réconcilier, je leur proposai de boire une tasse de vin. C'est tout.

Le juge Ti remercia Liou d'un signe de tête et fit appeler Monsieur Peng. Ce dernier confirma dans tous ses détails la déclaration de Liou. Ce fut ensuite au tour de Monsieur Sou de parler.

Fronçant ses épais sourcils, le Maître de Guilde lança un regard dépourvu d'aménité au juge Ti, et, d'une voix monocorde, commença :

– Le pauvre marchand de jade que je suis confirme avoir vu d'abord Wang, et ensuite Monsieur Liou, quitter la pièce. Resté seul à notre table, j'ai bavardé un peu avec les deux courtisanes qui avaient exécuté la danse du sabre. L'une d'elles me fit remarquer une large tache de sauce de poisson sur ma manche gauche. Je me rendis donc dans la seconde cabine du couloir. Cette chambre m'est réservée, et mon serviteur y a porté mes objets de toilette et des vêtements. Je changeai rapidement de robe. Quand je fus de nouveau dans le couloir, j'aperçus Fleur-d'Amandier qui sortait du salon. Je la rejoignis et la complimentai sur sa danse. Elle paraissait surexcitée. M'ayant dit que nous pourrions parler plus tard dans la salle du banquet, elle se dirigea vers bâbord et tourna à gauche. Je revins ici par la porte de tribord. Peng, Wang et Monsieur Liou n'étaient pas encore de retour, je repris ma conversation avec les deux courtisanes.

– Comment Fleur-d'Amandier était-elle habillée quand vous l'avez aperçue?

– Elle portait encore son costume de danse, Votre Excellence, mais elle avait jeté par-dessus une courte veste de brocart vert.

Le juge renvoya M. Sou et dit à Ma Jong d'aller chercher la duègne.

Après s'être agenouillée à son tour, cette imposante personne expliqua que son mari était le propriétaire de la maison du Quartier des Saules à laquelle appartenaient Fleur-d'Amandier et ses cinq compagnes.

– Quand avez-vous vu Fleur-d'Amandier pour la dernière fois? demanda le juge.

– Lorsqu'elle est revenue après sa danse, Votre Excellence. Comme elle était belle! Je lui ai dit : « Tu ferais bien de te changer tout de suite, ma poulette. Te voilà en sueur, tu vas attraper froid! Et j'ai commandé à la servante de lui préparer sa jolie robe bleue. Mais voilà-t-il pas que notre Fleur-d'Amandier repousse brusquement la petite, enfile sa veste verte, et pfftt... la voilà partie! Je ne l'ai pas revue depuis, Notre Juge, cela, je suis prête à le jurer! Comment la pauvre mignonne a-t-elle été tuée? Notre servante m'a raconté une histoire tellement curieuse... Elle m'a dit que... »

– C'est suffisant! l'interrompit le juge. Je vous remercie, Madame. Puis il fit signe à Ma Jong d'aller chercher la soubrette.

Elle arriva, secouée de gros sanglots. Tandis que Ma Jong lui tapotait paternellement le dos pour la rassurer, elle s'écria :

— C'est ce monstre de malheur qui l'a emportée, Seigneur Juge! S'il vous plaît, donnez l'ordre de retourner à terre avant qu'il n'emmène aussi le bateau au fond du lac!

— Quel monstre? demanda le juge, surpris.

— L'horrible monstre qui lui faisait des signes de l'autre côté de la fenêtre. Je l'ai vu comme je vous vois, Votre Excellence. C'était juste au moment où notre Mère-adoptive me disait de préparer la robe bleue. Et Mademoiselle Fleur-d'Amandier l'a bien vu aussi! Il lui faisait signe de venir, Seigneur Juge, elle ne pouvait pas désobéir à l'appel d'un fantôme, n'est-ce pas?

Un murmure étouffé monta de l'auditoire. Le juge frappa sur la table.

— A quoi ressemblait ce fantôme? demanda-t-il.

— C'était un énorme monstre tout noir, Votre Excellence. Je l'ai bien vu à travers la gaze du rideau! Dans une main il tenait un grand couteau, et de l'autre il lui faisait signe!

— Pourriez-vous me décrire les vêtements qu'il portait?

— Mais ce n'était pas un homme, Votre Excellence, c'était un monstre! protesta la pauvre fille. Il n'avait pas forme humaine... c'était juste une sorte d'affreuse ombre toute noire!

Le juge regarda Ma Jong qui fit immédiatement sortir la petite servante.

Le magistrat entendit ensuite Anémone et ses quatre compagnes. A l'exception d'Anémone, sortie sur l'ordre du juge pour chercher la danseuse, aucune des courtisanes n'avait quitté la salle. Elles étaient restées à bavarder, soit ensemble, soit avec Monsieur Sou; elles n'avaient pas vu Monsieur Peng, Monsieur Wang ou Monsieur Liou s'absenter et elles étaient incapables de préciser le moment exact du retour de Monsieur Sou.

Le juge Ti se leva.

— Je vais interroger les garçons et l'équipage sur le pont supérieur, dit-il. La chaleur sera peut-être moins accablante là-haut.

Tandis qu'il grimpait les marches roides qui conduisaient au toit des cabines, Ma Jong et le capitaine partirent rassembler l'équipage.

Le magistrat s'assit sur un siège cylindrique en porcelaine, près du garde-fou, et repoussa son bonnet. Il fait aussi étouffant ici qu'à l'intérieur! murmura-t-il.

Le Sergent s'empressa de lui offrir son éventail, en disant d'un ton découragé :

— Cet interrogatoire ne nous a pas beaucoup avancés, Votre Excellence!

— Oh, je ne sais pas trop! répliqua le juge en manœuvrant l'éventail avec vigueur. Il a certainement clarifié la situation. Auguste Ciel, ce Wang n'a pas menti en nous assurant que l'équipage était composé de gens sans aveu! quelles mines peu engageantes!

Les rameurs arrivaient sur la plate-forme en grommelant entre leurs dents, mais quelques mots du capitaine, ponctués de jurons par Ma Jong, leur firent vite adopter une attitude plus respectueuse. Les garçons et les cuisiniers se placèrent à côté d'eux. Quant au timonier et aux serviteurs, le juge ne trouva pas nécessaire de les interroger car le Sergent l'assura qu'ils avaient écouté les histoires gaillardes de Ma Jong avec trop d'attention pour songer à quitter leur place.

Le juge Ti commença par les garçons, mais ceux-ci ne savaient rien. Dès le début de la danse, ils étaient descendus se restaurer à la cuisine, et seul l'un d'entre eux, revenu un instant voir si les convives désiraient quelque chose, avait aperçu Monsieur Peng penché sur le bastingage. Monsieur Peng vomissait de tout son cœur et Monsieur Liou n'était pas avec lui à ce moment-là.

L'interrogatoire de l'équipage et des cuisiniers montra que personne n'avait quitté la cale. Quand le timonier leur eut crié à travers l'écoutille qu'ils pouvaient se reposer, les rameurs s'étaient mis à jouer et aucun d'eux n'avait abandonné ses dés une seconde.

Le capitaine examinait depuis quelques instants le ciel d'un air soucieux. Lorsque le juge se leva, il lui dit:

– Une belle tempête se prépare, Votre Excellence. Nous ferions bien de rentrer, ce bateau n'est pas facile à manœuvrer par gros temps.

Le juge acquiesça d'un air distrait et regagna la cabine où Tsiao Taï montait sa garde solitaire devant le corps de la courtisane morte.

IV

Le juge Ti veille une jeune morte;
il lit des lettres passionnées
et des poèmes d'amour.

Au moment où le juge Ti s'asseyait devant la coiffeuse, un roulement de tonnerre déchira le silence, aussitôt suivi du crépitement de la pluie sur le toit de la cabine. Le bateau se mit à tanguer fortement.

Tsiao Taï courut fermer les volets. Le regard perdu, le juge caressait pensivement ses favoris. Debout derrière lui, le Sergent et Ma Jong contemplaient la forme immobile étendue sur la couchette.

Quand Tsiao Taï eut de nouveau verrouillé la porte, le juge se tourna vers ses trois lieutenants et dit avec un morne sourire :

– Il y a seulement quelques heures, je me plaignais qu'il n'arrivât rien! Il hocha la tête et poursuivit sur un ton plus grave : « Nous voici devant un assassinat des plus mystérieux, avec une profusion de suspects et un brin de surnaturel par-dessus le marché! »

Voyant Ma Jong jeter un regard anxieux à Tsiao Taï, il s'empressa d'ajouter : « Si, au cours de l'interrogatoire, je n'ai pas repoussé l'idée qu'un fantôme puisse avoir trempé dans l'affaire, c'est uniquement pour dérouter le coupable.

N'oubliez pas qu'il ignore encore où et comment nous avons découvert le cadavre. Il doit se demander par quel miracle sa victime n'a pas coulé à pic, car, je puis vous l'assurer, l'assassin est bien une créature de chair et de sang! Je sais même pourquoi il a tué la danseuse. »

Le juge leur fit part des révélations de Fleur-d'Amandier. « C'est donc sur Han Sei-yu que mes soupçons se portent d'abord, conclut-il. Il est le seul qui ait pu, tout en feignant de dormir, surprendre les paroles de la courtisane. Mais s'il est coupable, c'est un acteur consommé! »

— Il affirme être resté sur l'avant-pont, remarqua le Sergent. Cependant, personne n'a confirmé ses dires. Il a très bien pu se diriger vers l'arrière et faire signe à la courtisane à travers la fenêtre.

— Mais ce long couteau dont parlait la servante? demanda Ma Jong.

Le juge Ti haussa les épaules.

— L'imagination joue un rôle important dans cette affaire. N'oublions pas que la servante n'a raconté son étrange histoire qu'après avoir appris le meurtre de la danseuse. Elle a simplement vu un homme vêtu d'une large robe aux longues manches comme nous en portons tous. D'une main il faisait signe à Fleur-d'Amandier, de l'autre il devait tenir un éventail plié : voilà l'explication du couteau!

Le bateau tanguait de plus en plus. Une grosse vague vint s'écraser sur la coque avec un bruit assourdissant.

— Malheureusement, reprit le juge, Han est loin d'être notre unique suspect. Lui seul peut avoir entendu les paroles de Fleur-d'Amandier, mais n'importe quel autre invité a pu la voir me parler à voix basse. La façon dont elle chuchotait sans se tourner directement vers moi laissait deviner qu'il s'agissait d'un important secret et on l'aura tuée pour l'empêcher de m'en dire davantage.

— Cela fait donc quatre autres suspects, constata Tsiao Taï. Les Maîtres de Guilde Wang, Peng et Sou, plus Liou Fei-po. Les frères Kang sont les seules personnes insoupçonnables, puisque Votre Excellence est sûre qu'ils n'ont pas quitté la salle du banquet. Tous les autres se sont absentés pendant un temps plus ou moins long.

— C'est exact, répondit le juge. Mais je parierais que le vieux Peng est innocent pour la bonne raison qu'il n'aurait pas eu la force d'assommer la danseuse et de porter son corps jusqu'à la coupée. J'avais d'abord pensé, avant de questionner l'équipage, à un complice de Peng parmi eux. Mais aucun des rameurs n'a quitté la cale.

— Han, Liou, Wang, ou bien Sou auraient parfaitement eu la force de la tuer, fit observer Tsiao Taï. Sou en particulier; c'est un très robuste gaillard.

— Après Han Sei-yu, Monsieur Sou semble être notre meilleur candidat au titre d'assassin, constata le juge. Si c'est vraiment lui, c'est un dangereux criminel. Avec quel parfait sang-froid il a combiné son affaire pendant la danse de Fleur-d'Amandier, tachant exprès sa manche afin d'avoir un prétexte pour quitter plus tard la salle du festin. Celui lui fournissait aussi une bonne excuse pour changer de vêtement s'il éclaboussait sa robe en jetant le corps dans l'eau. Il a dû se rendre directement devant la fenêtre de la loge et faire signe à la danseuse de venir le retrouver. Ensuite il l'a assommée et l'a lancée dans le lac. C'est seulement après son mauvais coup qu'il a été se changer. Va donc t'assurer tout de suite,

Tsiao Taï, que la robe laissée par Sou dans sa cabine n'est pas mouillée.

— J'irai moi-même, si vous le permettez, Seigneur Juge, dit vivement Ma Jong. Il venait de remarquer la pâleur de son camarade et savait que Tsiao Taï n'avait pas le pied marin.

Le Juge Ti acquiesça et Ma Jong revint presque aussitôt en s'exclamant :

— Il y a de l'eau partout, Votre Excellence! Partout... sauf sur la robe de Sou! Elle est absolument sèche.

— Bon, dit le juge. Cela ne prouve pas l'innocence de Sou, mais c'est un fait dont il faut tenir compte. Nos suspects sont donc : Han, Sou, Liou, Wang et Peng. Et dans cet ordre-là.

— Pourquoi donnez-vous la troisième place à Liou, Noble Juge? demanda le Sergent.

— Parce que, à mon avis, l'assassin était l'amant de la danseuse. Sinon, elle ne l'aurait pas rejoint dans cette cabine à son premier appel. La position d'une courtisane est bien différente de celle d'une simple prostituée. Cette dernière est tenue de se donner à qui verse le prix fixé, mais avec une courtisane, les choses sont toutes différentes. Ses faveurs se gagnent par des soins assidus, et si l'on ne réussit pas à se faire bien voir d'elle, rien ne peut l'obliger à vous les accorder. Les femmes de cette classe rapportent plus par leur chant et leur danse qu'en dormant avec les clients, aussi ne les force-t-on jamais à coucher avec eux. Et cela est encore plus vrai d'une courtisane aussi cotée que Fleur-d'Amandier. Je vois très bien un homme du monde encore dans la fleur de l'âge comme Han Sei-yu ou Liou Fei-po gagner l'amour d'une belle danseuse. La chose n'est pas improbable non plus s'il s'agit de Monsieur Sou. Il respire la force brutale, et certaines femmes ne sont pas insensibles à cela. Mais le rondouillard Wang ou le cadavérique Peng... non! En vérité, je crois que nous pouvons rayer définitivement Monsieur Peng de notre liste!

Ma Jong n'avait pas écouté les dernières paroles du juge; il regardait la noyée avec épouvante et finit par s'écrier :

— Elle remue!

Tous les yeux se portèrent vers la couchette. Le roulis imprimait un léger mouvement de va-et-vient à la tête de la morte. Le mouchoir s'était déplacé, et la lumière vacillante des bougies faisait luire de façon étrange sa chevelure encore humide.

Le juge Ti vint se pencher sur la danseuse. Profondément ému, il contempla un instant le beau visage pâle dont les yeux étaient enfin clos, puis il le cala doucement au moyen de deux oreillers. Se rasseyant, il dit avec calme :

— Notre première tâche est donc de découvrir quel est celui de ces messieurs qui filait le parfait amour avec Fleur-d'Amandier. La meilleure méthode est de questionner les autres courtisanes de sa maison; ces femmes ont rarement des secrets les unes pour les autres.

— Mais les leur faire raconter à un étranger, cela c'est une autre paire de manches, intervint Ma Jong.

La pluie avait cessé. Le bateau se tenait mieux, et Tsiao Taï semblait moins souffrir du gros temps.

— A mon avis, dit-il, le plus urgent, c'est d'aller fouiller sa chambre du Quartier des Saules. L'assassin a été contraint d'agir à l'improviste, alors qu'il se trouvait déjà sur le bateau. Si la fille gardait chez elle des lettres ou d'autres preuves de leurs relations, il ira les détruire au plus tôt.

– Tu as raison, approuva le juge. Dès que nous serons à terre, Ma Jong va courir jusqu'au Quartier des Saules et arrêtera toute personne qui essaierait de pénétrer chez la danseuse. Je vais m'y rendre moi-même en palanquin et nous fouillerons la chambre tous les deux.

Des cris annonçaient que le bateau approchait du débarcadère. Le juge se leva.

– Attends les sbires ici, dit-il à Tsiao Taï. Tu leur donneras l'ordre d'apposer les scellés sur cette cabine et tu laisseras deux hommes devant la porte. Je vais dire au propriétaire de la maison à laquelle appartenait Fleur-d'Amandier qu'il pourra faire procéder demain à la mise en bière.

En sortant sur le pont, ils virent que la lune avait fait sa réapparition. Mais combien était à présent sinistre le spectacle éclairé par ses rayons : la tempête avait emporté les gais lampions de couleurs, arraché les rideaux de bambou, et transformé le pimpant bateau de plaisir en une lamentable épave!

Une foule consternée attendait devant le débarcadère. Après les pénibles moments passés dans l'étroit salon où ils avaient cherché refuge contre les éléments déchaînés, les convives étaient tous en piteux état. Dès qu'ils eurent reçu l'autorisation de s'en aller ils rejoignirent en hâte leurs chaises à porteurs.

Le magistrat attendit qu'ils se fussent un peu éloignés et donna l'ordre à ses hommes de le conduire au Quartier des Saules, à la maison où la courtisane avait vécu. Lorsque le palanquin traversa la première cour de la maison accueillante, le juge Ti et le Sergent entendirent de bruyants éclats de rire : malgré l'heure tardive on festoyait encore dans le quartier de la joie!

Le patron se précipita vers eux. Quand il reconnut le magistrat, il fit trois fois le ko-téou [8] et s'enquit respectueusement de l'objet de sa visite.

— Je viens examiner la chambre de la courtisane Fleur-d'Amandier, répondit le juge d'un ton sec. Montrez-nous le chemin.

Le tenancier les accompagna vers un large escalier en bois poli. Arrivés au premier étage, ils s'engagèrent dans un couloir sombre que bordait une suite de portes laquées de rouge. L'homme s'arrêta devant l'une d'elles, mais, au moment où il l'ouvrait, une poigne solide lui saisit le bras. Il poussa un hurlement de terreur.

— C'est le patron, lâche-le! dit le juge. Après une courte pause, il ajouta : « Mais comment es-tu venu ici? »

— J'ai pensé qu'il valait mieux qu'on ne me voie pas entrer, répliqua Ma Jong avec un large sourire. J'ai donc escaladé le mur du jardin, grimpé le long du balcon, et, ayant trouvé une servante endormie dans un coin, je me suis fait indiquer la chambre de la danseuse. Après cela, je vous ai tranquillement attendus, et je puis vous assurer que l'assassin n'a pas encore montré le bout de son nez.

— Parfait! A présent, redescends avec le patron et surveille l'entrée.

Le juge s'assit devant la coiffeuse en ébène sculptée et ouvrit les tiroirs. Le Sergent s'approcha des boîtes à vêtements en cuir laqué de rouge empilées près du lit monumental. La première portait sur son couvercle le caractère signifiant « Été ». Il se mit à en examiner le contenu.

Dans le premier tiroir de la coiffeuse, le juge ne trouva que les habituels articles de toilette, mais celui du bas était rempli de cartes et de lettres. Il les parcourut rapidement. Quelques-unes venaient du Chan-si. La mère de Fleur-d'Amandier remerciait sa fille de l'argent envoyé par elle et donnait des nouvelles d'un jeune frère qui travaillait bien en classe. Le père semblait être mort. Ces lettres étaient rédigées dans un style très châtié, et le juge déplora une fois de plus qu'une fille d'un aussi bon milieu eût choisi pareille profession. Le reste se composait de lettres et de poèmes d'admirateurs. La signature de chacun des invités présents figurait sur ces documents – y compris celle de Han Sei-yu – mais comme il s'agissait uniquement d'invitations à souper ou de compliments sur sa danse écrits en termes cérémonieux, il était difficile d'établir la nature exacte des relations de la courtisane avec ces divers personnages.

Le juge rassembla tous les papiers en une liasse qu'il fourra dans sa manche.

– Voici d'autres lettres, Noble Juge! s'exclama soudain le Sergent Hong. Il tendit au magistrat un paquet enveloppé de papier de soie qu'il venait de découvrir dans le fond d'une des boîtes à vêtements. Au premier coup d'œil, le juge vit que, cette fois, il s'agissait bien de lettres d'amour; leur ton était des plus passionnés et toutes avaient pour signature le même pseudonyme : *L'Étudiant du Bosquet de Bambous.*

– Voilà son amant, déclara le juge avec satisfaction. Le style est excellent et la calligraphie très belle; cet homme doit faire partie du petit groupe de nos lettrés et nous pourrons l'identifier sans peine.

De minutieuses recherches ne firent rien découvrir de plus. Le juge alla s'accouder sur le balcon et contempla un moment les rayons de la lune que réfléchissait l'eau d'un petit étang couvert de lotus. Combien de fois la danseuse avait-elle admiré la beauté nostalgique de ce charmant décor? Fâché de se laisser ainsi attendrir, le juge tourna brusquement le dos au jardin; sans doute n'exerçait-il pas ses fonctions depuis assez longtemps pour garder l'impassibilité voulue devant la fin tragique d'une jolie femme?

Il éteignit les bougies et, suivi du Sergent Hong, regagna le rez-de-chaussée.

Ma Jong bavardait dans l'entrée avec le patron. En apercevant le magistrat l'homme s'inclina profondément.

Le juge croisa ses bras dans les larges manches de sa robe et déclara d'un ton sévère :

— Comme il s'agit d'un meurtre, j'aurais pu donner l'ordre à mes sbires de mettre votre maison sens dessus dessous et d'interroger tous vos clients. Je ne l'ai pas fait car cela ne me semble pas nécessaire pour l'instant, et ma règle est de ne causer d'ennuis à personne sans y être absolument obligé. Mais vous allez me rédiger un rapport détaillé contenant tout ce que vous savez sur la morte. Son vrai nom... son âge... à quelle date elle est entrée chez vous... dans quelles circonstances... quelles personnes elle fréquentait... quels étaient ses jeux favoris, etc. Je veux avoir ce rapport demain à la première heure en trois exemplaires.

Le tenancier se laissa tomber à genoux et exprima sa reconnaissance en une longue tirade. Sans l'écouter, le juge ajouta : « Vous enverrez demain un homme des pompes funèbres prendre le corps. Et prévenez la famille de cette pauvre enfant. »

Au moment où le magistrat se tournait vers la porte, Ma Jong murmura :

— Je prie Votre Excellence de m'autoriser à ne la rejoindre que plus tard.

Le juge vit son clin d'œil et acquiesça d'un signe de tête. Il monta dans son palanquin avec le Sergent Hong, les sbires allumèrent leurs torches et le cortège remonta lentement les rues désertes de Han-yuan.

V

Ma Jong révèle les petits secrets
d'une danseuse;
un savant professeur
est accusé d'un crime atroce.

Quand, le lendemain, le Sergent Hong vint prendre son service au lever du jour, il trouva le juge Ti tout habillé et déjà installé dans son cabinet situé derrière la salle d'audience.

Les lettres découvertes dans le coffre à vêtements de la courtisane étaient disposées en petites piles bien régulières sur son bureau. Tandis que le brave Hong lui versait une tasse de thé, il lui expliqua :

— Je viens de lire cette correspondance avec une grande attention, Sergent. L'aventure de Fleur-d'Amandier avec celui qui signe *L'Étudiant du Bosquet de Bambous* a dû commencer il y a six lunes environ. Les premières lettres parlent d'amitié, les dernières sont brûlantes de passion. Il y a deux lunes, cependant, la température semble avoir un peu baissé, le ton n'est plus le même et certains passages sont peut-être des menaces déguisées. Il faut que je sache qui est cet homme!

— Notre Premier Scribe est un poète amateur, Noble Juge, répondit le vieux Sergent, il occupe ses loisirs en servant de secrétaire à la Société littéraire locale et pourra sans doute nous dire qui a pris ce pseudonyme.

« – Parfait! Tu iras tout à l'heure au greffe lui poser la question. Mais auparavant je veux te montrer quelque chose. » Le juge prit dans un tiroir de son bureau une mince feuille de papier et l'étala devant lui. Le Sergent reconnut le problème d'échecs trouvé dans la manche de la morte. Tapotant le papier avec son index, le magistrat poursuivit : « Hier soir, en revenant du Quartier des Saules, j'ai examiné ce problème et je n'y comprends absolument rien! Je ne suis certes pas un champion du jeu d'échecs, mais j'y ai beaucoup joué au temps où j'étais étudiant. Comme tu le vois, dix-sept lignes divisent l'échiquier dans le sens de la hauteur et dix-sept lignes dans le sens de la largeur, ce qui donne 289 points d'intersection. L'un des joueurs a 150 pions blancs, son partenaire le même nombre de pions noirs. Ces pions sont de petites pierres rondes, toutes de même valeur. Partant de l'échiquier vide, les deux joueurs posent alternativement un pion sur un point choisi par eux. Le but est de capturer le plus de pions possible à l'adversaire en les cernant de toutes parts, isolément ou en groupes. Les pions pris sont aussitôt retirés et le vainqueur est celui qui réussit à occuper le plus grand nombre de points sur l'échiquier. »

– Cela paraît vraiment simple! observa le Sergent.

Le juge sourit.

– Les règles sont en effet fort simples, répondit-il, mais le jeu est si compliqué que la vie d'un homme ne saurait suffire à en saisir toutes les finesses!

« Les grands maîtres du jeu d'échecs ont publié de nombreux manuels illustrés de figures montrant les plus intéressantes parmi les positions que peuvent occuper les pions. Il existe aussi des recueils de problèmes avec explications détaillées. Cette feuille doit provenir d'un tel recueil. Ce doit même en être la dernière page, car on peut voir le mot "fin" imprimé en bas à gauche. Essaie donc de découvrir un amateur d'échecs et demande-lui de quel ouvrage il s'agit. Nous trouverons probablement l'explication de notre problème sur la page précédente. »

A ce moment, Ma Jong et Tsiao Taï entrèrent dans la cabinet et vinrent saluer le juge. Dès qu'ils furent assis, le magistrat dit à Ma Jong :

– Je suppose qu'hier soir tu es resté avec l'intention de recueillir quelques renseignements sur Fleur-d'Amandier. As-tu appris quelque chose?

Ma Jong posa ses poings massifs sur ses genoux et, le visage illuminé d'un grand sourire, commença :

– Votre Excellence a parlé, hier, de la possibilité d'obtenir des renseignements sur la vie privée de la courtisane en interrogeant d'autres filles de sa maison. Or il se trouve que lorsque nous avons traversé le Quartier des Saules pour nous rendre au banquet, j'ai particulièrement remarqué une jolie fille debout sur un balcon. Pendant que Votre Excellence examinait la chambre de Fleur-d'Amandier, je l'ai décrite au propriétaire et cet homme obligeant l'a envoyée chercher. Elle se nomme Fleur-de-Pêcher... et je puis vous dire que ce nom printanier lui va tout à fait bien!

Ma Jong s'arrêta un instant pour tortiller avantageusement sa moustache et, avec un sourire si possible encore plus large, continua : « Oui, c'est une fille vraiment charmante, et, de mon côté, je crois ne pas lui avoir déplu! Pour tout dire, elle m'a... »

– Épargne-nous les détails de tes exploits

amoureux, l'interrompit le juge avec humeur. Nous te croyons sur parole, il y a eu coup de foudre mutuel. Dis-nous plutôt ce qu'elle t'a raconté sur la danseuse.

Ma Jong poussa un soupir et, l'air froissé, reprit avec résignation :

– Eh bien, Noble Juge, Fleur-de-Pêcher était l'amie intime de la morte. Fleur-d'Amandier est arrivée dans le Quartier des Saules il y a environ un an. Elle faisait partie d'un lot de quatre filles amenées par un proxénète de la capitale. Elle a confié à Fleur-de-Pêcher qu'elle venait du Chan-si, qu'elle avait dû quitter son village natal à cause d'un désagréable incident et qu'elle ne pouvait pas y retourner. Elle était très difficile sur le choix de ses amis, et quoique de nombreuses personnes fort distinguées aient tout fait pour gagner ses faveurs, elle s'est poliment refusée à tous. Monsieur Sou figurait parmi ses admirateurs les plus assidus et lui a fait de nombreux présents, mais sans arriver à rien.

– Notons ceci comme un point contre Sou, interrompit le juge. L'amour repoussé est souvent un puissant motif de haine.

– Et pourtant, reprit Ma Jong, Fleur-de-Pêcher est convaincue que Fleur-d'Amandier n'était pas une femme froide. Elle demandait une fois par semaine la permission d'aller faire des courses. Comme c'était une fille posée, n'ayant jamais donné l'impression de vouloir s'enfuir, le tenancier la lui accordait toujours. Elle sortait seule, et Fleur-de-Pêcher est sûre que c'était pour se rendre à un rendez-vous amoureux. Mais malgré tous ses efforts, elle n'a pu découvrir le nom de l'amant ni le lieu de la rencontre!

– Combien de temps demeurait-elle dehors? demanda le juge Ti.

– Elle sortait aussitôt après le repas de midi et rentrait juste avant qu'on ne serve le riz du soir.

– Donc, elle n'avait pas le temps de quitter Han-yuan. Va interroger le scribe au sujet du pseudonyme littéraire, Sergent.

Le Sergent Hong s'empressa d'obéir. En s'en allant, il croisa un employé du tribunal qui apportait un pli cacheté. Le magistrat ouvrit l'enveloppe et en tira une longue lettre qu'il sépara des deux copies jointes. Après l'avoir étalée sur son bureau il la lut avec beaucoup d'attention et s'apprêtait à se renverser dans son fauteuil quand le Sergent reparut, la tête basse.

– Non, Noble Juge, dit-il, aucun lettré de ce district n'utilise *L'Étudiant du Bosquet de Bambous* comme pseudonyme. Le Premier Scribe en est certain.

– C'est dommage! murmura le juge.

Se carrant sur son siège, il ajouta en désignant le papier posé devant lui : « Voici le rapport du patron de Fleur-d'Amandier. Son vrai nom était Mademoiselle Fan Ho-yi et elle a été achetée il y a dix lunes à un proxénète de la capitale, exactement comme Fleur-de-je-ne-sais-quoi l'a dit à Ma Jong. Le prix était de deux lingots d'or.

« Le vendeur déclara que les circonstances dans lesquelles il l'avait lui-même achetée étaient inhabituelles. La jeune fille était venue personnellement le trouver et s'était proposée contre un lingot d'or et cinquante pièces d'argent, mettant comme condition au marché qu'elle serait revendue dans la ville de Han-yuan. Le proxénète avait trouvé étrange que la jeune fille l'ait approché directement au lieu d'envoyer, selon la coutume, ses parents ou un entremetteur. Mais elle était jolie, chantait et dansait bien, et la perspective de faire un appréciable bénéfice l'empêcha de la questionner davantage. Il lui remit l'argent dont elle put disposer à sa guise. Cependant, comme le tenancier du Quartier des Saules était un bon client, le proxénète l'informa des conditions particulières de l'achat, afin de dégager sa responsabilité si des complications survenaient plus tard. »

Le juge Ti secoua la tête d'un air irrité, puis reprit : « Le tenancier a bien posé quelques conditions à la jeune femme, mais celle-ci lui répondit de façon vague et il n'insista pas. Il crut, prétend-il, que ses parents l'avaient mise à la porte à cause d'une histoire d'amoureux. Les autres détails sur sa vie en maison correspondent aux renseignements recueillis par Ma Jong. J'ai ici le nom de tous ceux qui s'intéressèrent particulièrement à elle, c'est-à-dire à peu près tous les citoyens notables de Han-yuan, à l'exception de Liou Fei-po et de Han Sei-yu. De temps à autre le tenancier la pressait de prendre un amant parmi eux, mais elle refusait toujours obstinément. Comme ses danses seules lui rapportaient beaucoup d'argent, il n'insistait pas.

« A la fin de son rapport, il ajoute qu'elle aimait les jeux littéraires, qu'elle avait une écriture très élégante et que ses peintures de fleurs et d'oiseaux étaient nettement au-dessus de la moyenne, mais il spécifie qu'elle n'avait aucun goût pour les échecs! »

Le magistrat se tut un instant, puis demanda à ses lieutenants : « Dans ce cas, pourriez-vous me dire pourquoi elle se promenait avec un problème d'échecs dans la manche et pourquoi elle voulait savoir si je m'intéressais à ce jeu? »

Ma Jong se gratta la tête d'un air perplexe. Tsiao Taï demanda :

– Pourrais-je jeter un coup d'œil à ce problème, Votre Excellence? J'aimais assez les échecs, autrefois.

Le juge poussa la feuille de papier vers lui. Après l'avoir étudiée un moment Tsiao Taï s'écria :

« Mais, Noble Juge, cela n'a pas de sens! Les blancs occupent presque tout l'échiquier. On pourrait, à la rigueur, reconstituer quelques-uns de leurs mouvements pour arrêter les noirs, mais ces derniers ont l'air d'être posés au petit bonheur. »

Le juge fronça les sourcils et demeura quelque temps songeur.

Trois coups de gong l'arrachèrent à ses pensées. Le disque de bronze accroché à la grand-porte annonçait l'ouverture de l'audience matinale.

Poussant un soupir, le juge replaça le problème dans son tiroir et, aidé par le Sergent, enfila sa robe officielle en brocart vert sombre. Puis, tout en ajustant sur sa tête le bonnet à ailes noires, il dit aux trois hommes :

– Je vais d'abord récapituler les faits concernant le meurtre sur le bateau-de-fleurs. Il n'y a pas d'autre affaire en cours, nous pourrons donc nous consacrer entièrement à ce déconcertant mystère.

Ma Jong écarta le lourd rideau qui séparait le cabinet de la salle d'audience afin de permettre au juge Ti de passer sur l'estrade. La magistrat s'assit derrière la haute table recouverte du tapis écarlate. Ma Jong et Tsiao Taï se tinrent debout, un peu en arrière, et le Sergent Hong prit sa place habituelle, à la droite du juge.

Les sbires étaient disposés en deux rangs devant l'estrade. Ils tenaient à la main les fouets, chaînes, matraques, poucettes, et autres terribles instruments de leur profession. Le Premier Scribe et ses aides étaient assis à des tables plus basses, prêts à noter les dépositions.

Le juge parcourut du regard la grande salle remplie de spectateurs. La nouvelle qu'une courtisane avait été assassinée sur le bateau-de-fleurs s'était répandue comme une traînée de poudre et les citoyens de Han-yuan voulaient entendre tous les détails de l'affaire. Au premier rang, le juge aperçut Han Sei-yu, les frères Kang, Monsieur Peng et Monsieur Sou. Liou Fei-po et Monsieur Wang n'étaient pas là, ce qui lui parut étrange puisque le Chef des sbires les avait convoqués aussi.

Frappant la haute table de son martelet, il déclara l'audience ouverte et allait procéder à l'appel des témoins quand, soudain, un petit groupe de personnes fit irruption dans la salle.

A leur tête, Liou Fei-po s'avançait en criant :

– Justice! Justice! Un crime odieux a été commis!

Le juge fit un signe au Chef des sbires. Celui-ci alla au-devant des nouveaux venus et les conduisit devant l'estrade.

Liou Fei-po s'agenouilla sur les dalles de pierre, imité par un homme d'âge moyen, vêtu d'une simple robe bleue et coiffé d'une petite calotte noire. Quatre autres personnes demeurèrent debout derrière les sbires. Le juge reconnut Monsieur Wang; il n'avait jamais vu les autres.

– Votre Excellence! s'écria Liou Fei-po, ma fille a été sauvagement assassinée pendant sa nuit de noces!

Le juge Ti leva les sourcils et répondit sèchement :

– Que le plaignant s'en tienne à l'ordre dans lequel les faits se sont produits. J'ai appris hier soir, au cours du banquet, que le mariage de sa fille avait été célébré la veille. Pourquoi avoir attendu deux jours avant d'avertir le tribunal de sa mort?

— A cause des machinations infernales de ce monstre à forme humaine! cria Liou en désignant du doigt l'homme agenouillé près de lui.

— Déclinez vos noms et profession, commanda le juge.

— L'insignifiante personne qui est devant vous se nomme Tchang Wen-tchang et est Docteur en Littérature, répondit le personnage en robe bleue d'un ton posé qui contrastait avec la surexcitation de Liou Fei-po. Un grand malheur s'est abattu sur ma maison, me privant à la fois de ma bru et de mon fils bien-aimé. Comme si cela ne suffisait pas, on me traîne ici pour répondre de leur mort, moi, le père de ces enfants! Je supplie très respectueusement Votre Excellence d'obliger mon accusateur à réparer le tort terrible qu'il me cause.

— L'impudent coquin! cria Liou Fei-po.

Le juge frappa plusieurs fois la table de son martelet.

— Le plaignant Liou Fei-po est prié de ne pas proférer d'injures dans l'enceinte de ce tribunal, dit-il d'un ton sévère. Exposez les faits.

Liou Fei-po réussit à se maîtriser. Il était visiblement fou de rage et de douleur, et rien en lui ne rappelait l'homme impassible de la veille. Il reprit sur un ton plus modéré :

— Le Ciel Auguste ne m'a pas accordé de descendance mâle. Mon unique enfant était une fille appelée Fée-de-la-Lune, mais ses qualités me firent vite oublier le chagrin de ne pas avoir de fils. Elle était si douce et si jolie que la voir devenir une belle et intelligente jeune femme fut la grande joie de ma vie. Je...

Un brusque sanglot l'empêcha de continuer. Il avala plusieurs fois sa salive avant de reprendre d'une voix tremblante : « L'année dernière, elle me demanda la permission de suivre un cours de littérature classique que ce professeur donnait chez lui à un groupe de jeunes filles. J'acquiesçai à son désir, car jusqu'alors l'équitation et la chasse représentaient ses seuls passe-temps, et j'étais heureux de la voir enfin attirée par les arts et les lettres. Comment aurais-je pu prévoir le malheur qui en résulterait? Fée-de-la-Lune rencontra dans la maison de son professeur le fils de celui-ci, le Candidat aux Examens Littéraires Tchang Hou-piao et se prit d'amour pour lui. Je voulus faire une petite enquête sur la famille Tchang avant d'accorder mon consentement au mariage, mais Fée-de-la-Lune insista pour que les fiançailles fussent annoncées tout de suite, et ma Première Épouse – femme stupide – appuya sa requête au lieu de l'engager à être raisonnable.

« Je n'eus pas plus tôt dit oui qu'une marieuse fut choisie et le contrat rédigé. Mon ami, l'homme d'affaires Wan Yi-fan, m'avertit alors que le docteur Tchang était un abominable débauché qui avait tenté, précédemment, de séduire Mademoiselle Wan et d'abuser d'elle. Je décidai tout de suite de rompre les fiançailles, mais Fée-de-la-Lune tomba malade et ma Première Épouse prétendit qu'elle se languissait d'amour et finirait par trépasser si je ne revenais pas sur ma décision. De plus, le docteur Tchang, peu disposé à voir sa proie lui échapper, refusait d'annuler le contrat. »

Liou jeta un regard venimeux au professeur et reprit : « Je m'inclinai donc et, bien à contrecœur, permis qu'on célébrât le mariage. Avant-hier les bougies rouges furent allumées dans la demeure des Tchang et la cérémonie solennellement célébrée devant les tablettes des ancêtres. Le festin donné à cette occasion réunit plus de trente éminents citoyens de cette ville, parmi lesquels figuraient nos invités d'hier soir.

« Et voilà que ce matin, le professeur se précipite chez moi à la première heure pour me dire que, *la veille,* Fée-de-la-Lune avait été trouvée morte sur sa couche nuptiale. Je voulus savoir pourquoi il ne m'avait pas prévenu immédiatement. Il me répondit que son fils ayant disparu, il avait d'abord essayé de le retrouver. Je le pressai de me dire de quoi ma fille était morte, mais il se contenta de murmurer quelques paroles incompréhensibles. Je voulus aller voir le corps de mon enfant. Très calme, il me dit qu'on l'avait déjà mise en bière et déposée dans le Temple Bouddhiste! »

Le juge Ti se redressa brusquement et fut sur le point d'interrompre Liou, mais, se ravisant, il le laissa terminer son récit.

« Un horrible soupçon m'assaillit », continua le malheureux père. « J'en parlai à mon voisin, Monsieur Wang, et il fut tout de suite d'accord avec moi : ma fille bien-aimée avait été la victime d'un ignoble attentat. Je prévins le docteur Tchang que j'allais déposer une plainte contre lui. Monsieur Wang alla chercher Wan Yi-fan pour servir de témoin. A présent, agenouillé devant le tribunal, je supplie Votre Excellence de punir cet abominable criminel, afin que l'âme de ma pauvre enfant repose en paix! »

Liou Fei-po se tut et fit trois fois le ko-téou.

Le juge Ti caressa lentement sa grande barbe. Après avoir réfléchi un instant, il demanda :

— Voulez-vous dire que Candidat Tchang a tué sa jeune épouse et a pris la fuite?

– Je demande humblement pardon à Votre Excellence, dit Liou, je suis si bouleversé que je n'arrive pas à m'exprimer clairement. Ce gamin sans caractère est innocent. C'est son père, ce dégénéré lubrique, qui est le coupable! Il convoitait Fée-de-la-Lune, et, excité par le vin, osa porter les mains sur elle la nuit même où elle devait devenir l'épouse de son propre fils. Accablée de honte, ma pauvre enfant se tua, et Candidat Tchang, frappé d'horreur par l'odieuse conduite de son père, s'enfuit plein de désespoir. Le lendemain matin, quand ce professeur dépravé eut cuvé sa boisson, il découvrit le cadavre de ma fille. Désireux d'échapper aux conséquences de son acte, il le fit aussitôt placer dans une bière afin qu'on ne s'aperçût pas du suicide. J'accuse donc le docteur Tchang Wen-tchang ici présent d'avoir violé ma fille Fée-de-la-Lune et d'être la cause de sa mort.

Le juge dit au Premier Scribe de lire à haute voix l'accusation telle qu'il venait de la noter. Liou trouva ce texte correct et apposa la marque de son pouce sur le document. Le magistrat prit de nouveau la parole :

– Que l'accusé Tchang Wen-tchang nous donne à présent sa version personnelle des événements.

– L'infortuné qui a le malheur de se trouver ici, commença le professeur avec une pointe de pédantisme dans son élocution, supplie respectueusement Votre Excellence de lui pardonner sa conduite. J'ai agi de façon stupide, je le reconnais, et désire que le fait soit noté. Une vie tranquille passée au milieu de mes livres m'a rendu incapable de prendre les mesures réclamées par l'horrible catastrophe qui a soudainement frappé ma pauvre demeure. Mais je nie de toutes mes forces avoir jamais nourri la moindre pensée coupable à l'égard de ma bru, et je n'ai certes pas abusé d'elle. Ce qui s'est passé, je vais vous le dire en toute sincérité et sans omettre aucun détail ».

Le professeur s'arrêta un instant pour rassembler ses souvenirs, puis poursuivit : « Hier matin, tandis que je prenais mon premier repas dans le kiosque du jardin, ma petite servante Pivoine vint me dire qu'elle avait voulu porter le riz matinal aux nouveaux mariés, mais que les coups frappés par elle à leur porte n'avaient pas obtenu de réponse. Je lui dis qu'il était trop tôt pour déranger de jeunes époux.

« Une heure plus tard, alors que j'arrosais mes fleurs, Pivoine vint m'informer qu'on ne lui répondait toujours pas. Un peu inquiet, je me rendis dans la cour assignée au nouveau ménage et frappai moi-même à la porte de la chambre. Personne ne donna signe de vie. Je criai alors à plusieurs reprises le nom de mon fils. Toujours en vain.

« Comprenant que quelque chose de fâcheux avait dû se produire, je courus chercher mon voisin et ami, le négociant en thé Kong, et lui demandai son avis. Mon devoir, dit-il, était de faire enfoncer la porte ; j'appelai donc mon intendant qui prit une hache et démolit la serrure. »

Le docteur Tchang s'arrêta de nouveau pour avaler sa salive, puis continua d'une voix sans timbre : « Je vis Fée-de-la-Lune allongée sur le lit, nue et couverte de sang. Mon fils n'était pas dans la chambre. Je me dépêchai d'étendre une couverture sur le corps de la jeune femme et lui tâtai le pouls. Il ne battait plus... la malheureuse était morte.

« Kong alla quérir le docteur Houa, un savant

médecin qui habite non loin de ma demeure. La mort, nous expliqua-t-il après un bref examen, était due à une sévère hémorragie survenue à la suite de la défloration. Je compris alors que mon fils, fou de chagrin, avait fui la scène de sa tragique mésaventure. Convaincu qu'il s'était rendu dans quelque endroit désert pour mettre fin à ses jours, ma première idée fut de partir immédiatement à sa recherche afin de l'empêcher d'accomplir cette funeste action. Mais le docteur Houa me fit observer qu'en raison de la chaleur dont nous jouissions en ce moment il valait mieux procéder d'abord à la mise en bière. Je donnai donc des ordres pour qu'un entrepreneur des pompes funèbres vînt laver le corps et le mît dans un cercueil provisoire. Monsieur Kong suggéra de déposer le cercueil dans le Temple Bouddhiste en attendant qu'une décision fût prise pour le lieu de l'enterrement [9]. Je priai les personnes présentes de garder la chose secrète jusqu'à ce que j'aie retrouvé mon fils, vivant ou mort, puis je partis à sa recherche, accompagné de Monsieur Kong et de mon intendant.

« Nous passâmes la journée entière à parcourir la ville et ses faubourgs, mais quand tomba le crépuscule, nous n'avions rien trouvé qui pût nous mettre sur sa trace. En rentrant chez moi, je vis un pêcheur devant la porte. Il m'attendait pour me remettre une ceinture de soie qu'il avait accrochée avec son hameçon au cours de sa pêche sur le lac. Je n'eus pas besoin de lire le nom brodé sur la doublure pour reconnaître celle de mon pauvre fils. Ce second choc m'acheva et je tombai évanoui. Monsieur Kong et mon intendant me mirent au lit. Complètement épuisé, je dormis jusqu'à ce matin.

« Aussitôt éveillé, je pensai à mes devoirs

envers le père de ma belle-fille et me hâtai d'aller le mettre au courant de la terrible tragédie. Au lieu de se lamenter avec moi, cet homme dépourvu d'entrailles entassa sur ma tête les accusations les plus insensées et me traîna devant ce tribunal. Je supplie Votre Excellence de faire rendre justice à l'infortuné que je suis, privé en un jour de son fils unique et de sa bru, perdant ainsi tout espoir de posséder jamais une descendance capable de prendre soin de ses tablettes [10]! »

Le professeur se tut et frappa le sol avec son front plusieurs fois de suite.

Le juge fit signe au scribe. Celui-ci donna lecture de la déclaration du docteur Tchang et ce dernier y apposa l'empreinte de son pouce.

– A présent, nous allons entendre les témoins, déclara le juge. Faites approcher Monsieur Wan Yi-fan.

Se souvenant que les frères Kang avaient prononcé ce nom au cours de leur querelle, il accorda une attention toute particulière à l'homme qui s'avançait vers l'estrade. Wan Yi-fan pouvait avoir une quarantaine d'années, et à part une courte moustache noire qui faisait ressortir la pâleur de son visage, il était imberbe.

– Il y a deux ans, expliqua-t-il après avoir décliné ses noms et qualités, la Seconde Épouse du docteur Tchang mourut. Comme le docteur avait déjà perdu sa Première et sa Troisième, il se trouva très seul et vint me demander de lui donner ma fille comme concubine. Je refusai avec indignation cette proposition faite sans l'intermédiaire d'une marieuse comme cela eût été séant. Le docteur Tchang, dont les instincts libidineux se trouvaient ainsi frustrés, se mit alors à répandre des bruits malveillants sur mon compte, essayant de me faire passer pour un filou dont les affaires ne supporteraient pas un examen trop attentif. Ainsi, quand la fille de mon ami Liou Fei-po s'amouracha du rejeton de cet homme malhonnête, j'ai pensé que mon devoir me commandait d'éclairer Liou sur le genre de beau-père que sa fille allait avoir.

D'une voix tremblante de colère, le docteur Tchang s'écria :

– Je supplie Votre Excellence de ne pas croire cette grotesque histoire où le mensonge vient insidieusement se mêler à la vérité! J'ai souvent parlé du témoin de façon défavorable, cela est vrai, mais parce que c'est un coquin et un escroc! Après la mort de ma Seconde Épouse, c'est lui-même qui m'a offert sa fille comme concubine, m'expliquant que depuis le décès de sa femme il ne se sentait plus capable de la surveiller convenablement. Son but était de m'extorquer de l'argent et de me clore la bouche, et c'est moi qui ai refusé son impudente proposition!

Le juge Ti frappa la table de son poing.

– On se moque du Magistrat! s'écria-t-il. De toute évidence, l'un de ces deux hommes ment. Je vais étudier cette affaire à fond, et malheur à celui qui a essayé de se jouer de moi!

Tiraillant sa barbe avec colère, il ordonna qu'on fît avancer Monsieur Wang.

Les déclarations de ce dernier confirmèrent les dires de Liou Fei-po en ce qui concernait l'exposé des faits, mais il se montra beaucoup plus réservé au sujet de l'accusation portée par Liou contre le docteur Tchang. Il n'avait pas voulu contredire son ami Liou afin de ne pas augmenter l'état d'excitation dans lequel celui-ci se trouvait, mais il préférait ne pas émettre d'opinion sur ce qui s'était réellement passé au cours de la nuit de noces.

Le juge Ti donna ensuite la parole aux deux témoins de la défense. Le marchand de thé Kong vint confirmer la description des événements faite par le docteur Tchang et ajouta que le professeur était un homme d'habitudes frugales et d'un caractère élevé. Quand ce fut le tour du docteur Houa de s'agenouiller sur les dalles de pierre, le juge ordonna au Chef des sbires d'aller chercher le Contrôleur-des-décès, puis il dit au témoin d'un ton sévère :

– En tant que médecin, vous devriez savoir que dans un cas de mort subite le cadavre ne doit pas être mis en bière avant que toutes les circonstances du décès aient été exposées au tribunal ni avant l'examen du corps par le Contrôleur-des-décès. Vous serez puni pour n'avoir pas respecté la loi. A présent, vous allez dire devant notre Contrôleur dans quel état vous avez trouvé le corps et comment vous avez déterminé les causes du décès.

Le docteur Houa s'empressa de donner une description détaillée du cadavre et fit part au tribunal de ses différentes observations. Quand il se tut, le juge se tourna vers le Contrôleur-des-décès qui prit la parole à son tour.

– J'informe respectueusement Votre Excellence que, si la mort d'une vierge dans les circonstances décrites par le témoin est un fait très rare, il n'en est pas moins vrai que nos livres médicaux en citent quelques exemples. Une trop abondante perte de sang au cours de la défloration peut sans doute causer la mort, mais, en général, la jeune femme reste seulement évanouie pendant un temps plus ou moins long. Pour le reste, tous les symptômes relevés par le docteur Houa correspondent à ceux décrits dans nos meilleurs traités de médecine.

Le juge Ti infligea une forte amende au docteur Houa, puis conclut :

— Mon intention était d'examiner ce matin l'affaire de la courtisane noyée, mais me voici contraint par les circonstances d'aller immédiatement inspecter les lieux où le crime allégué aurait été commis.

Il frappa la table de son martelet et déclara l'audience close.

VI

*Le juge Ti visite la bibliothèque
d'un Candidat aux Examens Littéraires;
on ouvre un cercueil dans un temple désert.*

Avant de quitter le tribunal, le juge dit à Ma Jong :

— Commande aux porteurs de se tenir prêts à me conduire chez le docteur Tchang et envoie quatre hommes faire les préparatifs pour l'autopsie dans le Temple Bouddhiste. Je me rendrai là-bas dès que j'en aurai terminé avec le professeur.

Il gagna ensuite son cabinet et le Sergent s'empressa de lui servir une tasse de thé. Tsiao Taï attendait que son maître fût assis pour prendre un siège à son tour, mais le juge se mit à marcher de long en large, les mains derrière le dos et les sourcils froncés. Il ne s'arrêta que lorsque le Sergent lui tendit sa tasse. Après avoir bu quelques gorgées, il s'écria :

— Je n'arrive pas à comprendre pourquoi Liou Fei-po a formulé une telle accusation! Cette mise en bière hâtive peut faire naître des soupçons, je le reconnais, mais n'importe quel homme ayant tout son bon sens aurait réclamé une autopsie au lieu de proférer une aussi fantastique accusation. Hier soir, Liou m'avait pourtant donné l'impression d'être un homme calme et maître de lui.

— Au tribunal, remarqua le Sergent, on l'aurait plutôt pris pour un dément. Ses mains tremblaient et il avait de l'écume au coin des lèvres.

— L'accusation de Liou est complètement absurde, dit Tsiao Taï. S'il était vraiment convaincu de la vilenie du professeur, pourquoi a-t-il consenti au mariage? Il ne semble pas être homme à se laisser tyranniser par sa femme ou sa fille! Et il n'avait nul besoin de l'accord du docteur Tchang pour faire annuler le contrat de mariage.

Le juge Ti hocha la tête.

— Cette histoire de mariage n'est peut-être pas aussi simple qu'elle le paraît, dit-il. Et il faut bien reconnaître que le docteur Tchang, malgré sa façon touchante de raconter le désastre qui le prive de postérité, prenait la chose avec assez de calme!

Ma Jong étant venu annoncer que le palanquin attendait, le juge se dirigea vers la grande cour du Yamen avec ses trois lieutenants.

Le docteur Tchang habitait une vaste demeure bâtie à flanc de montagne, à l'ouest du tribunal. Son intendant ouvrit le portail à deux battants et le palanquin du juge s'avança dans la première cour.

Le professeur vint aider respectueusement le juge à descendre et le conduisit dans la salle de réception. Le Sergent les suivit, mais Ma Jong et Tsiao Taï restèrent auprès du palanquin avec le Chef des sbires et deux de ses hommes.

Tout en prenant place devant la table à thé, le juge examina son hôte. Le docteur Tchang était un homme de haute taille, bien proportionné, avec un visage fin et intelligent. Il ne paraissait pas beaucoup plus de cinquante ans, un âge relativement jeune pour avoir déjà pris sa retraite. Il versa le thé dans les tasses, puis il s'assit et attendit que son visiteur voulût bien entamer la conversation. Le Sergent Hong se tenait debout, derrière le fauteuil de son maître.

Le juge regarda les rayons bien garnis de livres et demanda au professeur quels sujets l'intéressaient plus particulièrement. Le docteur Tchang expliqua en quelques mots bien choisis la nature de ses travaux consacrés à l'étude critique d'anciens textes. Ses réponses aux questions posées par le juge à propos de certains points démontraient qu'il possédait son sujet à fond. Ses remarques sur l'authenticité d'un passage discuté dénotaient un esprit original, et il les accompagna de citations érudites. Si l'intégrité morale du professeur n'était pas établie, le fait qu'il fût un véritable lettré ne pouvait être mis en doute.

— Vous enseigniez au Temple de Confucius, je crois, dit le juge. Pourquoi avez-vous abandonné votre chaire de si bonne heure? Bien des lettrés conservent des positions de ce genre jusqu'à soixante-dix ans, ou même plus tard encore.

Le docteur Tchang regarda soupçonneusement le juge et répondit d'un ton sec :

— J'ai préféré consacrer tout mon temps à des travaux personnels, et, pendant ces trois dernières années, je me suis contenté de faire, ici même, un cours de littérature auquel assistent seulement quelques étudiants choisis.

Le juge se leva en exprimant le désir de voir le lieu où s'était déroulée la tragédie.

Le professeur leur fit suivre un couloir à ciel ouvert qui menait à la seconde cour. S'arrêtant devant la gracieuse arcade d'entrée, il expliqua :

— Voici la cour que j'avais attribuée à mon fils.

Après la levée du corps, j'ai interdit à tout le monde d'y pénétrer.

Le juge vit un joli petit jardin d'agrément avec, au milieu, une rustique table de pierre abritée du soleil par deux massifs de bambous. Le bruissement des feuilles vertes fit un instant oublier au magistrat l'accablante chaleur.

Le docteur Tchang poussa la porte du bâtiment de gauche et montra un minuscule studio à ses visiteurs. Un vieux fauteuil et un bureau placé devant la fenêtre occupaient la presque totalité de l'espace disponible et des piles de livres et de rouleaux manuscrits s'entassaient sur les rayons. La voix du professeur se fit très douce pour dire :

— Mon fils aimait beaucoup sa petite bibliothèque. Il signait ses essais littéraires *L'Étudiant du Bosquet de Bambous*... bien qu'il soit difficile d'appeler bosquet les cinq ou six arbustes qui croissent dans la cour!

Le juge entra pour examiner les ouvrages disposés sur les rayons. Se tournant vers le professeur, il dit négligemment :

— Le choix des livres montre que la curiosité de votre fils le portait vers des sujets très variés. Il est dommage que son intérêt se soit étendu aussi à ces demoiselles du Quartier des Saules!

— Comment Votre Excellence peut-elle croire une chose pareille! s'écria le docteur Tchang d'un ton irrité. Mon fils était un garçon rangé; il ne sortait jamais le soir. Qui a pu vous raconter ces sornettes?

— Oh, j'ai peut-être mal compris ce qu'on m'a dit! répliqua le juge sans s'expliquer davantage. Mais puisque votre fils poursuivait ses études avec tant d'ardeur, je suppose qu'il devait avoir une belle écriture?

Le professeur désigna du doigt une pile de papiers sur le bureau et répondit sèchement :

— Voici le dernier travail de mon fils : ses commentaires sur les Analectes de Confucius.

Le juge feuilleta le manuscrit. « Une calligraphie vraiment très expressive », déclara-t-il en rejoignant le professeur et le Sergent restés dehors.

Le docteur Tchang ne semblait pas avoir digéré la réflexion du magistrat sur les prétendues fredaines de son fils. Il lui montra le petit salon qui faisait face à la bibliothèque en disant d'un ton froid :

— Si vous voulez bien passer par là, vous trouverez au fond un couloir qui mène à la chambre nuptiale. Avec la permission de Votre Excellence, j'attendrai ici.

Le juge acquiesça. Suivi du Sergent Hong, il traversa un passage sombre et s'arrêta devant une porte aux gonds à demi arrachés. Le magistrat la poussa et, sans d'abord entrer, regarda la pièce. Elle était plutôt exiguë, éclairée par une unique fenêtre dont le papier translucide ne laissait filtrer qu'une maigre lumière.

Le Sergent murmura, les yeux brillants :

— C'était donc Candidat Tchang l'amant de Fleur-d'Amandier !

— Et il a fallu qu'il aille se noyer à son tour ! répondit le magistrat avec mauvaise humeur. Nous n'avons découvert *L'Étudiant du Bosquet de Bambous* que pour le reperdre aussitôt ! Il y a cependant un point qui me chiffonne : son écriture est très différente de celle des lettres d'amour trouvées chez la courtisane. (Tout en parlant, le juge s'était baissé.) Une couche de poussière couvre uniformément tout le plancher, constata-t-il. Le professeur a donc apparemment dit vrai : personne n'est venu ici depuis qu'on a emporté le corps de Fée-de-la-Lune.

Il examina longuement le grand lit placé contre le mur du fond. Des taches brunâtres apparaissaient sur la natte de jonc qui le recouvrait. A droite se trouvait une table de toilette, à gauche une pile de coffres à vêtements; une petite table à thé et deux tabourets complétaient l'ameublement de la pièce qui sentait le renfermé.

Le juge s'approcha de la fenêtre et tenta de l'ouvrir. Elle était fixée par une barre de bois transversale, couverte elle aussi de poussière. L'ayant manœuvrée non sans peine, il aperçut, entre les barreaux de fer, un coin de jardin potager entouré d'un haut mur en briques. Une porte basse permettait au cuisinier de venir chercher les légumes.

Le juge hocha la tête d'un air perplexe.

La porte de la chambre était fermée de l'intérieur, remarqua-t-il, et la fenêtre est pourvue de solides barreaux de fer. De plus, elle n'a certainement pas été ouverte depuis plusieurs jours. Comment Candidat Tchang s'y est-il pris pour quitter cette pièce au cours de la nuit tragique?

Interloqué, le brave Sergent Hong murmura :

– Voilà qui est en effet curieux! Après un instant d'hésitation, il ajouta : « Cette chambre possède peut-être une issue secrète, Votre Excellence? »

Le magistrat s'approcha du lit et, aidé par le Sergent, le déplaça de façon à pouvoir étudier le mur du fond. Mais il eut beau l'examiner pouce par pouce et étendre ses recherches aux autres murs et au plancher, il ne découvrit rien d'anormal.

S'asseyant sur l'un des tabourets, il épousseta ses genoux et commanda au Sergent :

– Va trouver le professeur et prie-le de m'établir la liste de ses amis et de ceux de son fils. Quant à moi, je reste encore un petit moment ici.

Lorsque le Sergent fut sorti, le juge se croisa les bras et se mit à réfléchir. Dans l'affaire de la danseuse noyée il y avait au moins quelques indices. Le mobile était clair : empêcher la courtisane de poursuivre ses révélations. Les suspects ne manquaient pas non plus; une étude systématique de leurs relations avec la victime révélerait l'identité du coupable et il serait alors facile de déjouer le complot. L'enquête marchait bien, et voilà qu'à présent survenait cette étrange affaire dans laquelle les deux principaux intéressés étaient morts! Et, cette fois, aucun indice pour le guider. Le professeur méritait peut-être sa réputation d'original, mais ce n'était certainement pas un libertin. Du moins, le juge Ti n'en avait pas l'impression. D'un autre côté, il ne fallait pas toujours se fier aux apparences et Wan Yi-fan aurait-il osé mentir devant le tribunal? Et le professeur, n'avait-il pas fait une entorse à la vérité en prétendant que son fils ne fréquentait pas le Quartier des Saules? Le docteur Tchang devait bien savoir que de tels faits sont faciles à vérifier! A moins qu'il n'ait eu lui-même une aventure avec la danseuse? Dans ce cas, il se serait servi du pseudonyme littéraire de son fils pour signer ses lettres d'amour? Il n'était plus très jeune, évidemment, mais avec sa forte personnalité il pouvait encore plaire. Et puis allez donc savoir ce qui se passe dans la tête des femmes! La première chose à faire serait de comparer l'écriture du professeur avec celle des lettres. La liste qu'il allait établir permettrait de vérifier ce point. Mais le docteur Tchang ne pouvait pas avoir assassiné la danseuse pour la bonne raison qu'il n'était pas à bord! Oui, mais les amours de la courtisane avaient-elles vraiment quelque chose à voir avec son assassinat?

Le juge eut soudain la désagréable impression qu'on l'observait. Levant la tête, il aperçut un visage blême aux traits tirés qui le regardait fixement.

Il bondit sur ses pieds, trébucha contre le second tabouret, et n'atteignit la fenêtre que pour voir la porte du jardin se refermer.

Furieux de sa maladresse, il se précipita vers la première cour et donna l'ordre à Ma Jong et à Tsiao Taï de fouiller la rue voisine. « Tâchez de mettre la main sur un homme de taille moyenne à la tête rasée comme celle d'un moine! » précisa-t-il. Puis, s'adressant au Chef des sbires, il lui commanda de réunir toute la maisonnée dans la salle de réception et d'explorer ensuite la demeure pièce par pièce pour s'assurer que personne ne s'y cachait. Il se rendit le premier dans la grande salle et, les sourcils froncés, se mit à marcher de long en large.

Intrigués par tout ce remue-ménage, le Sergent Hong et le docteur Tchang arrivèrent en courant et voulurent savoir ce qui se passait. Sans leur répondre, le juge demanda d'un ton sec au professeur :

– Pourquoi ne m'avez-vous pas dit qu'il y avait une issue secrète dans la chambre nuptiale?

Stupéfait, le docteur Tchang le regarda en répétant : « Une issue secrète? A quoi pourrait-elle me servir, à moi, paisible citoyen d'une époque tranquille? J'ai dirigé en personne la construction de cette demeure et je puis affirmer à Votre Excellence qu'il n'y a pas d'issues secrètes chez moi! »

– Dans ce cas, répliqua le juge, expliquez-moi

donc comment votre fils est sorti d'une chambre dont la fenêtre est munie de barreaux, en laissant derrière lui la porte fermée à l'intérieur?

Le professeur porta la main à son front. « Dire que je n'ai même pas pensé à cela! » s'écria-t-il, vexé.

— Eh bien, je vais vous donner le temps de réfléchir à cette énigme, répliqua le juge d'un ton cassant. Vous me ferez le plaisir de ne pas quitter votre demeure sans mon autorisation! Je me rends de ce pas au Temple Bouddhiste où l'on va procéder à l'autopsie de Fée-de-la-Lune. J'estime que cela est nécessaire pour découvrir la vérité, aussi épargnez-moi vos protestations.

Le docteur Tchang lui jeta un regard noir et sortit sans répondre.

Le Chef des sbires arriva poussant devant lui une douzaine de personnes des deux sexes. « Voilà tout ce que j'ai trouvé, Votre Excellence », annonça-t-il.

Le juge Ti regarda les serviteurs apeurés. Aucun d'eux ne ressemblait à l'homme entrevu à la fenêtre.

Il questionna Pivoine – la petite servante qui avait frappé en vain à la porte des jeunes mariés – mais ses réponses confirmèrent point par point la déposition de son maître.

Désappointé, il les renvoya tous. Quelques instants plus tard, Ma Jong et Tsiao Taï revinrent.

— Nous avons fouillé les environs sans résultat, Noble Juge, dit Ma Jong en essuyant la sueur qui lui couvrait le visage. A part un marchand de limonade paisiblement endormi à côté de sa carriole, nous n'avons rencontré personne. A cette heure-ci, et par cette chaleur, les rues sont désertes. Près de la porte du jardin, nous avons trouvé deux fagots oubliés sans doute par un vendeur ambulant, mais du vendeur lui-même, aucune trace!

En deux mots le juge leur raconta l'apparition de l'homme mystérieux à la fenêtre de la chambre nuptiale, puis il envoya le Chef des sbires prier Monsieur Liou Fei-po et Monsieur Wang de venir assister à l'autopsie. Ma Jong reçut l'ordre de se rendre au Temple Bouddhiste pour s'assurer que tout était prêt, et à Tsiao Taï échut la mission d'empêcher le docteur Tchang de sortir de chez lui, au cas où il en manifesterait l'envie. « Prends deux sbires avec toi », ajouta le juge, « et tâche d'ouvrir l'œil : si le singulier personnage qui m'a espionné revient, je ne veux pas qu'il disparaisse de nouveau! »

Après quoi, le magistrat s'engouffra dans son palanquin en agitant ses manches d'un air mécontent. Le fidèle Sergent le suivit aussitôt, et les porteurs prirent le chemin du Temple.

En gravissant les larges degrés qui menaient au portail, le juge remarqua l'herbe qui poussait entre les joints et vit que la laque rouge des hauts piliers s'écaillait en maints endroits. Il se souvint avoir entendu dire que les moines étaient partis depuis plusieurs années et que seul un vieux bonhomme s'occupait maintenant du temple.

Un long couloir délabré le conduisit dans une salle latérale. Il y trouva Ma Jong qui l'attendait en compagnie des sbires et du Contrôleur-des-décès. L'entrepreneur des pompes funèbres et ses deux assistants se tenaient un peu plus loin.

Le cercueil reposait sur deux tréteaux, devant un autel dépouillé de ses ornements. Une grande table qui devait remplacer celle du tribunal était disposée à l'autre bout de la salle, flanquée d'une autre plus petite pour le scribe.

Avant de s'asseoir, le juge fit signe aux hommes des pompes funèbres d'approcher. Quand ils se furent agenouillés, il leur demanda :

— Vous rappelez-vous, alors que vous faisiez la toilette de la morte, si la fenêtre de la chambre nuptiale était ouverte ou fermée?

L'entrepreneur regarda ses assistants avec des yeux ronds, mais le plus jeune répondit immédiatement :

— Elle était fermée, Votre Excellence! J'ai voulu l'ouvrir, car il faisait très chaud dans la pièce, mais la barre était coincée et je n'ai pas pu la déplacer.

Le juge réfléchit un instant et posa une nouvelle question :

— En lavant le corps, avez-vous remarqué des signes de violences : blessures, contusions, décoloration de la peau?

L'entrepreneur secoua la tête.

— J'étais plutôt étonné de voir tant de sang, Votre Excellence, aussi ai-je examiné le cadavre avec un soin tout particulier. Je n'ai rien découvert de suspect. Pas même une égratignure! J'ajouterai que le corps était bien charpenté, un peu plus robuste qu'on ne s'y serait attendu chez une jeune fille de cette classe sociale.

— L'avez-vous placé dans le cercueil aussitôt après l'avoir lavé et enveloppé de son linceul?

— Oui, Seigneur Juge. Monsieur Kong nous avait dit d'apporter un cercueil provisoire, car les parents devaient décider plus tard du lieu et de la date de l'enterrement. Il était fait de planches minces et il n'a pas fallu longtemps pour ajuster le couvercle.

Pendant cette conversation, le Contrôleur-des-décès avait étendu une épaisse natte de jonc devant le cercueil. Il apportait un récipient de bronze rempli d'eau chaude quand Liou Fei-po et Wang apparurent.

Lorsqu'ils eurent salué le juge, celui-ci alla prendre place derrière la grande table. Il frappa trois coups avec son index replié et dit :

— Cette audience spéciale a été ordonnée en raison des doutes qui se sont élevés sur les circonstances exactes de la mort de Madame Tchang Hou-piao, née Liou. Le tribunal a décidé que le cercueil serait ouvert et qu'il serait procédé à l'autopsie du cadavre. Étant donné qu'il ne s'agit pas d'une exhumation, mais simplement de l'examen habituel, le consentement des parents de la défunte n'est pas nécessaire. J'ai cependant convoqué son père, M. Liou Fei-po, et le Maître de Guilde Wang, afin qu'ils assistent à l'opération en qualité de témoins. Le docteur Tchang n'est pas ici, car il est aux arrêts chez lui sur l'ordre du tribunal.

Le juge fit un signe. L'un des sbires alluma deux faisceaux de bâtonnets d'encens. Il en plaça un sur la table du juge et mit l'autre dans un vase qu'il déposa sur le plancher, à côté de la bière. Quand l'épaisse fumée eut rempli la salle de son âcre parfum, le juge Ti donna l'ordre d'ouvrir le cercueil.

L'entrepreneur des pompes funèbres glissa un ciseau sous le couvercle et ses aides firent sauter les clous qui le retenaient.

Comme ils le soulevaient, leur patron qui s'était penché pour voir l'intérieur du cercueil recula brusquement en poussant un cri. Effrayés les deux hommes lâchèrent la planche qui tomba bruyamment sur le sol.

Le Contrôleur-des-décès s'avança pour se rendre compte de ce qui les terrifiait ainsi.

— Une chose scandaleuse s'est produite, Votre Excellence! s'exclama-t-il.

94

Le juge Ti se leva et vint regarder à son tour. Involontairement, il fit un pas en arrière.

Le cadavre d'un homme en vêtements de travail occupait le cercueil, et sa tête n'était qu'un amas de sang coagulé.

VII

*Une macabre découverte
crée de nouvelles complications;
le juge Ti décide de rendre visite
à deux éminents personnages.*

Rassemblés autour du cercueil, tous regardaient le hideux spectacle sans en croire leurs yeux. Un coup terrible avait fendu le front de l'inconnu, et sa tête couverte de sang séché n'était pas belle à voir.

— Où est ma fille? cria brusquement Liou Fei-po. Qu'on me rende ma fille!

Monsieur Wang passa son bras autour des épaules du pauvre homme et l'entraîna dans un coin, tout sanglotant.

Le juge revint s'asseoir derrière la grande table.

— Que chacun reprenne sa place, dit-il d'un ton irrité. Ma Jong, fouille ce temple! Et vous autres des pompes funèbres, sortez ce cadavre du cercueil.

Les deux aides empoignèrent le corps raidi et le déposèrent sur la natte de jonc. Le Contrôleur-des-décès s'agenouilla, et, avec précaution, le dépouilla de ses vêtements. La veste et le pantalon malhabilement rapiécés étaient en grosse cotonnade. Il les plia, les posa soigneusement l'un sur l'autre, et se tourna vers le juge.

Celui-ci prit son pinceau vermillon; il écrivit

dans le haut d'une formule officielle : « *Une personne de sexe masculin; identité inconnue.* » Puis il passa le papier au scribe.

Le Contrôleur-des-décès trempa une serviette dans le récipient de cuivre et frotta doucement la tête du mort pour enlever le sang. La terrible blessure apparut, béante. Il poursuivit sa besogne, lavant tout le corps qu'il examina méthodiquement. Lorsqu'il eut terminé, il se releva et dit :

— Cadavre de sexe masculin; musculature bien développée; âge approximatif 50 ans. Mains rêches aux ongles cassés; callosité prononcée au pouce droit. Chauve; maigre barbiche et moustaches grises. Cause du décès : une blessure en forme d'entaille au milieu du front, large d'un pouce, profonde de deux, probablement infligée par une épée-à-deux-mains ou une grosse hache.

Quand le scribe eut achevé d'inscrire ces détails sur sa formule, le Contrôleur-des-décès y ajouta l'empreinte de son pouce et présenta le papier au juge. Ce dernier lui commanda de fouiller les vêtements du mort. Le Contrôleur trouva dans l'une des manches de la veste une règle en bois et un morceau de papier chiffonné. Il déposa ces deux objets sur la table.

Le juge n'accorda qu'un bref regard à la règle, mais il défripa soigneusement le morceau de papier. Levant les sourcils d'un air étonné, il le glissa dans sa manche sans rien dire.

— Toutes les personnes présentes vont maintenant défiler devant le cadavre pour tenter de l'identifier, commanda-t-il. Monsieur Liou Fei-po et Monsieur Wang veuillez commencer.

Liou Fei-po jeta un coup d'œil rapide au mort, secoua la tête, et, le visage blême, se hâta de regagner sa place. Monsieur Wang allait suivre son exemple quand il poussa un cri. Malgré son dégoût, il se pencha sur le cadavre.

– Je reconnais cet homme! s'exclama-t-il. C'est Mao Yuan, le charpentier. La semaine dernière il est venu réparer une table chez moi.

– Où habitait-il? demanda vivement le magistrat.

– Je l'ignore, Seigneur juge, mais je pourrai interroger mon intendant; c'est lui qui l'a fait venir.

Le juge caressa lentement ses favoris. Se tournant vers l'entrepreneur des pompes funèbres, il demanda d'un ton sévère :

– Pourquoi, vous qui par profession êtes censé vous y connaître en cercueil, ne m'avez-vous pas immédiatement prévenu qu'on avait touché à celui-ci? A moins que ce ne soit pas le même que celui dans lequel se trouvait la morte? Allons, je vous écoute... tâchez de dire la vérité.

Bégayant de frayeur, l'homme répondit :

– Je... je jure que c'est le même cercueil, Votre Excellence. Je l'ai acheté moi-même il y a deux semaines et ai inscrit ma marque au fer rouge dans le bois. Mais on pouvait l'ouvrir facilement. Comme c'était un cercueil provisoire, nous n'avions pas...

Le juge l'interrompit impatiemment.

– Ce cadavre, annonça-t-il, sera enveloppé dans un linceul convenable et replacé dans la bière. Je consulterai la famille du défunt au sujet de l'enterrement. Jusque-là, deux hommes monteront la garde dans cette salle, de crainte qu'il ne disparaisse à son tour! Chef des sbires, amenez-moi le gardien de ce temple. Le coquin aurait dû se présenter devant moi dès mon arrivée ici.

– C'est un très vieil homme, Votre Excellence, s'empressa de dire le Chef des sbires. Il se nourrit d'un peu de riz que des personnes pieuses lui apportent deux fois par jour. Il est sourd et presque complètement aveugle.

– Sourd et aveugle, il ne manquait plus que cela! grommela le juge dont la colère ne diminuait pas. Se tournant vers Liou Fei-po, il ajouta : Je vais faire immédiatement tout le nécessaire pour retrouver le corps de votre fille.

A ce moment, Ma Jong revint et dit :

– J'informe respectueusement Votre Excellence que j'ai fouillé entièrement ce temple et le jardin y attenant sans découvrir de cadavre caché ou enterré.

– Accompagne Monsieur Wang chez lui, commanda le juge. Son intendant te donnera l'adresse du charpentier. Tu t'y rendras sans délai. Je désire savoir ce qu'il a fait ces derniers jours. Et s'il a des parents de sexe masculin, amène-les au tribunal afin que je les interroge. » Puis, frappant sur la table, il déclara l'audience close.

Avant de quitter la salle, il s'approcha du cercueil pour l'examiner. Il n'y avait pas de taches de sang à l'intérieur. Il n'en vit pas non plus sur le sol, qui n'avait cependant pas été lavé, comme en témoignaient les traces de pas intactes dans la poussière. De toute évidence, l'assassin n'avait pas opéré dans le Temple et le sang de la blessure était déjà coagulé avant le transport du cadavre.

Le juge prit congé des différentes personnes présentes et sortit, suivi du Sergent Hong. Il demeura silencieux pendant le trajet de retour, mais quand le Sergent l'eut aidé à remplacer son costume officiel par une confortable robe d'intérieur, sa mauvaise humeur sembla disparaître comme par enchantement. Il s'assit à son bureau et dit en souriant :

– Eh bien, Sergent, nous ne manquons plus de travail maintenant! Mais je ne suis pas fâché d'avoir mis le professeur aux arrêts chez lui. Vois plutôt ce que ce charpentier portait dans sa manche!

Il poussa le morceau de papier vers le Sergent Hong qui s'exclama :

— C'est le nom et l'adresse du docteur Tchang, Noble Juge!

— Oui. Notre savant docteur n'a pas songé à cela. Donne-moi la liste rédigée de sa main.

Hong sortit un papier de sa manche et le tendit au magistrat en disant d'un ton découragé :

— Autant que je puisse en juger, Votre Excellence, son écriture diffère complètement de celle des lettres d'amour.

— Tu as raison. Il n'y a pas la plus petite analogie, constata le juge en jetant la feuille sur la table. Quand tu auras mangé ton riz de midi, tâche de me dénicher au greffe quelques spécimens des écritures de Liou Fei-po, de Han Sei-yu, de Sou et de Wang. Ils ont sûrement eu l'occasion d'écrire au tribunal à un moment ou à un autre de leur existence. (Il sortit d'un tiroir deux cartes de visite rouges – de grandes cartes officielles – et les remit à Hong en ajoutant :) Fais-les porter à Han Sei-yu et au Conseiller Liang, accompagnées d'un message dans lequel tu annonceras ma visite pour cet après-midi.

Quand il se leva, le Sergent ne put s'empêcher de demander :

— Votre Excellence a-t-elle idée de ce qu'est devenu le cadavre de la jeune madame Tchang?

— C'est perdre son temps que vouloir résoudre un problème avant d'en connaître les données, Sergent! Et je ne veux plus penser à ce mystère pour l'instant; je vais plutôt aller manger mon riz chez moi en compagnie de mes épouses et de mes enfants. L'autre jour, la Troisième m'a dit que mes deux aînés sont déjà capables d'écrire des essais fort passables. Ce sont deux beaux petits fripons, crois-moi!

Vers la fin de l'après-midi, quand le juge fut de retour dans son cabinet, il trouva Ma Jong et le Sergent penchés sur diverses feuilles de papier. Le Sergent leva la tête et dit :

– Voici des échantillons calligraphiques de nos quatre suspects, Noble Juge. Mais aucun ne ressemble à l'écriture des lettres trouvées chez la courtisane.

Le juge s'assit et compara soigneusement les différents textes.

– Non, déclara-t-il, nous ne sommes pas plus avancés! La façon dont Liou Fei-po trace ses caractères rappelle un peu celle de l'Étudiant-du-Bosquet-de-Bambous. On pourrait imaginer qu'il a déguisé sa main pour écrire les lettres d'amour. Le pinceau est un instrument d'une si grande sensibilité qu'il est très difficile de ne pas trahir sa personnalité en le maniant, même si l'on emploie un différent type d'écriture.

– Liou Fei-po a pu connaître par sa fille le pseudonyme littéraire de Candidat Tchang, Votre Excellence! s'écria le Sergent. Et, faute de mieux, il s'en sera servi!

– C'est possible, dit le juge, songeur. Je voudrais en savoir davantage sur cet homme. C'est pourquoi je veux rendre visite à Han Sei-yu et au Conseiller Liang. Ils pourront me parler un peu de ce personnage. Et toi, Ma Jong, qu'as-tu appris sur le charpentier?

Ma Jong secoua tristement la tête.

– Il n'y a pas grand-chose à apprendre sur lui, Votre Excellence! Mao Yuan habitait une pauvre masure près du Marché au Poisson. J'ai vu sa femme, une vieille harpie d'une laideur incroyable. L'absence de son mari ne l'inquiétait pas, car il arrivait fréquemment à celui-ci de s'en aller ainsi plusieurs jours quand il avait un travail en train. Avec une femme comme la sienne, on ne peut vraiment pas le blâmer! Il y a trois jours, il est parti de bonne heure en disant qu'il se rendait chez le docteur Tchang pour faire quelques réparations avant le festin nuptial. Il a prévenu sa femme qu'il en aurait pour un certain temps et qu'il trouverait bien un endroit pour dormir dans le coin des serviteurs. Elle ne l'a pas revu depuis.

Ma Jong fit une grimace comique et continua :

— Quand j'eus fait part de la triste nouvelle à cette charmante créature, elle répliqua simplement : *Je l'avais bien dit qu'il finirait mal à toujours courir les cabarets et les maisons de jeu avec son neveu Mao Lou!* Puis elle me réclama le prix du sang.

— Quelle femme impie! s'exclama le juge avec colère.

— Je lui répondis qu'elle ne toucherait rien tant que l'assassin ne serait pas pris et condamné. Elle se mit alors à m'injurier, m'accusant d'avoir gardé l'argent! Je ne me suis pas attardé auprès d'elle, et j'ai été faire ma petite enquête dans le quartier. Tout le monde m'a dit que Mao Yuan était un brave homme très travailleur, et personne ne le blâme de lever un peu le coude, car lorsqu'on est marié à une telle harpie, il faut bien se consoler comme on peut. En revanche, son neveu Mao Lou ne vaut pas cher. Lui aussi est charpentier de son état, mais il n'a pas de domicile fixe. Il est toujours par monts et par vaux, bricolant par-ci par-là dans les riches demeures où il a quelque chose à réparer. Tout son argent passe en boisson ou va dans les maisons de jeu. On ne l'a pas aperçu depuis quelque temps, et le bruit court qu'il a été chassé de la Guilde des Charpentiers pour avoir donné un coup de couteau à un collègue après boire. Mao Yuan n'a pas d'autre parent de sexe masculin.

– Tu as bien travaillé, mon brave Ma Jong. A présent, nous savons ce que signifie le morceau de papier trouvé dans la manche de ce pauvre homme. Tu vas maintenant aller chez le professeur, et, avec l'aide de Tsiao Taï qui est de garde là-bas, tu te renseigneras pour savoir quand Mao Yuan est arrivé chez le docteur Tchang, quel travail il a exécuté et à quel moment il est reparti. Et si tu rencontres mon mystérieux espion, amène-le moi! » Puis, s'adressant à son vieux conseiller, il ajouta : « Quant à toi, Sergent, tu vas te rendre dans la rue où habite Liou Fei-po et tu interrogeras discrètement les commerçants. Si c'est lui le plaignant dans l'affaire Liou contre Tchang, il ne faut tout de même pas oublier que c'est un de nos principaux suspects dans l'affaire de la danseuse noyée! »

Le juge acheva sa tasse de thé, puis il se rendit dans la grande cour où l'attendait son palanquin.

Il faisait encore très chaud dehors, mais, heureusement, la demeure de Han Sei-yu n'était pas très éloignée du tribunal.

Han se tenait prêt à accueillir le visiteur sous son portique monumental. Après un échange de phrases polies, il le mena dans une salle sombre, rafraîchie à l'aide de grands récipients en cuivre emplis de morceaux de glace, et lui désigna un fauteuil placé près de la table à thé. Tandis que son hôte donnait à un obséquieux majordome l'ordre de servir les rafraîchissements, le juge Ti jeta un regard plein de curiosité autour de lui. Le bois des massives colonnes et des poutres sculptées était noirci par le temps et les rouleaux peints suspendus aux murs avaient acquis la teinte moelleuse du vieil ivoire. Cette maison datait probablement d'une centaine d'années et une atmosphère de distinction tranquille imprégnait toute la pièce.

Après que le thé eut été servi dans de vénérables tasses en porcelaine coquille d'œuf, Han toussota pour s'éclaircir la voix et dit avec une dignité un peu raide :

– Je prie humblement Votre Excellence de bien vouloir excuser mon inconvenante conduite d'hier soir.

– La situation était tout à fait exceptionnelle, répliqua le juge en souriant. Oublions cet incident et dites-moi plutôt le nombre de vos honorables fils.

– Je n'ai qu'une fille, répondit Han d'un ton de nouveau très froid.

Il y eut un petit silence. Le juge n'avait pas été heureux dans le choix de sa première phrase. Mais était-il à blâmer? Non, pensa-t-il. Comment imaginer qu'un homme du rang de son hôte et possédant de nombreuses épouses et concubines n'eût pas de fils? Aussi, sans se déconcerter, passa-t-il à un autre sujet. « Je dois vous avouer, dit-il, que l'assassinat de cette petite danseuse et l'étrange aventure survenue à la fille de Liou Fei-po me rendent perplexe. Oserai-je avoir recours à votre bienveillante assistance pour m'éclairer sur le caractère des personnes mêlées à ces affaires? »

Han s'inclina poliment.

– Votre Excellence peut disposer de moi, répondit-il. La querelle de mes amis Liou et Tchang me navre. Tous deux sont d'éminents citoyens de Han-yuan et j'espère... je suis certain même, que Votre Excellence pourra effectuer entre eux un rapprochement qui...

– Avant de tenter une réconciliation, l'interrompit le juge, il me faut d'abord établir si la jeune femme est morte naturellement ou non. Et si c'est non, punir l'assassin, quel qu'il soit. Mais commençons, si vous le voulez bien, par la danseuse.

Han leva les bras en l'air et s'écria, choqué :

– Que Votre Excellence ne perde pas son temps avec cette affaire insignifiante! La courtisane était belle, pleine de talent, mais après tout, ce n'était qu'une danseuse professionnelle! Ces filles sont souvent mêlées à des histoires louches et beaucoup d'entre elles meurent de mort violente! (Se penchant vers le juge, il continua sur un ton confidentiel :) Je puis même affirmer à Votre Excellence qu'aucune des personnes qui comptent ici n'élèvera la moindre objection si le tribunal... hum... n'approfondit pas trop cette affaire. Et je ne crois pas non plus que les hautes autorités de la capitale s'intéressent beaucoup à la mort d'une femme légère. Tandis que le différend qui oppose Liou au docteur Tchang nuit à la bonne renommée de notre ville! C'est pourquoi nous serions très reconnaissants à Votre Excellence si elle arrivait à les persuader de s'entendre. Peut-être qu'en leur suggérant...

– Nos vues respectives sur l'administration de la justice sont trop éloignées l'une de l'autre pour qu'il soit utile de discuter, coupa le juge d'un ton froid. Je me contenterai donc de vous poser quelques questions. Premièrement : qu'était pour vous la danseuse Fleur-d'Amandier?

Han devint écarlate. D'une voix tremblante de colère, il répliqua :

– Vous attendez-vous à ce que je réponde à une pareille question?

– Certainement. Sans quoi je ne l'aurais pas posée.

– Eh bien, je refuse de répondre.

– C'est votre droit, déclara le juge avec calme. Mais je vous la poserai de nouveau lorsque vous comparaîtrez devant le tribunal, et alors il vous faudra parler... ou recevoir cinquante coups de fouet pour désobéissance à un magistrat. C'est afin de vous épargner la mortification d'avoir à répondre en public que je vous interroge maintenant.

Les yeux brillants de rage, Han expliqua d'une voix blanche :

– La courtisane Fleur-d'Amandier était jolie, bonne danseuse, et de conversation fort agréable. Par conséquent je la jugeai propre à divertir mes invités. A part cela, cette femme n'existait pas pour moi, et qu'elle soit morte ou vivante me laisse absolument froid.

– Ne venez-vous pas de me dire que vous aviez une fille?

Malgré le ton brusque du magistrat, Han considéra visiblement cette nouvelle question comme un désir de changer le cours de la conversation. Il commanda au serviteur, qui attendait à une distance respectueuse, d'apporter les sucreries et les fruits confits, puis, d'un ton plus aimable, répondit :

– Oui, Noble Juge. Elle s'appelle Chaton-de-Saule. Je sais qu'on ne doit pas louer son propre enfant, mais j'ose dire que c'est une jeune fille tout à fait remarquable. Elle montre un certain talent dans l'art de la peinture et de la calligraphie... » Il s'arrêta brusquement, et, embarrassé, ajouta : « Mais les affaires de ma maison n'offrent aucun intérêt pour Votre Excellence. »

– J'en viens donc à ma deuxième question.

Que pouvez-vous me dire des Maîtres de Guildes Wang et Sou?

— Il y a de nombreuses années, répondit Han d'un ton de nouveau neutre, Wang et Sou ont été élus à l'unanimité par leurs collègues pour veiller aux intérêts des deux Guildes. Ils furent choisis à cause de leur caractère élevé et de leur conduite irréprochable. Je n'ai rien à ajouter à cela.

— Une question, à présent, au sujet de l'affaire Liou contre Tchang. Pourquoi le professeur a-t-il pris sa retraite de si bonne heure?

Han s'agita sur sa chaise en proie à un vif embarras.

— Pourquoi revenir sur cette vieille histoire? demanda-t-il avec mauvaise humeur. Il a été irréfutablement établi que l'étudiante avait le cerveau dérangé. On ne peut qu'admirer le docteur Tchang d'avoir insisté pour que sa démission fût acceptée. Le nom d'un professeur à l'École du Temple de Confucius ne doit pas être mêlé à des affaires de mœurs, a-t-il déclaré, même si son innocence est pleinement reconnue.

— Je consulterai le dossier au greffe, répondit le juge.

— Oh, mais Votre Excellence ne trouvera rien. L'affaire n'a pas été si loin! Les notables de Han-yuan ont écouté les personnes mêlées à cette histoire et, d'accord avec le Recteur de l'École, nous avons tout arrangé entre nous. Nous estimons qu'il est de notre devoir d'épargner le plus possible de tracas aux autorités.

— C'est ce que j'ai déjà observé, remarqua le juge. Puis, se levant, il remercia Han de son aimable accueil. Quand celui-ci l'eut reconduit jusqu'à son palanquin, le magistrat se dit que les bases d'une solide et durable amitié n'avaient probablement pas été établies au cours de cet entretien.

VIII

*Le juge Ti s'entretient avec un oiseau
et des poissons;
il fait à ses lieutenants
un résumé de la situation.*

Lorsque le juge remonta dans son palanquin,
les porteurs l'informèrent que la maison du Conseiller se trouvait au coin de la même rue.
Pendant ce court trajet, il songea que le Conseiller Liang, étranger comme lui à Han-yuan,
n'éprouverait pas les mêmes scrupules que Han
Sei-yu à le renseigner sur ses concitoyens.

L'imposante entrée de sa demeure apparut
bientôt, flanquée de lourds piliers qu'un ciseau
habile avait ornés d'un curieux motif de nuages et
d'oiseaux fabuleux.

Dans la première cour, un jeune homme au
long visage triste attendait le visiteur à l'ombre
d'arbres centenaires.

– Je me nomme Liang Fen, expliqua-t-il après
s'être incliné très bas. Je suis le neveu du Conseiller, et en même temps son secrétaire. Mon
oncle regrette infiniment de ne pouvoir venir en
personne au-devant d'un hôte si distingué,
mais...

– Je sais que la santé de Son Excellence le
Conseiller n'est pas bonne, interrompit le juge. Et
je ne me serais jamais permis de l'importuner si
les pressants devoirs de ma charge ne m'obligeaient à lui poser quelques questions.

Le secrétaire s'inclina de nouveau et indiqua au juge un long couloir mal éclairé. Nulle part on ne voyait de serviteurs. Après quelques instants de marche ils arrivèrent devant un charmant petit jardin. Liang Fen s'arrêta et, se frottant nerveusement les mains, dit :

— Je me rends compte de l'irrégularité de ma démarche, Seigneur Juge, et je suis confus de vous présenter une requête de façon si peu conforme à l'étiquette, mais je vous serais infiniment reconnaissant si vous daigniez m'accorder un moment d'entretien lorsque vous aurez vu mon oncle. Je me trouve dans une situation des plus embarrassantes et je ne sais comment... comment...

Il n'arriva pas à terminer sa phrase. Après lui avoir jeté un bref regard le juge inclina la tête en signe d'acquiescement. Le jeune homme parut soulagé d'un grand poids. Ils traversèrent le jardin et, s'arrêtant devant une porte massive, Liang Fen l'ouvrit et fit passer le magistrat devant lui. « Son Excellence le Conseiller va vous recevoir dans un instant », annonça-t-il, puis il sortit en refermant silencieusement le battant derrière lui.

Le juge cligna des paupières. Il faisait plus que sombre dans la grande pièce, et tout ce qu'il distingua d'abord fut un carré plus clair, vers le fond de la salle. Vérification faite, ce carré était une fenêtre basse, sur le treillis de laquelle on avait collé un papier grisâtre.

Le juge s'avança, marchant avec précaution sur l'épais tapis dans la crainte de heurter quelque objet. Quand ses yeux se furent habitués à la demi-obscurité, il vit que son appréhension était injustifiée. A part un grand bureau et son fauteuil disposés devant la fenêtre, le mobilier consistait seulement en quatre chaises à hauts dossiers, rangées contre le mur de droite sous des rayons chargés de livres.

De la pièce aux trois quarts vide se dégageait la curieuse impression désolée que donnent les logis dans lesquels personne n'habite plus depuis longtemps.

Le juge remarqua une vasque de porcelaine contenant des cyprins dorés, posée sur un support en bois sculpté, près du bureau. Il s'apprêtait à l'examiner quand une voix stridente cria brusquement : « Va t'asseoir! »

Surpris, le magistrat fit un pas en arrière.

Un rire aigu éclata près de la fenêtre. Le juge se retourna et sourit en apercevant une petite cage en fils d'argent accrochée au mur. Elle était occupée par un mainate qui sautillait en battant des ailes.

Le juge Ti s'approcha de la cage, et, la tapotant du bout de son doigt, dit avec reproche :

– Tu m'as fait peur, vilain oiseau!

– Vilain oiseau! répéta le mainate en tournant sa petite tête lisse vers le magistrat. Il le regarda un instant de son œil sagace et se remit à crier : « Va t'asseoir! »

– Entendu! répondit le magistrat. Mais avec ta permission, je veux d'abord admirer ces jolis poissons!

Quand il se pencha vers la vasque, une demi-douzaine de petites créatures or et noir, aux longues nageoires et aux belles queues traînantes, montèrent à la surface et vinrent fixer sur lui le regard solennel de leurs gros yeux protubérants.

– Je suis désolé, mais je n'ai rien à vous offrir! dit-il.

Au milieu de la vasque, une statuette de la Fée des Fleurs était fixée sur un piédestal en forme de rocher. Ses joues coquettement fardées rosissaient la porcelaine du souriant visage et son chapeau de paille semblait réel. Le juge avança la main pour la toucher. Les poissons commencèrent aussitôt à s'agiter avec irritation, nageant tout près de la surface et faisant rejaillir l'eau autour d'eux. Sachant à quel point ces coûteux petits animaux de race sont excitables, le juge craignit de les voir endommager leurs longues nageoires. Il les abandonna donc pour se diriger vers les rayons de livres.

A ce moment la porte s'ouvrit et un vieillard au dos très voûté entra, soutenu par Liang Fen. Le juge s'inclina profondément et attendit que le secrétaire eut mené à petits pas son maître jusqu'au vaste fauteuil. Le vieil homme s'accrochait d'une main au bras de Liang Fen et de l'autre s'appuyait sur un long bâton laqué de rouge. Il était vêtu d'une robe de roide brocart brun et portait sur la tête un haut bonnet de gaze noire brochée de fils d'or. Une visière noire en forme de croissant protégeait sa vue, de sorte que le juge ne put distinguer ses yeux. Une grosse moustache et de longs favoris cachaient une partie de son visage tandis qu'une impressionnante barbe de neige descendait en trois pointes sur sa poitrine.

Pendant que le vieillard se laissait doucement tomber sur le fauteuil, le mainate se mit à battre des ailes et cria : « Cinq mille... Comptant! »

Le Conseiller fit un signe. Liang Fen se hâta de couvrir la cage avec son mouchoir. Le vieillard posa alors ses deux coudes sur la table et pencha sa tête en avant. L'étoffe raide de la robe se gonfla, s'écarta comme deux ailes, donnant à la silhouette sombre qui se détachait sur le fond plus clair de la fenêtre l'apparence de quelque énorme oiseau de proie perché pour la nuit.

D'une voix faible, presque indistincte, le vieil homme murmura :

– Asseyez-vous, Ti. Je suppose que vous êtes le fils de feu mon collègue le Conseiller d'État dont vous portez le nom?

– Votre Excellence ne se trompe pas, répondit respectueusement le juge en s'asseyant tout au bord d'une haute chaise.

Liang Fen resta debout près du Conseiller.

– J'ai quatre-vingt-dix ans, Ti! continua le vieil homme. Ma vue s'en va... j'ai des rhumatismes. Mais qu'espérer d'autre à mon âge?

Son menton descendit plus bas encore sur sa poitrine.

– L'humble magistrat que je suis, commença le juge Ti, est confus d'importuner Votre Excellence et la supplie de bien vouloir l'excuser. Je vais lui exposer le plus brièvement possible l'objet de ma visite. Deux délicats problèmes criminels m'embarrassent fort. Votre Excellence sait, sans doute, à quel point les habitants de cette ville sont peu communicatifs...

Il s'arrêta en voyant Liang Fen lui faire des signes désespérés.

– Le Conseiller vient de s'endormir! murmura le jeune homme. Cela lui arrive de plus en plus fréquemment. Il en a pour une bonne heure avant de se réveiller. Venez chez moi, je vais prévenir les domestiques.

Le juge Ti jeta un regard de compassion au vieil homme qui respirait de façon laborieuse, la tête soutenue par ses deux bras posés sur la table. Il poussa un soupir et suivit Liang Fen dans le petit bureau de celui-ci, à l'autre bout de la maison. Une porte ouverte laissait apercevoir un minuscule mais charmant jardin fleuri entouré d'une haute palissade.

Liang Fen fit asseoir le juge Ti dans un grand fauteuil placé devant la table couverte de livres et de registres.

– Si vous le permettez, dit-il très vite, je vais prévenir le vieux couple de serviteurs que leur maître s'est assoupi.

Laissé seul, le juge se caressa lentement la barbe. Il n'avait vraiment pas de chance aujourd'hui, songea-t-il avec découragement.

Le jeune secrétaire fut bientôt de retour et s'affaira autour de la table à thé. Quand il eut versé au juge une tasse de liquide bouillant, il se laissa tomber sur un tabouret et dit d'un ton désolé :

– Quel dommage, Seigneur Juge, que le sommeil se soit emparé de Son Excellence le Conseiller juste au moment où vous venez le voir! Puis-je vous être de quelque utilité?

– Je ne crois pas. Depuis combien de temps le Conseiller est-il sujet à ces assoupissements soudains?

– Depuis cinq ou six lunes, Noble Juge. Il y a huit lunes, son fils aîné qui habite la capitale m'a envoyé ici pour servir de secrétaire au vieux Conseiller. Ce fut un coup de chance inespéré, car j'appartiens à une branche pauvre de la famille et me voici maintenant logé et nourri, avec suffisamment de temps à moi pour préparer le second examen littéraire. Les deux premières lunes, tout alla bien. Le Conseiller me faisait venir chaque matin une heure ou deux dans sa bibliothèque; il me dictait son courrier, ou, s'il se sentait d'humeur réminiscente, me racontait une foule d'anecdotes sur sa longue carrière. A part quelques rhumatismes et sa vue extraordinairement basse – il a fait enlever presque tout le mobilier de cette pièce afin de ne pas se cogner dans les meubles – il se portait comme un charme. Il avait encore toute sa lucidité et gérait lui-même au mieux ses immenses propriétés.

« Mais, il y a environ six lunes, il dut avoir une attaque au cours de la nuit. Depuis lors, il s'exprime avec difficulté et a souvent l'air égaré. Il ne me fait plus venir dans la bibliothèque qu'une fois ou deux par semaine et se met à somnoler au milieu de la conversation. Il lui arrive souvent de garder la chambre plusieurs jours de suite, ne prenant que du thé, des graines de pin, et des infusions spéciales qu'il prépare lui-même. Le vieux couple qui le sert pense qu'il cherche l'Élixir d'Immortalité! »

Le juge Ti secoua tristement la tête.

– Ce n'est pas toujours un avantage d'atteindre un âge si avancé, dit-il en poussant un soupir.

– C'est une catastrophe, Noble Juge! s'écria le jeune homme, et c'est à cause de cela que je désire vous consulter. Malgré l'état dans lequel il se trouve, mon vénérable parent veut absolument administrer lui-même ses biens. Il écrit des lettres que je ne vois pas, et a de longs entretiens avec Wan Yi-fan, un homme d'affaires que Monsieur Liou Fei-po lui a fait connaître. Je n'assiste pas à ces conversations, mais comme je tiens la comptabilité, je me suis aperçu que depuis quelque temps Son Excellence se livre à d'étranges opérations et vend quantité de bonne terre arable à des prix ridiculement bas. Petit à petit toutes ses propriétés sont ainsi cédées contre des sommes très inférieures à leur valeur réelle. La famille va me tenir pour responsable, mais que puis-je faire? Un garçon de mon âge ne peut tout de même pas se permettre de donner des conseils à une personne comme Son Excellence... surtout quand on ne lui demande rien!

Le juge hocha la tête avec sympathie. C'était en effet un délicat problème. Après avoir réfléchi, il déclara :

– Votre tâche ne va pas être agréable, Monsieur Liang, mais il faut que vous mettiez le fils de Son Excellence au courant de la situation. Pourquoi ne pas lui suggérer de venir passer quelque temps ici afin de se rendre compte à quel point les facultés de son père sont affaiblies?

L'idée ne sembla pas enchanter Liang Fen outre-mesure. Le juge Ti fut ému en remarquant l'air misérable du jeune homme, et, comprenant combien il lui était difficile d'annoncer aux membres importants de sa famille que le chef du clan perdait la tête, il ajouta :

– Si vous pouviez me fournir un exemple précis des désastreuses opérations effectuées par Son Excellence, je rédigerais une note déclarant que moi, Magistrat du district, suis personnellement convaincu que le Conseiller n'est plus capable de gérer ses affaires.

Le visage de Liang Fen s'éclaira. Pénétré de reconnaissance, il s'écria :

– Cela m'aiderait beaucoup, Noble Juge! J'ai établi un état de ses dernières opérations pour mon édification personnelle. Il vous éclairera. Et voici le registre comptable avec les instructions de Son Excellence écrites de sa propre main dans la marge. Les caractères sont minuscules, à cause de sa myopie, mais leur signification n'est que trop claire! Vous verrez, Noble Juge, que le prix offert pour ce terrain est bien au-dessous de sa valeur réelle. Il est vrai que l'acheteur a payé comptant – et en lingots d'or – mais...

Le magistrat ne l'écoutait plus, apparemment perdu dans sa lecture. Ce n'était cependant pas le texte rédigé par le jeune homme qui l'intéressait, mais son écriture. Elle ressemblait étrangement à celle des lettres d'amour envoyées par l'Étudiant du Bosquet de Bambous à la danseuse assassinée.

Le juge s'arrêta de lire et dit :

– Je garde cet état pour l'étudier à loisir. » Il le roula et le mit dans sa manche en ajoutant : « Le suicide de Candidat Tchang Hou-piao a dû être un coup désagréable pour vous. »

– Pour moi? demanda Liang Fen, surpris. J'ai entendu parler de cette triste affaire, naturellement, mais je n'avais jamais rencontré le malheureux. D'ailleurs je ne connais à peu près personne ici, Noble Juge. Je sors peu et toujours pour aller au Temple de Confucius. Il y a là une belle bibliothèque et il m'arrive d'en consulter les livres, car je continue mes études et cela me prend tous les instants de loisir dont je dispose.

– Cependant vous trouvez tout de même le temps de faire de petites visites au Quartier des Saules!

– Qui a pu répandre pareille calomnie? s'écria Liang Fen avec indignation. Je ne sors jamais le soir, Seigneur Juge. Le vieux couple de serviteurs vous le confirmera. Ces femmes légères ne m'intéressent absolument pas. Mes goûts... D'ailleurs où pourrais-je trouver l'argent nécessaire?

Le juge ne répondit rien. Il se leva et, s'approchant de la porte donnant sur le petit jardin, demanda :

– Le Conseiller se promenait-il par ici avant son attaque?

Liang Fen tourna vivement la tête vers le magistrat.

– Non, Seigneur Juge, répondit-il. Ceci est seulement un arrière-jardin. Cette porte, là-bas, donne sur le chemin qui contourne la propriété. Le parc est de l'autre côté. J'espère que Votre

116

Excellence n'attache aucun crédit à ces viles calomnies? Je ne vois vraiment pas qui peut...

— Cela n'a aucune importance! Dès que j'aurai un instant, j'étudierai l'état que vous m'avez remis et je ferai le nécessaire.

Liang Fen se confondit en remerciements et reconduisit le magistrat jusqu'à la première cour où il l'installa dans son palanquin.

De retour au tribunal, le juge Ti trouva le Sergent et Tsiao Taï dans son bureau. Le Sergent dit aussitôt :

— Tsiao Taï a fait une découverte importante dans la maison du docteur Tchang, Votre Excellence!

— Voilà enfin une nouvelle agréable, remarqua le juge en s'asseyant. Parle, Tsiao Taï, qu'as-tu trouvé?

— Oh, pas grand-chose, Noble Juge. En ce qui concerne l'affaire principale, nous en sommes toujours au même point. Ma Jong a eu beau me donner un coup de main à son retour du Temple Bouddhiste, nous n'avons pas encore réussi à découvrir l'identité de votre mystérieux espion. Nous n'avons rien appris d'intéressant non plus au sujet du charpentier. L'intendant du docteur Tchang l'a envoyé chercher deux jours avant le mariage. Au cours de la première journée, Mao Yuan construisit une plate-forme pour les musiciens. Il passa la nuit dans la loge du portier. Le lendemain, il répara différents meubles et remit en état le plafond de la chambre nuptiale qui laissait passer l'eau. Il a de nouveau dormi chez le portier. La matinée suivante fut consacrée à la réparation de la grande table autour de laquelle devaient prendre place les convives. Mao rendit ensuite de menus services à la cuisine, mais, dès que le festin commença, il a surtout aidé les serviteurs à finir le vin qui restait dans les cruches. Le soir, il était ivre-mort! C'est le lendemain qu'on découvrit le cadavre de la mariée, et Mao, curieux comme une vieille femme, resta jusqu'au retour du professeur. Celui-ci revint sans avoir retrouvé son fils, et Mao partit alors avec sa boîte d'outils et sa hache. Peu après, l'intendant le vit bavarder dans la rue avec le pêcheur qui venait de rapporter la ceinture de Candidat Tchang. Le professeur n'eut jamais l'occasion d'adresser la parole au charpentier; c'est l'intendant qui lui donna tous les ordres nécessaires et qui le paya.

Tsiao Taï tortilla un instant sa courte moustache, puis il reprit : « Cet après-midi, pendant que le professeur faisait la sieste, j'ai pu examiner sa bibliothèque. Elle contient, entre autres trésors, un vieux livre sur le tir à l'arc, et ses magnifiques gravures m'ont beaucoup intéressé. Lorsque je le remis en place, j'aperçus un autre ouvrage tombé par-derrière. Je le feuilletai machinalement. C'était un traité d'échecs, et le problème qui figure sur sa dernière page est celui que vous avez trouvé dans la manche de la courtisane assassinée!

– Splendide! s'exclama le juge Ti. L'as-tu apporté?

– Non, Noble Juge. J'ai pensé que le professeur pourrait avoir des soupçons s'il s'apercevait que le traité a disparu. J'ai donc laissé frère Ma en surveillance et me suis rendu dans une librairie qui se trouve en face du Temple de Confucius. Quand j'eus mentionné le titre de l'ouvrage, le libraire me répondit qu'il en possédait encore un exemplaire. Et, aussitôt, il se mit à discourir sur le dernier problème! Ce livre, m'expliqua-t-il, fut offert au public il y a plus de soixante-dix ans par l'arrière-grand-père de Han Sei-yu, un vieil original que les gens appelaient Han l'Ermite. C'était un joueur réputé, et son livre fait encore autorité de nos jours. Deux générations de passionnés des échecs ont pâli sur ce fameux problème sans que personne en découvrît la solution. Il n'en est pas question dans le traité, aussi croit-on généralement que l'imprimeur l'a placé à cette page par erreur et qu'il ne fait pas partie de l'ouvrage. Han l'Ermite mourut pendant son impression, de sorte qu'il ne put en corriger les épreuves. J'ai acheté le livre afin que vous puissiez l'examiner vous-même, Noble Juge. »

Tsiao Taï tendit au magistrat un volume jauni, aux pages toutes cornées.

– Quelle passionnante histoire! s'écria le juge Ti en se dépêchant d'ouvrir le traité. L'aïeul de Han était un vrai lettré, dit-il après avoir parcouru la préface. Son style est original, mais excellent. » Il feuilleta le livre page par page, et, arrivé à la dernière, il sortit de son tiroir la feuille trouvée dans la manche de Fleur-d'Amandier. « Oui, dit-il, cette page vient bien du livre de Han l'Ermite. Mais pourquoi l'a-t-on déchirée? Quel rapport peut-il y avoir entre un problème d'échecs imprimé il y a soixante-dix ans et un complot ourdi à présent dans cette ville? Tout cela est vraiment étrange! » Hochant la tête, il rangea livre et feuille dans son tiroir, puis demanda au Sergent : « As-tu appris quelque chose au sujet de Liou Fei-po, mon brave Hong?

– Rien qui ait un rapport direct avec les affaires en cours, Seigneur Juge. Naturellement, la mort de Fée-de-la-Lune, suivie de la disparition de son cadavre, fait marcher les langues. On dit que Liou a dû avoir la prémonition que ce mariage serait malheureux et qu'il voulait faire annuler le contrat pour cette raison. J'ai bu une coupe ou deux avec l'un de ses porteurs de palanquin, et ce garçon m'a dit que Liou était assez aimé de ses gens. Il est plutôt strict, mais comme il voyage beaucoup, ils se la coulent douce! Ce porteur m'a pourtant raconté une curieuse histoire. Il prétend que son maître est capable de disparaître à volonté!

— Disparaître à volonté? répéta le juge, étonné. Que veut-il dire par là?

— Eh bien, il semble que lorsque Liou se retire dans sa bibliothèque et que l'intendant a besoin de le voir, il trouve la pièce vide! Il a beau chercher de tous côtés, impossible de découvrir son maître nulle part. Et pourtant personne ne le voit sortir. A l'heure du dîner, sans que nul ne l'ait vu non plus revenir, on le rencontre soudain dans un couloir ou bien dans le parc. La première fois que la chose se produisit, le pauvre homme dit à son maître qu'il l'avait cherché en vain toute la journée. Liou se mit dans une colère terrible, le traita de vieux gâteux et de chauve-souris aveugle, et prétendit qu'il n'avait pas bougé de son kiosque. Plus tard, quand le fait se renouvela, l'intendant se garda bien de faire la moindre réflexion.

— Ton porteur n'en était sûrement pas à sa première coupe quand il t'a raconté cette histoire, déclara le juge en souriant. Laissez-moi plutôt vous faire part de ce que j'ai appris tantôt. A propos du docteur Tchang d'abord. S'il a pris une retraite prématurée, c'est parce que l'une de ses étudiantes l'a accusé d'attentat à la pudeur! Han Sei-yu, qui a laissé échapper cette confidence au cours de la conversation, prétend que le professeur était innocent... mais à l'en croire, tous les notables de Han-yuan sont des petits saints! Lorsque Liou soutient que le docteur Tchang a fait subir les derniers outrages à Fée-de-la-Lune, son accusation n'est donc peut-être pas aussi absurde qu'elle a pu nous le paraître.

« Deuxième découverte : un neveu du Conseiller Liang habite chez lui, et l'écriture de ce garçon ressemble beaucoup à celle qui nous intrigue tant. Passe-moi tes fameuses lettres, Sergent.

Le juge sortit de sa manche le document remis par Liang Fen et le compara à l'une des épîtres signées « *L'Étudiant du Bosquet de Bambous* ». Presque aussitôt, son poing s'abattit sur la table et il dit d'un ton irrité :

— Non, c'est toujours la même chose, si l'on y regarde de près la ressemblance s'évanouit! Voyez, c'est le même genre de caractères, tracés avec une encre et un pinceau analogues, mais les traits sont légèrement différents. » Secouant la tête, il continua : « Et pourtant comme tout s'accordait bien : le vieux Conseiller est gâteux et il y a seulement un couple de serviteurs âgés dans toute cette grande bâtisse. La chambre de Liang Fen donne sur une arrière-cour en bordure d'un chemin écarté. N'est-ce pas l'endroit rêvé pour recevoir discrètement une aimable visiteuse? Je vois très bien Fleur-d'Amandier venir passer là ses après-midi. Liang Fen avait pu faire sa connaissance en ville, dans un magasin, par exemple. Il prétend ne pas avoir connu Candidat Tchang, mais il sait fort bien que je ne puis vérifier ses dires puisque le malheureux n'est plus de ce monde! Dis-moi, Sergent, le nom de Liang figure-t-il sur la liste du professeur?

Le sergent Hong secoua négativement la tête tandis que Tsiao Taï s'écriait :

— Mais, Noble Juge, que Fleur-d'Amandier ait été ou non la maîtresse de Liang Fen, il ne pourrait tout de même pas l'avoir assassinée puisqu'il ne se trouvait pas sur le bateau! Et il en est de même pour le docteur Tchang.

Le juge Ti se croisa les bras. Le menton appuyé sur sa poitrine, il demeura un long moment songeur.

– Je vous avoue franchement que je n'y comprends rien! finit-il par dire. A présent, mes amis, allez donc souper. Tsiao Taï ira ensuite relever Ma Jong chez le docteur Tchang. Toi, Sergent, tu diras en sortant qu'on me serve le riz du soir ici. Je vais relire tous les documents qui se rapportent à ces deux affaires. Cela me donnera peut-être une idée. » Il tiraillla sa moustache d'un geste rageur et reprit : « Pour l'instant, nos hypothèses ne nous mènent nulle part. Première affaire : une danseuse est tuée afin de l'empêcher de me mettre au courant d'un complot. Quatre personnes ont la possibilité matérielle d'avoir commis le crime : Han, Liou, Sou et Wang. Il y a, de plus, un lien quelconque entre ce complot et un problème d'échecs vieux de soixante-dix ans! La danseuse avait un amoureux que nous ne connaissons pas, mais cela n'a peut-être rien à voir avec sa mort. Son amant était : soit le docteur Tchang qui connaissait le pseudonyme dont sont signées les lettres; soit Liou, pour la même raison, plus la ressemblance de son écriture avec celle des lettres; soit Liang Fen à cause aussi de la ressemblance des écritures, plus le fait qu'il pouvait facilement recevoir la demoiselle chez lui à l'insu de tous.

« Deuxième affaire : un professeur de grand savoir mais de petite vertu viole sa belle-fille, laquelle se suicide. Le nouveau marié se suicide également. Le professeur essaie de faire enterrer le cadavre avant qu'on puisse l'examiner, mais un charpentier soupçonne la vérité à la suite d'une conversation avec un pêcheur – note donc, Sergent, qu'il faut absolument retrouver ce pêcheur! –, ledit charpentier est aussitôt assassiné, apparemment avec sa propre hache. Et le professeur s'arrange pour que le cadavre de la jeune épousée disparaisse sans laisser de trace.

« Et voilà! N'allez cependant pas vous imaginer qu'il y ait du louche là-dedans! Pas du tout, car dans cette somnolente petite cité de Han-yuan, il ne se passe jamais rien d'illégal... si nous en croyons Han Sei-yu. Allons, bonne nuit mes enfants! »

IX

*Assis sur la terrasse du tribunal,
le juge contemple l'astre des nuits;
il entend d'étranges confidences
au cours d'une visite nocturne.*

Son repas achevé, le juge ordonna qu'on servît le thé sur la terrasse, puis il gravit les larges degrés de pierre et s'installa confortablement dans un fauteuil. Une brise plus fraîche avait chassé les nuages et les rayons de la pleine lune baignaient maintenant le lac de leur étrange clarté.

Il avala une gorgée de thé brûlant. Lorsque le serviteur se fut silencieusement éloigné sur ses chaussons de feutre, le juge desserra sa robe avec un soupir d'aise et, se renversant dans son fauteuil, leva les yeux vers l'astre du soir.

Son intention était de passer en revue les événements des deux dernières journées, mais il découvrit avec agacement qu'il n'arrivait pas à concentrer sa pensée. Le regard fixe de la danseuse noyée, le crâne béant de Mao Yuan, le visage défait entrevu à la fenêtre de la chambre nuptiale, toutes ces visions de cauchemar revenaient sans cesse devant ses yeux.

Impatienté, il se leva et vint s'accouder à la balustrade de marbre. Le bruit nocturne de Han-yuan montait jusqu'à lui. En prêtant l'oreille, il distinguait même le brouhaha du Marché au

Poisson, pourtant situé plus bas que le Temple de Confucius. C'était là sa ville – des milliers de braves gens confiés à ses soins – et lui, leur magistrat, se montrait incapable d'arrêter les assassins qui y complotaient tranquillement il ne savait trop quoi.

Mortifié à l'extrême, il se mit à marcher de long en large, les mains derrière le dos. Au bout de quelques minutes de ce manège, il s'arrêta court, les sourcils froncés, puis regagna en hâte son cabinet.

Là, il choisit dans un coffre plein de vieilles hardes une robe de coton bleu toute en loques et une casaque rapiécée. Il les endossa, ceignit sa taille d'une corde, défit son chignon et noua une guenille sale autour de sa tête. Après quoi, il fourra deux ligatures de sapèques[11] dans sa manche, traversa la grande cour du Yamen sur la pointe des pieds et sortit par une porte latérale.

Dans la ruelle, il ramassa une poignée de poussière et s'en frotta la barbe et les favoris, puis il descendit tranquillement les marches qui menaient au cœur de la ville.

Sur la place du marché, il y avait foule et il dut se frayer un passage à coups de coude pour atteindre l'éventaire d'un marchand auquel il acheta un gâteau frit à l'huile rance. Se forçant à mordre dans la peu appétissante pâtisserie, il se barbouilla de graisse moustaches et visage afin de mettre la dernière touche à son déguisement.

Flânant d'un air désœuvré, il essaya de lier connaissance avec les miséreux qui se trouvaient là, mais tous étaient trop absorbés par leurs activités personnelles pour lui répondre. Il voulut alors engager la conversation avec un marchand de croquettes de viande. L'homme lui fourra une pièce de cuivre dans la main et continua de crier à pleins poumons : « Mes boulettes, mes belles boulettes, ce n'est pas cher! »

Le juge songea qu'il lui serait probablement plus facile d'entrer en contact avec la pègre dans une gargote bon marché; il enfila une petite ruelle, et aperçut bientôt une lanterne rouge vantant des nouilles toutes chaudes.

Une odeur mi-vinasse mi-graillon assaillit ses narines quand il écarta le rideau sale qui servait de porte. Installés autour des tables en bois, une douzaine de coolies engloutissaient bruyamment leur nourriture. Sans les regarder, le juge alla s'asseoir dans un coin, et, lorsqu'un serveur débraillé parut, il lui commanda un bol de nouilles.

Bien que le magistrat eût étudié les mœurs des basses classes et parlât couramment leur langage, le garçon lui jeta un coup d'œil soupçonneux; l'air renfrogné, il demanda :

– D'où sors-tu, toi?

Le juge comprit que dans une si petite communauté tout nouveau venu était immédiatement remarqué, il s'en voulut de ne pas y avoir songé et se hâta de répondre :

– J'arrive de Kiang-pei. Mais qu'est-ce que ça peut te faire? Sers-moi sans t'occuper du reste et grouille-toi un peu!

Le garçon haussa les épaules et passa la commande au cuisinier.

A ce moment le rideau de l'entrée s'écarta brutalement pour laisser passer deux hommes. Le premier, un grand gaillard bien découplé, portait un large pantalon et une veste sans manches qui laissait voir ses longs bras musclés. Une barbiche raide et une moustache aux poils hérissés ornaient son visage presque triangulaire. Le second, plus maigre, était vêtu d'une robe rapiécée; un emplâtre noir cachait son œil gauche. Donnant un coup de coude à son compagnon, il lui désigna le juge. Sans mot dire, les deux truands se laissèrent choir sur le même banc que le magistrat, l'un à sa gauche, l'autre à sa droite.

— Qui vous a demandé de vous asseoir ici, têtes-de-chien? grommela le juge Ti.

— La ferme, sale étranger! répondit l'homme aux bras nus, tandis que le magistrat sentait la pointe d'un couteau se poser sur ses côtes.

Le borgne se pencha vers lui, répandant une écœurante odeur d'ail et de sueur séchée.

— Je t'ai vu empocher une sapèque Place du Marché! lança-t-il d'une voix sifflante. Si tu t'imagines que les mendiants d'ici vont permettre à un sale étranger de venir fourrer ses baguettes dans leur bol de riz, tu te trompes, mon vieux!

Le juge mesura toute l'étendue de sa folie : il avait exercé la profession de mendigot sans payer tribut à la Guilde, violant ainsi l'une des plus anciennes lois non écrites de la pègre.

La pointe du couteau se fit plus insistante.

— Sors avec nous! ordonna Bras-nus d'une voix rauque. Il y a une petite cour derrière. Nous y serons tranquilles pour décider avec nos lames si tu as le droit ou non de travailler chez nous.

Le juge connaissait la boxe et maniait l'épée d'experte façon, mais il ignorait la technique du combat au couteau tel qu'on le pratique dans les bas quartiers. Révéler son identité était cependant hors de question : il aimait mieux mourir que devenir la fable de toute la province! Et en forçant ces deux brutes à engager tout de suite le combat, il aurait peut-être la bonne fortune de voir les coolies se joindre à la bagarre, ce qui lui donnerait une petite chance de s'en tirer.

D'une vigoureuse poussée, il envoya le borgne

rouler à terre, tandis qu'un brusque mouvement de son coude droit écartait l'arme du premier malandrin. Il sentit tout de même une douleur aiguë dans le côté, mais, debout à présent, il put abattre son poing sur le visage du truand. Sans attendre sa riposte, il fit rapidement le tour de la table et saisit un tabouret dont il arracha un pied avant de s'en servir comme d'un bouclier.

Vomissant d'horribles imprécations, les deux hommes se précipitèrent sur lui sans dissimuler plus longtemps leurs armes. Les coolies s'étaient retournés. Bien loin de prendre part à la lutte, ils s'installèrent pour jouir paisiblement de ce spectacle gratuit.

Bras-nus fonça, le couteau en avant. Le juge Ti para l'attaque avec le tabouret et fit tournoyer sa matraque improvisée. Au moment où l'homme baissait la tête pour esquiver le coup, une voix truculente demanda :

— Qu'est-ce qui se passe ici?

En apercevant le squelettique personnage à barbe grise debout près de la porte, les assaillants du magistrat se hâtèrent de cacher leurs armes et s'inclinèrent très bas. Les deux mains appuyées sur un gros gourdin, le nouveau venu les examina d'un œil critique; en dépit de sa vieille robe brune et de sa culotte graisseuse il avait un indiscutable air d'autorité. S'adressant à l'homme aux bras nus, il dit, aigre-doux :

— Je n'aime pas qu'on tue en ville, Mao Lou. Tu le sais pourtant bien.

— Les étrangers qui viennent mendier ici sans permission doivent être mis à mort. C'est la loi!

— Je décide moi-même de ces choses-là. On ne m'a pas nommé Chef de la Guilde des Mendiants pour rien. Et vous savez que je ne condamne jamais personne sans l'avoir entendu. Se tournant

128

vers le juge, il demanda : Hé, toi... Qu'as-tu à dire pour ta défense?

— Je voulais avaler un morceau avant d'aller vous voir, répliqua le juge Ti d'une voix geignarde. Il y a une heure à peine que je suis dans cette maudite ville, mais si l'on ne peut même pas y manger ses nouilles en paix, je ferais mieux de m'en retourner!

— C'est vrai, intervint le garçon. Quand j'ai pris sa commande, il m'a dit qu'il arrivait de Kiang-pei.

L'homme à la barbe grise jeta un regard dubitatif au juge.

— As-tu de l'argent? demanda-t-il.

Le magistrat tira une ligature de sapèques de sa manche. Son interlocuteur s'en saisit avec une prestesse inattendue et dit d'un ton placide :

— Le droit d'inscription est d'une demi-ligature, mais j'accepte la ligature complète comme marque de ta bonne volonté. Tu viendras me remettre dix pour cent de tes gains tous les soirs à l'Auberge de la Carpe Rouge. » Jetant sur la table une petite lame de bois fort sale portant un numéro et un signe cabalistique, il ajouta : « Voici ton insigne de Membre de la Guilde. Bonne chance! »

Le grand truand lui jeta un regard mauvais.

— Si vous voulez savoir ce que je pense... commença-t-il.

— Ça n'intéresse personne! N'oublie pas que j'ai bien voulu t'accepter parmi nous quand la Guilde des Charpentiers t'a rejeté. Et j'aimerais savoir ce que tu fais encore à Han-yuan? Je te croyais à l'île des Trois Chênes?

— Fallait que je voie quelqu'un avant de partir, grommela Mao Lou.

— Quelqu'un? Plutôt quelqu'*une!* précisa le

borgne en clignant son œil unique. Monsieur veut emmener sa petite amie, mais elle prétend qu'elle est malade. Alors Monsieur est de mauvais poil!

— Tais-toi, imbécile, et allons-nous-en!

Les deux hommes s'inclinèrent devant leur chef et sortirent.

Le juge Ti voulut engager la conversation avec l'étrange vieillard, mais, respectueusement escorté par le serveur, ce digne personnage gagna la porte sans lui prêter davantage attention.

Déçu, le magistrat vint se rasseoir à sa table. Le garçon déposa devant lui un bol de nouilles et un gobelet de vin en disant d'un ton presque aimable :

— Simple petit malentendu, l'ami! Le patron t'envoie ce vin pour te consoler. Reviens souvent nous voir.

Tout en savourant ses nouilles avec un appétit qui l'étonna, le juge songeait : « Cette aventure me servira de leçon. Si je dois me déguiser de nouveau, je prendrai le costume d'un diseur de bonne aventure ou d'un médecin ambulant. Ces gens-là ne s'éternisent nulle part et ne sont pas organisés en guildes. » Son repas terminé, il paya le garçon, et, s'apercevant que sa blessure saignait encore, il se rendit chez un apothicaire de la Place du Marché.

Le praticien lava la plaie, et, tout en la recouvrant d'un emplâtre, remarqua :

— Tu as de la veine, mon brave, ce n'est qu'une simple égratignure. J'espère que ton adversaire ne s'en est pas tiré à si bon compte!

Le juge lui versa cinq sapèques pour ses soins et remonta lentement vers la haute ville, notant au passage que les boutiquiers mettaient déjà leurs volets de bois. Enfin la vue du Yamen lui arracha un soupir de soulagement. Après s'être assuré qu'aucun garde ne se trouvait à proximité, il se glissa dans la ruelle. Presque aussitôt, il s'immobilisa : une silhouette sombre était penchée sur la serrure de la petite porte.

Plaque contre la muraille, il s'efforça de voir ce que manigançait l'inconnu, mais celui-ci levant la tête, découvrit sa présence et voulut s'enfuir. Le magistrat fut sur lui en trois bonds et lui saisit le bras.

— Lâchez-moi! cria le prisonnier. Lâchez-moi, ou j'appelle!

Stupéfait, le juge Ti relâcha son étreinte. Le prisonnier était une prisonnière!

— Ne craignez rien, dit-il. J'appartiens au Tribunal. Qui êtes-vous?

La jeune femme hésita un instant. D'une voix tremblante, elle murmura :

— Vous avez plutôt l'air d'un voleur de grands chemins!

— Je me suis déguisé pour remplir une mission spéciale, répliqua le juge avec irritation. Allons, répondez... que faites-vous ici?

L'inconnue baissa l'écharpe qui lui voilait le visage, révélant les traits ravissants d'une belle adolescente.

— Je veux voir le magistrat au sujet d'une affaire urgente, dit-elle.

— Alors, pourquoi ne pas vous présenter à la grande porte?

— Ma démarche doit rester ignorée du personnel. J'espère attirer l'attention d'une servante et lui demander de me conduire dans les appartements du juge. » Lui jetant un regard scrutateur, elle ajouta : « Qu'est-ce qui me prouve que vous appartenez réellement au Yamen? »

Le juge sortit une clef de sa manche et ouvrit la porte.

– Je suis le Magistrat, dit-il sèchement. Suivez-moi.

La jeune fille demeura un instant interdite, puis s'approchant, elle expliqua en baissant la voix :

– Je me nomme Chaton-de-Saule, Votre Excellence. Je suis la fille de Han Sei-yu. Mon père vient d'être attaqué et blessé; il vous supplie de venir tout de suite. Personne d'autre que Votre Excellence ne doit connaître ma démarche, c'est très important.

– Qui s'est permis d'attaquer votre père? demanda le juge de plus en plus surpris.

– L'assassin de la courtisane Fleur-d'Amandier. Venez vite s'il vous plaît, Seigneur Juge. Notre maison est à deux pas d'ici.

Le Juge Ti alla cueillir deux roses rouges dans le jardin du tribunal et les tendit à la jeune fille.

– Mettez ces fleurs dans vos cheveux, commanda-t-il. Maintenant, conduisez-moi auprès de votre père.

Elle obéit et le magistrat la suivit, marchant à quelques pas derrière elle. S'ils rencontraient le veilleur de nuit ou un passant attardé, ceux-ci les prendraient pour une prostituée et le client qu'elle emmène chez elle.

Quelques minutes plus tard, ils arrivaient devant la demeure de Han. Au lieu de franchir le magnifique portail, Chaton-de-Saule contourna la maison et gagna la porte des cuisines. Elle l'ouvrit avec une clef qu'elle tira de l'échancrure de sa robe et pénétra dans un petit jardin. Après l'avoir traversé, la jeune fille poussa une nouvelle porte et fit signe au magistrat d'entrer.

Le juge Ti se trouva dans une pièce minuscule mais somptueusement décorée. Han Sei-yu gisait sur une couche assez large, en bois de santal sculpté, qui occupait presque tout le mur du fond. Il était appuyé contre de gros coussins de soie, et la lumière d'une bougie placée sur la table à thé éclairait son visage pâli aux traits tirés. En apercevant ce visiteur vêtu de loques sales, il poussa un cri et voulut se lever. Le juge se hâta de dire :

— Ne craignez rien, je suis votre Magistrat. Où êtes-vous blessé?

— Il a reçu un coup en pleine tempe, Votre Excellence! expliqua Chaton-de-Saule. Tandis que le juge s'asseyait sur un tabouret, la jeune fille alla prendre une serviette dans le récipient d'eau chaude posé sur la table à thé; elle la passa sur le visage de son père et indiqua la tempe droite au magistrat. Le juge se pencha et aperçut une vilaine contusion bleuâtre. Chaton-de-Saule appliqua doucement sa serviette sur la blessure. Maintenant qu'elle avait retiré sa cape noire on voyait mieux l'élégance de son vêtement et la grâce de sa silhouette. Le regard anxieux qu'elle posait sur son père trahissait toute l'affection qu'elle lui portait.

Han, lui, ne quittait pas le juge des yeux; défait et visiblement en proie à une terreur intense, il avait perdu son air hautain et ne ressemblait pas au Han Sei-yu qu'avait vu jusqu'ici le juge. Il murmura d'une voix étranglée :

— Je suis très reconnaissant à Votre Excellence d'être venue. J'ai été enlevé tout à l'heure. » Il jeta un regard effrayé vers la porte et ajouta, baissant davantage encore la voix : « C'est le Lotus Blanc!

— Le Lotus Blanc? s'exclama le juge avec incrédulité, mais c'est impossible, il y a longtemps que tous ses membres ont été exterminés! »

Han secoua lentement la tête. Chaton-de-Saule se dirigea vers la table pour servir le thé.

Le juge Ti regarda son hôte d'un œil circonspect. Le Lotus Blanc était le nom d'une puissante Société secrète qui avait autrefois tenté de renverser l'Empereur. Certains hauts personnages aigris s'étaient mis à la tête du mouvement. A les en croire, des présages les avaient avertis que la Maison régnante allait se voir retirer le Mandat Céleste et que leur mission était de fonder une nouvelle Dynastie. Des fonctionnaires ambitieux, des chefs de bandes, des déserteurs, d'anciens forçats entrèrent dans la Société qui étendit vite ses ramifications sur tout l'Empire. Les autorités eurent vent de ce qui se tramait et purent heureusement déjouer le plan de ces traîtres. Les chefs furent exécutés avec toute leur famille. Les autres membres périrent également de la main du bourreau. Cette sombre histoire datait du règne précédent, mais la tentative de rébellion avait profondément secoué l'Empire Fleuri, et, aujourd'hui encore, bien peu osaient prononcer un nom aussi dangereux. Le juge Ti n'avait cependant jamais entendu parler d'une reconstitution du mouvement. Haussant les épaules, il demanda :

— Que s'est-il passé exactement?

Chaton-de-Saule vint lui offrir une tasse de thé, puis en porta une autre à son père. Celui-ci but avec avidité et commença ainsi :

— Après dîner, je vais souvent me promener jusqu'au Temple Bouddhiste pour jouir de la brise nocturne. Je ne prends jamais de domestique avec moi, et ce soir il n'y avait, comme d'habitude, que de rares promeneurs. Au moment où je passais à côté d'un palanquin clos porté par six hommes, un voile épais s'abattit sur ma tête. Avant de comprendre ce qui m'arrivait je sentis qu'on me liait les bras derrière le dos et qu'on me jetait dans le palanquin. On m'attacha les deux jambes avec une corde et les porteurs démarrèrent à vive allure.

« L'étoffe épaisse m'empêchait d'entendre quoi que ce fût et je commençais à étouffer. Dans la mesure où mes liens me le permettaient, je me mis à donner des coups de pied contre les parois. Quelqu'un desserra un peu l'étoffe et je pus de nouveau respirer. Je ne sais combien de temps dura le voyage... une heure peut-être. Quand le palanquin s'arrêta, deux hommes m'en firent brutalement descendre et, me portant, grimpèrent plusieurs marches. J'entendis une porte s'ouvrir. On me posa sur le sol. La corde qui liait mes jambes fut tranchée, on me poussa jusqu'à un fauteuil et ma tête fut débarrassée du voile qui l'entourait. »

Han respira profondément avant de poursuivre :

— J'étais dans une petite pièce, assis devant une table en ébène de forme carrée. En face de moi se trouvait un homme vêtu d'une robe verte. Sa tête et ses épaules disparaissaient sous une cagoule blanche percée de deux fentes pour les yeux. Encore à demi hébété je commençai à protester, mais l'inconnu abattit violemment son poing sur la table et...

— Décrivez-moi sa main, l'interrompit le juge.

Han hésita. Il réfléchit un instant.

— Ce n'est pas facile, Votre Excellence. Il portait de gros gants de chasse. Absolument rien ne permettait de l'identifier. Sa robe tombait en plis lâches, de sorte qu'il était impossible de deviner la forme exacte de son corps, et la cagoule étouffait sa voix. Où en étais-je? Ah oui! Il me coupa la parole et dit: Ceci est un avertissement, Han Sei-yu! L'autre soir, une danseuse t'a confié un secret qu'elle n'avait pas le droit de révéler. Tu sais quel a été son sort. Tu as agi fort sagement en ne répétant rien au magistrat... fort sagement en vérité! Le Lotus Blanc est puissant, comme te l'a montré l'exécution de ta maîtresse Fleur-d'Amandier.

Han porta la main à la contusion qui marbrait sa tempe. Chaton-de-Saule se précipita vers lui, mais il secoua la tête et continua d'un ton plaintif :

– Je n'ai pas la plus petite idée de ce qu'il voulait dire, Votre Excellence! Cette danseuse n'a jamais été ma maîtresse. Vous-même avez pu voir qu'elle ne m'a pour ainsi dire pas adressé la parole pendant tout le souper. Furieux, je répliquai à mon ravisseur qu'il déraisonnait. Cela le fit éclater de rire. Ah, Noble Juge, vous ne pouvez pas imaginer combien ce rire étouffé par la cagoule pouvait être horrible à entendre. Ne mens pas, Han, cria-t-il. Je peux te répéter ses paroles exactes. Ta belle amie t'a dit : *Il faut que je vous voie tout à l'heure. Un dangereux complot se trame dans cette ville.*

« Pareil tissu d'absurdité me suffoqua. Mon ravisseur poursuivit : « Qu'as-tu à répondre à cela, Han? Tu vois que le Lotus Blanc sait tout et que sa puissance est grande. Obéis donc, et oublie les paroles de cette femme! » Il fit signe à quelqu'un qui devait se trouver derrière moi depuis le début et lui dit : « Aide ce libertin à oublier. Aide-le de toutes tes forces! » Je reçus un terrible coup sur la tête et perdis connaissance. »

Han Sei-yu poussa un profond soupir.

– Quand je revins à moi, conclut-il, j'étais étendu sur le sol, près des communs de ma demeure. Personne ne passait, heureusement. Je réussis à me remettre debout, gagnai ce studio, et fis appeler ma fille que j'envoyai immédiatement prévenir Votre Excellence. Mais surtout gardez ma confidence pour vous, Noble Juge, car ma vie est en jeu! Je suis persuadé que le Lotus Blanc a des espions partout, même dans votre tribunal.

Il laissa retomber sa tête sur les coussins et ferma les yeux.

Le juge Ti caressa ses favoris d'un air songeur, puis il demanda :

— Décrivez-moi la salle dans laquelle on vous a emmené.

Han rouvrit les yeux. Il fronça les sourcils et parut réfléchir.

— J'ai vu seulement la partie qui se trouvait en face de moi, répondit-il au bout d'un instant. J'ai l'impression que c'était une petite pièce hexagonale. Sans une forte odeur de renfermé, j'aurais pensé au kiosque d'un jardin. Le seul meuble — à part la table carrée et le fauteuil de l'homme en cagoule — était un cabinet de laque noire. Il me semble aussi me souvenir que des tentures d'un vert passé couvraient les murs.

— Avez-vous quelque idée de la direction prise par vos ravisseurs?

— Seulement une impression assez vague. J'ai été trop surpris pour songer tout d'abord à m'orienter, mais je crois que nous avons dû marcher vers l'est. Le chemin a commencé par descendre et ensuite nous avons fait les trois autres quarts de la route en terrain plat.

Le juge Ti se leva. La blessure de son côté le gênait et il avait hâte de rentrer chez lui.

— Je vous sais gré de m'avoir si vite averti, déclara-t-il. Quelqu'un a dû vouloir vous jouer un tour. Vous connaissez-vous un ennemi capable de se livrer à une plaisanterie d'aussi mauvais goût?

— Je n'ai aucun ennemi! s'écria Han, indigné. Et celui qui m'a frappé ne plaisantait pas, je vous le jure!

— Je pensais à une mystification, répliqua le juge avec calme, parce que, en réfléchissant bien, je suis arrivé à la conclusion que Fleur-d'Amandier a probablement été assassinée par un rameur. L'un de ceux-ci avait la mine d'un franc coquin et il ne semblait pas à son aise quand je l'ai questionné. Mon intention est de reprendre l'interrogatoire au tribunal en employant tous les moyens que la loi met à ma disposition.

Le visage de Han s'éclaira.

— Ne l'avais-je pas dit tout de suite à Votre Excellence? s'écria-t-il d'une voix triomphante. Mes amis et moi avons toujours eu l'impression que l'assassin serait découvert parmi les rameurs. Quant à mon enlèvement, Votre Excellence a peut-être raison, rien ne dit que ce n'est pas l'œuvre d'un mauvais plaisant! Par exemple, je me demande bien qui a pu avoir cette idée!

— Je vais procéder à une petite enquête, dit le juge, et je vous tiendrai au courant.

Han parut ravi.

— Le concierge doit être endormi, dit-il à sa fille en souriant. Conduis toi-même Son Excellence jusqu'à la grande porte. Ce ne serait pas convenable de faire sortir notre Magistrat par la porte de derrière, comme un voleur!

Et croisant ses mains grassouillettes sur sa poitrine, Han Sei-yu posa sa tête sur les coussins avec un soupir satisfait.

X

Un charmant guide montre au juge quelques reliques du passé; conversation confidentielle sous l'œil du Bouddha.

Chaton-de-Saule fit signe au juge de la suivre. Dans le couloir obscur, elle chuchota :

— Je n'ai pas osé prendre de bougie car les épouses de mon père ont leurs appartements de ce côté-ci, mais je vais vous guider.

Il sentit une petite main chercher la sienne tandis qu'une robe de soie froufroutait contre sa vieille casaque. « Quelle singulière situation », pensa-t-il en respirant le délicat parfum d'orchidée dont usait la jeune fille.

Lorsqu'ils débouchèrent dans une grande cour pavée, la lune les éclaira suffisamment pour que Chaton-de-Saule puisse le lâcher. Un rayon de lumière venant d'une porte entrouverte le fit s'arrêter. Une lourde odeur d'encens flottait dans l'air.

— Pouvons-nous passer sans être aperçus? demanda-t-il.

— Oh oui, Noble Juge. Ce bâtiment est notre chapelle bouddhiste, construite par mon arrière-grand-père qui était un fervent adorateur de Bouddha. Suivant les instructions laissées par lui nous n'en fermons jamais la porte et une lampe reste toujours allumée devant l'autel. Personne ne s'y trouve en ce moment, voulez-vous y jeter un coup d'œil?

Malgré sa fatigue, le juge Ti s'empressa d'accepter. Il ne voulait pas négliger pareille occasion d'apprendre quelque chose sur l'auteur du mystérieux problème d'échecs.

Un autel carré, en briques, s'élevait contre le mur du fond et occupait une bonne moitié de la petite chapelle. Une inscription gravée sur une plaque de jade vert de deux pieds de haut et deux pieds de large en décorait le devant. Cet autel supportait une grande statue dorée représentant le Bouddha assis sur un trône de lotus, les jambes croisées. Sa tête touchait presque le plafond et le juge distingua vaguement son sourire serein dans la demi-obscurité qui régnait là-haut. Différents épisodes de la vie du sage étaient peints sur les murs, un coussin à prières de forme ronde reposait sur le sol, et, suspendue à un support en fer forgé, une lampe à huile éclairait le tout.

– Cette chapelle, expliqua Chaton-de-Saule avec une visible fierté, a été bâtie sous la direction personnelle de notre ancêtre. Quel homme sage et bon c'était, Noble Juge! Sa vie est devenue une sorte de légende pour nous. Il n'a jamais voulu se présenter aux Examens Littéraires, préférant vivre à l'écart du monde et se consacrer uniquement à ce qui l'intéressait. Les gens du pays l'appelaient Han l'Ermite!

L'enthousiasme de son guide fit plaisir au magistrat. De nos jours, si peu de jeunes femmes comprennent encore l'importance des traditions familiales.

– Il me semble avoir entendu dire que Han l'Ermite était grand amateur d'échecs. Votre père aime-t-il aussi ce jeu? demanda-t-il.

– Non, Votre Excellence. Nous jouons aux

cartes ou aux dominos. Les échecs prennent trop de temps et c'est seulement un jeu pour deux personnes. Mais Votre Excellence a-t-elle remarqué cette inscription? C'est Han l'Ermite lui-même qui l'a gravée. Il était très adroit de ses mains!

Le juge s'approcha de l'autel et lut à haute voix :

> «Ainsi parlait le Bouddha : si vous voulez vraiment Me suivre, cherchez à répandre Ma Doctrine parmi les créatures des trois mondes. Ainsi le chemin de la délivrance sera ouvert à tous ceux qui souffrent. Appuyez-vous sur Moi et retenez bien ces mots : en sauvant les autres, vous serez sauvés vous-même et vous trouverez dans ce monde illusoire le salut éternel du Nirvana. »

Il hocha la tête et dit :
— Han l'Ermite a fait là un magnifique travail et le texte exprime une pensée très haute. Personnellement, je suis un fidèle disciple de notre grand Maître Confucius, mais je reconnais volontiers qu'il y a des choses très belles dans la doctrine bouddhiste.

Chaton-de-Saule contemplait la plaque avec respect.
— Bien entendu, remarqua-t-elle, il n'était pas possible de trouver un morceau de jade de cette dimension. Han l'Ermite a donc gravé chaque mot sur un petit cube de jade pour former ensuite une sorte de mosaïque. C'était vraiment un homme extraordinaire, Noble Juge! Il possédait d'énormes richesses, mais après sa mort si soudaine on ne trouva rien dans la pièce où il gardait ses lingots d'or. On pense qu'il les avait distribués à des organisations charitables. Notre famille

n'en avait d'ailleurs pas besoin; il laissait de nombreuses propriétés dont les revenus suffisent amplement à nos besoins.

Le juge Ti regardait son interlocutrice avec intérêt. Son visage expressif au modelé délicat ne manquait pas de distinction. Elle était vraiment charmante.

– Puisque les histoires de jadis vous plaisent tant, je suppose que vous connaissiez la fille de Liou Fei-po? Liou m'a confié qu'elle aussi aimait beaucoup l'étude.

– Oh oui, Noble Juge, j'ai bien connu Fée-de-la-Lune. La solitude dans laquelle la laissaient les fréquents voyages de son père lui pesait et elle venait souvent me voir. Elle était hardie... décidée. Elle adorait la chasse et l'équitation. Un vrai garçon manqué! Son père lui permettait toujours d'agir à sa guise, il l'aimait tellement. Mourir si jeune... Je ne comprends vraiment pas ce qui lui est arrivé!

– Je fais de mon mieux pour le découvrir, répliqua le juge. Et vous pouvez m'aider en me parlant d'elle. Vous dites qu'elle aimait les sports, mais ne suivait-elle pas également les cours littéraires du docteur Tchang?

Un sourire amusé parut sur les lèvres de Chaton-de-Saule.

– Je ne crois pas trahir de secret en vous révélant ce que tout le monde sait dans les appartements des femmes! Fée-de-la-Lune ne s'est intéressée à la littérature que du jour où elle a rencontré Candidat Tchang. Ce jeune homme fit une telle impression sur son cœur qu'elle suivit les cours du père afin de voir le fils plus souvent! Je plaisante, Noble Juge, mais ils s'aimaient vraiment, et quand on pense qu'à présent ils sont morts tous les deux...

Elle secoua tristement sa jolie tête. Le juge attendit un instant, puis demanda :

— Comment était-elle physiquement? Vous savez sans doute que son cadavre a disparu?

— Oh, elle était très belle! Pas si menue que moi, plutôt grande et bien découplée. Elle ressemblait beaucoup à cette pauvre danseuse qui est morte aussi, Mademoiselle Fleur-d'Amandier.

— Vous connaissiez cette courtisane? demanda le magistrat surpris.

— Non, Noble Juge, je ne lui ai jamais parlé. Mais papa la faisait souvent venir pour distraire ses invités. Je collais mon œil à la fenêtre du grand hall toutes les fois que je le pouvais, elle dansait si bien! Et Fleur-d'Amandier avait le visage du même ovale que celui de Fée-de-la-Lune, avec le même arc des sourcils et un corps de proportions aussi parfaites. Elles auraient pu être sœurs. Leur regard seul différait, et je vous avoue, Noble Juge, que celui de la courtisane m'effrayait un peu. Je suis sûre qu'elle ne pouvait pas m'apercevoir dans le couloir obscur, et pourtant, quand sa danse l'amenait devant la fenêtre, elle fixait toujours ses yeux sur moi. Je trouvais son regard étrange. A la fois perçant et indéchiffrable. Pauvre femme, quelle vie que la sienne. Obligée de se montrer à tous ces hommes... Et finir d'une manière si horrible. Votre Excellence croit-elle que le lac y soit pour quelque chose?

— Je ne le pense pas. Mais cette mort a dû porter un grand coup à Monsieur Sou. Il semblait très épris d'elle.

Chaton-de-Saule sourit de nouveau.

— Monsieur Sou l'adorait seulement de loin, Noble Juge. Il est extrêmement timide et sa force colossale l'embarrasse beaucoup. Un jour il a broyé une des jolies tasses anciennes de papa rien qu'en la prenant dans sa main. Il ne s'est jamais marié, car il a une peur bleue des femmes. Monsieur Wang ne lui ressemble pas. Il aime beaucoup la compagnie des dames, paraît-il. Mais si je continue ainsi, Votre Excellence va me prendre pour une terrible cancanière!

– Non, non, s'écria vivement le juge. Cette conversation est fort intéressante. J'aime connaître l'atmosphère dans laquelle vivent les personnes mêlées aux affaires que j'étudie. Mais nous n'avons pas encore parlé de Liou Fei-po. Croyez-vous qu'il puisse m'apprendre d'autres détails sur Mademoiselle Fleur-d'Amandier?

– C'est peu probable, Votre Excellence. Il la connaissait naturellement, puisqu'elle paraissait dans toutes les fêtes données par les notables. Mais Monsieur Liou est un homme grave et taciturne qui ne prend pas part à nos frivoles amusements. Avant de faire construire sa villa d'été, il passa une dizaine de jours chez nous, et j'ai pu remarquer que lorsque Papa donnait une réception, Monsieur Liou restait assis dans un coin avec l'air de s'ennuyer prodigieusement. En dehors de ses affaires, seuls les manuscrits et les vieux bouquins comptent pour lui. Et, bien entendu, sa fille! Il fallait voir son visage s'éclairer lorsque Papa lui demandait des nouvelles de Fée-de-la-Lune. Vous comprenez, Papa n'a pas d'autre enfant que moi, et cela établissait une sorte de lien entre eux. La mort de sa fille fut un coup terrible pour lui. Papa dit qu'à présent c'est un homme changé...

La jeune fille prit une petite jarre d'huile et se mit à regarnir la lampe. Le juge Ti observa pensivement son profil délicat et la grâce de ses longs doigts fuselés. Évidemment, elle était l'enfant chérie de son père, et si celui-ci avait une âme corrompue il prenait soin de dissimuler le fait à sa fille! Après l'invraisemblable histoire d'enlèvement que Han venait de lui raconter, le juge le soupçonnait fort d'être l'assassin et de chercher à l'intimider par de subtiles manœuvres. Avec un soupir de regret, il poursuivit :

— Afin de compléter ma liste, dites-moi : avez-vous jamais rencontré le vieux Conseiller Liang ou son neveu?

— Non, répondit très vite la jeune fille en rougissant. Mon père a fait une visite de courtoisie au Conseiller, mais celui-ci n'est jamais venu chez nous. Rien ne l'y obligeait, bien entendu, étant donné son haut rang.

— On m'a dit que son neveu était un jeune débauché.

— C'est une atroce calomnie! s'écria Chaton-de-Saule avec chaleur. Liang Fen est un garçon très sérieux qui travaille assidûment dans la bibliothèque du Temple.

— Comment savez-vous cela?

— Oh, je fais parfois une promenade avec ma mère dans le jardin du Temple; c'est comme cela que j'ai aperçu Monsieur Liang.

Le juge hocha doucement la tête.

— Eh bien, Mademoiselle Han, dit-il, je vous remercie beaucoup des précieux renseignements que vous avez bien voulu me donner.

Il se tourna vers la porte. Chaton-de-Saule s'approcha vivement de lui et dit :

— J'espère que Votre Excellence découvrira quelles sont ces affreuses gens qui ont maltraité mon père. Il ne s'agit certainement pas d'une plaisanterie. Papa est un peu formaliste et guindé, Noble Juge, mais il est foncièrement bon. Je suis inquiète à son sujet. Il a dû se faire des ennemis sans même s'en douter, et quelqu'un lui veut réellement du mal.

145

– Vous pouvez être sûre que j'accorde toute mon attention à ce problème, répondit le juge.

Chaton-de-Saule lui jeta un regard reconnaissant.

– Je voudrais offrir à Votre Excellence un petit souvenir de cette visite à la chapelle de Han l'Ermite. Mais il ne faudra pas le dire à Papa, car, en principe, seuls les membres de la famille y ont droit!

Elle prit un rouleau de papier dans une cavité du mur et en détacha une feuille qu'elle remit au juge avec une profonde révérence. C'était une fidèle copie de l'inscription gravée dans le jade.

Le juge Ti plia soigneusement la feuille et la glissa dans sa manche en disant avec gravité :

– Recevoir ce cadeau est un grand honneur pour moi!

Il éprouva un certain plaisir en remarquant que ses deux roses étaient encore dans la chevelure de la jeune fille et seyaient vraiment à sa beauté.

Après avoir suivi un interminable couloir ils atteignirent la grande porte. Son charmant guide ouvrit le lourd battant, et le juge s'inclina en silence avant de gagner la rue déserte.

XI

*Ma Jong éprouve déconvenue
sur déconvenue; le juge Ti décide de faire
une tournée d'inspection.*

Quand, au petit jour, deux serviteurs arrivèrent pour balayer le cabinet du magistrat, ils virent ce dernier endormi sur son divan. Se retirant sans bruit, ils prévinrent un employé du tribunal qui prépara vite le thé du matin.

Le juge ne s'éveilla qu'une heure plus tard. Assis sur le bord de sa couche, il souleva un coin de l'emplâtre posé par l'apothicaire et examina sa blessure. La cicatrisation se faisait normalement. Il se leva, encore un peu raide, et, après une légère toilette, s'installa devant son bureau. Frappant dans ses mains, il commanda au commis qui parut aussitôt :

— Sers le petit déjeuner et appelle mes lieutenants.

Les trois hommes s'assirent sur des tabourets et, tandis que le magistrat mangeait son riz, le Sergent fit son rapport :

— Je viens de chez le marchand de thé, annonça-t-il. Monsieur Kong m'a dit que le professeur et lui avaient été trop accablés en reconnaissant la ceinture de Candidat Tchang pour demander son nom au pêcheur qui la rapportait. Ce ne sera donc pas facile de retrouver cet homme.

Ma Jong expliqua ensuite que rien d'extraordinaire ne s'étant passé chez le docteur Tchang au cours de la nuit, il avait laissé deux sbires sur place et s'était décidé à regagner le Yamen en compagnie de Tsiao Taï.

Le juge posa ses baguettes. Tout en buvant son thé à petites gorgées, il raconta l'aventure qui lui était arrivée dans la gargote aux nouilles. Quand il eut terminé son récit, Ma Jong s'écria, consterné :

— Pourquoi Votre Excellence ne m'a-t-elle pas emmené?

— J'ai suffisamment attiré l'attention en y allant tout seul! répliqua le juge. Mais ne crains rien, tu feras quand même la connaissance de mon agresseur. Je veux l'interroger pour savoir s'il a vu son oncle le soir où celui-ci a été assassiné. Tu vas donc te rendre à « l'Auberge de la Carpe Rouge » et tu demanderas au Chef des mendiants où loge ce Mao Lou, puis tu iras l'arrêter et tu l'amèneras. Profite de ta visite au Chef des mendiants pour lui remettre deux pièces d'argent : cet homme m'a rendu un fier service! Tu lui diras que le Tribunal lui accorde cette prime parce que le Magistrat a été informé de la stricte discipline qu'il faisait régner parmi ses guenilleux.

Ma Jong se leva.

« Attends, s'écria le juge, je n'ai pas fini. La nuit dernière a été fertile en événements. » Il mit les trois hommes au courant de sa conversation avec Han Sei-yu, sans cependant parler du Lotus Blanc, ce nom redoutable ne devant pas être prononcé à la légère. Il se contenta de dire que le ravisseur s'était donné comme le chef d'une puissante bande de brigands. Quand il eut terminé, Tsiao Taï s'écria :

– Je n'ai jamais rien entendu d'aussi invraisemblable! J'espère que Votre Excellence ne croit pas un mot de tout cela!

– Han Sei-Yu est un rusé criminel, répliqua le juge. Sur le bateau-de-fleurs il feignait de dormir pour mieux écouter les révélations de la danseuse. Lorsque je lui ai rendu visite, hier après-midi, il a voulu me convaincre d'étouffer l'affaire. Voyant qu'il ne parvenait pas à ses fins, il a décidé d'employer l'intimidation. Et, ma foi, il s'y est fort bien pris, me racontant une histoire à dormir debout, non pas dans l'intention de me tromper, mais afin que je comprenne sa menace sans cependant pouvoir en référer à mes chefs. Imaginez-vous ce que ceux-ci penseraient de moi si j'accusais Han Sei-yu à présent? S'il avait voulu vous en faire accroire, me rétorquerait-on, cet homme aurait certainement trouvé mieux! Et c'était très habile de me faire son récit devant sa fille et de nous montrer à tous deux une blessure qu'il s'était bien entendu infligée lui-même! Vous voyez à quel dangereux bonhomme nous avons affaire.

– Il faut soumettre ce gros coquin à la question, s'écria Ma Jong avec colère.

– Malheureusement, nous ne possédons pas un brin de preuve, et il est interdit d'employer la torture tant que la culpabilité de l'accusé n'est pas nettement établie. Comme il ne sera pas facile d'en arriver là, j'ai choisi une autre tactique. Je lui ai laissé entendre que je prenais bonne note de son avertissement et j'ai ajouté que l'assassin de la danseuse était certainement l'un des rameurs. A présent qu'il croit m'avoir intimidé, j'espère qu'il va commettre des imprudences et finira par se trahir!

Quand le magistrat se tut, le Sergent qui avait

écouté ce récit avec beaucoup d'attention demanda :

– Êtes-vous absolument sûr, Noble Juge, que personne ne se trouvait derrière vous pendant que Fleur-d'Amandier parlait? Un serveur ou une autre courtisane?

– Non, Sergent, je n'en suis pas *absolument* sûr. Tout au moins en ce qui concerne les serveurs, car pour les courtisanes, je les voyais toutes les cinq. Mais les serveurs... on arrive à ne plus faire attention à leur présence.

Il tortilla pensivement sa moustache.

– Dans ce cas, Votre Excellence, reprit le Sergent, l'histoire est peut-être vraie. Il est possible qu'un serveur ait surpris les paroles de Fleur-d'Amandier et cru qu'elles s'adressaient à Han. La danseuse était debout entre vous deux, n'est-ce pas? Si l'homme se trouvait derrière elle, il ne pouvait pas voir que Han sommeillait. Ce garçon – un complice des conjurés – se sera empressé d'avertir leur chef, et, un peu plus tard, celui-ci a tué la courtisane. Ensuite, il a enlevé Han et l'a prévenu que s'il avait le malheur de vous transmettre les confidences de la jeune femme, il serait tué à son tour.

– Oui, tu as raison, Sergent. Mais attends... non! Le serveur ne peut pas avoir cru que Fleur-d'Amandier s'adressait à Han car elle a employé l'expression « Seigneur Juge », je m'en souviens parfaitement.

– Cet homme n'a peut-être pas tout entendu, Votre Excellence. Aux premières paroles de la danseuse, il a dû se précipiter vers son chef. La preuve de cela, c'est que le ravisseur de Han n'a pas fait allusion à la phrase sur les échecs.

Le juge ne répondit pas tout de suite. Une pensée fort désagréable lui venait à l'esprit. Si

Han avait dit la vérité, la Société du Lotus blanc s'était reconstituée; aucun criminel n'aurait osé employer à la légère ce nom redoutable. D'ailleurs, la courtisane avait bien parlé d'un complot dangereux. Il ne s'agissait donc pas d'un simple assassinat mais d'une vaste conspiration qui pourrait mettre la Dynastie Impériale en danger! Se ressaisissant avec effort, il dit d'un ton posé :

— Y avait-il ou non quelqu'un derrière moi? La seule personne qui puisse trancher la question, c'est Mlle Anémone. Dès que Mao Lou sera sous les verrous, tu iras la voir, Ma Jong. Cette visite au Quartier des Saules te paiera de tes peines! Rappelle à cette jeune femme l'état dans lequel se trouvait Han Sei-yu ce soir-là... fais-lui préciser le moment où elle a été chercher la coupe de vin... et, tout en parlant, demande sans avoir l'air d'y attacher d'importance qui était derrière moi à cet instant-là. Tu sauras bien la faire parler!

— Soyez tranquille, Seigneur Juge, s'écria Ma Jong rayonnant. J'y cours avant que Mao Lou n'ait quitté sa tanière.

Dans sa hâte, il manqua de renverser le Premier Scribe qui entrait, les bras chargés de dossiers. Lorsque le vieux commis eut déposé ses papiers sur le bureau, le Sergent Hong et Tsiao Taï approchèrent leurs tabourets pour aider le juge à en prendre connaissance. Il s'agissait de problèmes administratifs qui les tinrent occupés une grande partie de la matinée. Quand tout fut enfin réglé, le juge Ti se renversa dans son fauteuil et, pendant que le Sergent lui servait une tasse de thé, il s'écria :

— Cette histoire d'enlèvement ne cesse de me trotter par la tête. Ma Jong apprendra peut-être quelque chose d'utile chez Mlle Anémone, mais nous avons un autre moyen de vérifier l'exactitude de ce que m'a raconté Han. Va me chercher une bonne carte des environs, Sergent. Il y en a sûrement une au greffe.

Le Sergent Hong revint un instant plus tard, tenant sous son bras un gros rouleau qu'il étendit sur la table avec l'aide de Tsiao Taï. C'était une carte très détaillée du district de Han-yuan. Le magistrat l'étudia longuement, puis, désignant de l'index un petit carré, il expliqua :

— Voici le Temple Bouddhiste, devant lequel — à l'en croire — Han fut attaqué. Il m'a dit que ses ravisseurs avaient pris la direction de l'est. Cela s'accorde avec les indications portées sur la carte. Le terrain est plat dans le quartier résidentiel et dévale ensuite vers la plaine. Si Han m'a dit la vérité, c'est la seule route possible, car si les ravisseurs avaient gagné la basse ville, Han aurait été secoué en passant sur les marches, et s'ils s'étaient dirigés vers le nord ou l'ouest, le palanquin aurait dû grimper de plus en plus dans la montagne. Mais — toujours selon lui — après une petite pente le voyage s'est poursuivi en terrain plat. Ses ravisseurs pourraient donc avoir suivi cette grande route qui traverse la rizière, à l'est de Han-yuan, avant d'atteindre le poste militaire que vous voyez ici, près du pont qui enjambe le fleuve séparant notre district de celui de Kiang-pei.

« Si Han-yuan était entouré d'une muraille comme la plupart de nos villes, le problème serait vite résolu. Une simple question posée aux gardes de la Porte Est et nous serions fixés! Essayons de nous débrouiller autrement. C'est à la tombée de la nuit que Han a été emmené dans cette mystérieuse maison et l'entrevue avec l'homme à la cagoule a été assez courte. Nous ne nous tromperons donc pas beaucoup si nous disons que le

voyage a duré une heure. Quelle distance crois-tu
qu'un palanquin puisse parcourir sur cette route-
là en une heure, Tsiao Taï?

Tsiao Taï se pencha sur la carte.

— Il fait plus frais le soir. Les porteurs ont dû
marcher d'un bon pas. Ils se sont arrêtés ici,
Votre Excellence.

Du doigt, il traça un cercle autour d'un village
de la plaine.

— Oui, ce pourrait être là, murmura le juge.
Donc, si Han n'a pas menti, nous trouverons à cet
endroit une maison de campagne, probablement
construite sur une petite éminence de terrain
puisqu'il a fallu monter quelques marches avant
d'atteindre l'entrée.

A ce moment la porte s'ouvrit et Ma Jong
reparut, l'air déconfit. Après s'être incliné respectueusement devant le juge, il se laissa choir sur un
tabouret et grommela :

— Rien ne me réussit, aujourd'hui!

— Tu n'as certainement pas la mine d'un triom-
phateur! répondit le magistrat. Que t'est-il arrivé?

— Une série de déboires, Noble Juge. Tout a
commencé au Marché au Poisson. J'ai dû demander mon chemin plus de cent fois dans ce
labyrinthe de ruelles sales avant de dénicher
« l'Auberge de la Carpe Rouge ». Et il faut avoir
du toupet pour appeler ça une auberge! C'est un
trou dans le mur, rien de plus. J'aperçois votre
mendigot à barbe grise en train de somnoler dans
un coin et, suivant vos instructions, je lui remets
deux pièces d'argent en lui expliquant les raisons
de ma générosité. N'importe qui, à sa place,
aurait sauté de joie. Pas Barbe-Grise. Le vieux
coquin ne va-t-il pas s'imaginer que je cherche à
lui jouer un vilain tour? Il veut voir mon insigne,

et encore manque-t-il se casser les deux dents qui lui restent en mordant les pièces pour s'assurer qu'elles sont bonnes! Enfin, il finit par les accepter et il me confie que Mao Lou loge avec sa petite amie dans un lupanar voisin. Je laisse donc Barbe-Grise toujours en train d'examiner soupçonneusement les deux pièces et je file à l'endroit indiqué.

« Auguste Ciel, quel trou puant! Un lupanar? Même pas. Un simpe bouge pour coolies pas trop exigeants! Et, comble de malchance, la tenancière m'informe que Mao Lou, sa compagne et l'ami borgne se sont mis en route le matin même pour Kiang-pei. Et voilà pour la première partie de ma mission!

« Grand imbécile que je suis, je pense alors que la petite visite au Quartier des Saules va me changer les idées. Ah bien ouiche! La belle Anémone a une gueule-de-bois carabinée. Elle est d'une humeur massacrante et, en réponse à mes questions réitérées, finit par admettre que quelqu'un avait pu se trouver derrière Votre Excellence..., mais était-ce un serveur ou bien le Premier Ministre, elle n'en a pas la moindre idée! Voilà tout ce que j'ai pu tirer de cette oie stupide.

— N'as-tu pas une autre amie dans ce quartier? demanda doucement le juge. Tu aurais pu l'interroger sur la morte.

Ma Jong lui lança un regard plein de reproche.

— La gueule-de-bois d'Anémone n'était rien à côté de celle que tenait cette fille-là, dit-il piteusement.

Une lueur amusée passa dans les yeux du juge Ti.

— Le soleil ne brille pas tous les jours, Ma Jong! Parlons d'autre chose. Nous allons visiter la partie orientale du district pour tâcher de découvrir la maison dont m'a parlé Han. Si nous ne la trouvons pas, nous saurons qu'il a menti, et cela nous aura fait connaître la région. C'est le grenier du district et je n'ai pas encore eu le temps de l'inspecter. Nous irons jusqu'à la limite Est de ma juridiction et nous passerons la nuit dans ce village-frontière. Nous verrons ainsi le pays, et ce voyage nous éclaircira peut-être les idées. Va choisir trois bons chevaux et fais annoncer qu'il n'y aura pas d'audience aujourd'hui. De toute façon ces deux affaires sont au point mort et je n'ai rien de nouveau à dire aux citoyens de Han-yuan.

Ma Jong sortit avec Tsiao Taï, l'air un peu plus gai qu'en arrivant. Seul avec le Sergent, le juge lui dit :

– Cette longue chevauchée dans les plaines brûlantes serait trop fatigante pour toi, mon brave Hong. Tu vas rester ici pour t'occuper du greffe. Tu en profiteras pour rassembler toutes les pièces de nos archives concernant Monsieur Wang et Monsieur Sou. Après ton déjeuner, tu pourras faire un tour dans le coin où habite Wan Yi-fan. Ce garçon joue un rôle dans l'affaire Kiou contre Tchang et dans celle du Conseiller prodigue. Je trouve assez étrange qu'un obscur agent d'affaires comme lui soit en aussi bons termes avec l'influent Liou Fei-po. Vérifie spécialement la partie de l'histoire qui concerne sa fille, Mademoiselle Wan.

Le juge se caressa la barbe d'un air méditatif et continua :

– Le Conseiller Liang m'inquiète. Depuis que son neveu m'a informé de l'état dans lequel se trouve le vieillard, ma responsabilité est engagée aux yeux de sa famille. Elle va attendre de moi que je prenne des mesures propres à empêcher l'honorable vieux monsieur de dissiper sa fortune. Avant d'agir, je veux cependant m'assurer que ce n'est pas le neveu qui fait main basse sur l'argent... et voir s'il n'est pas mêlé à l'assassinat de la danseuse.

— Ne pourrais-je pas aller chez ce jeune homme tantôt, Votre Excellence? J'en profiterais pour examiner les comptes avec lui, et je tâcherais de découvrir le rôle exact joué par Wan Yi-fan dans cette affaire.

— Excellente idée. Le juge prit son pinceau et rédigea pour le Sergent une courte lettre d'introduction adressée à Liang Fen. Il choisit ensuite une feuille de papier à lettres officiel. Ayant écrit rapidement quelques lignes, il apposa le grand sceau rouge du tribunal en expliquant : « Ceci est une requête à mon collègue le magistrat de Ping-yang, dans la Province de Chan-si. Je lui demande de m'envoyer par retour du courrier tous les renseignements qu'il possède sur la famille Fan, et plus particulièrement sur Mademoiselle Fan Ho-yi, appelée ici Fleur-d'Amandier. Il est vraiment curieux que cette fille ait insisté pour être vendue si loin de l'endroit où elle a vu le jour. Le premier chaînon de cette affaire se trouve peut-être dans son village natal! Expédie cette lettre par messager spécial. »

Le juge se leva en concluant :

— A présent, il va falloir que je me mettre en route. Sors mon costume de chasse et mes bottes de cheval. Je crois que le changement d'air me fera du bien!

XII

*Ma Jong et Tsiao Taï ramènent
à la raison des villageois indisciplinés;
un filou révèle au juge Ti
les petits secrets de son métier.*

Ma Jong et Tsiao Taï attendaient dans la cour avec les chevaux. Ils avaient accroché aux pommeaux des trois selles de larges chapeaux de soleil en paille tressée.

Après avoir examiné les montures, le juge Ti enfourcha la sienne, ses lieutenants l'imitèrent, les gardes ouvrirent la lourde porte du Yamen, et la petite troupe prit la direction de l'est.

Les trois cavaliers furent bientôt hors de la ville, et, du haut d'une sorte de terrasse, ils découvrirent la plaine fertile qui s'étendait à perte de vue. La descente se fit rapidement. Quand ils eurent atteint les champs brûlés par le soleil de midi, le juge échangea son bonnet de gaze contre le large chapeau de paille; ses deux compagnons suivirent aussitôt son exemple. Contemplant le vaste océan d'épis verts qui ondulaient de chaque côté de la route, il remarqua d'un ton satisfait :

— Le riz promet, nous aurons une bonne récolte cet automne. Mais je n'aperçois pas de maison de campagne!

Ils s'arrêtèrent dans une auberge de modeste apparence et, pendant qu'on leur servait un repas frugal, l'ancien du village vint présenter ses respects au magistrat. Le juge lui demanda s'il n'existait pas une belle demeure dans les environs. Le vieux bonhomme secoua la tête.

– Il n'y a pas de maisons en briques par ici, répondit-il. Nos propriétaires habitent la montagne, où la chaleur est moins accablante que dans la plaine.

– N'avais-je pas dit que ce Han était un coquin? grommela Ma Jong.

– Nous serons peut-être plus heureux au prochain village, répliqua le juge.

Une demi-heure de chevauchée amena les trois hommes à l'entrée d'une autre bourgade. Tandis qu'ils s'engageaient dans l'étroite ruelle bordée de masures misérables, ils entendirent des vociférations. Pressant leurs montures, ils débouchèrent sur la place du marché et aperçurent un groupe d'hommes qui brandissaient des bâtons en jurant et sacrant de tout leur cœur.

Le juge se dressa sur ses étriers et vit que ces paysans s'acharnaient sur un malheureux couvert de sang, étendu au pied d'un gros arbre.

– Arrêtez immédiatement! cria-t-il. Comme personne ne semblait l'entendre, il se tourna vers ses compagnons et leur donna l'ordre d'intervenir.

En un clin d'œil les deux hommes furent à bas de leurs chevaux et se précipitèrent dans la mêlée. Ma Jong empoigna par le fond de son pantalon le premier paysan qui se trouva sur son chemin, le souleva au-dessus de sa tête et le lança au milieu de la foule. Puis il suivit ce projectile improvisé, distribuant force coups de poing et coups de pied autour de lui tandis que Tsiao Taï le couvrait par-derrière. En quelques instants ils furent au pied de l'arbre et arrachèrent à ses bourreaux la victime gémissante.

158

– Arrêtez, espèces de brutes! cria Ma Jong. Désignant son maître, il ajouta : Ne voyez-vous pas que Son Excellence le Magistrat du district est là?

Toutes les têtes se tournèrent vers le juge Ti. A la vue de ce cavalier à la mine imposante, les paysans lâchèrent leurs bâtons et un vieillard vint se prosterner devant lui en disant :

– L'humble personne respectueusement agenouillée à vos pieds est l'ancien de ce village, Votre Excellence.

– Expliquez-moi ce qui se passe! commanda le juge. Si l'homme que vous étiez en train de tuer à coups de bâton est un criminel, votre devoir était de l'amener devant mon tribunal. Puisque vous êtes le chef de ce village vous devez bien savoir que se faire justice soi-même est une faute extrêmement grave.

– Je supplie Votre Excellence de nous pardonner! gémit le vieux paysan. Notre conduite a été inconsidérée, mais c'est la faute de ce coquin. Nous peinons tout le jour pour gagner les quelques sapèques nécessaires à l'achat de notre bol de riz quotidien et ce filou est venu nous les voler! Oui, Votre Excellence, l'un des nôtres a découvert que le misérable employait des dés pipés! Je supplie humblement le Seigneur Juge de ne pas se montrer impitoyable envers nous!

– Que celui qui a découvert la tromperie s'avance, ordonna le juge Ti. Et toi, Ma Jong, amène le blessé ici.

Un robuste campagnard et un curieux personnage à la tête ensanglantée furent bientôt à genoux devant le magistrat.

– Peux-tu m'apporter la preuve que cet homme a triché? demanda le juge au paysan.

– La voici, Votre Excellence, répliqua aussitôt

le villageois en tirant deux dés de sa manche. Il se leva pour les remettre au juge, mais avec une agilité inattendue le blessé le devança, lui arracha les dés et, après les avoir vivement secoués, cria : « S'ils sont pipés, que toutes les malédictions divines et infernales descendent sur la tête de votre infortuné serviteur! » Il exécuta une profonde révérence et les tendit au magistrat.

Le juge fit rouler les dés dans sa paume, les examina soigneusement et regarda le bizarre bonhomme. Plutôt efflanqué, celui-ci pouvait avoir une cinquantaine d'années et ses mèches grises tombaient en désordre sur un long visage creusé de rides. Du sang frais barbouillait encore son front, et une grosse verrue agrémentée de trois poils raides mettait une note cocasse sur sa joue gauche.

— Je ne trouve rien de suspect à ces dés, prononça le juge. (Il les lança au chef du village qui les saisit au vol et se mit à les examiner avec étonnement.) Que ceci vous serve de leçon, continua le juge. Si vous êtes victimes d'un voleur, ou si vous avez à vous plaindre de vos propriétaires, présentez-vous à mon tribunal et je vous accorderai toute mon attention. Mais si vous essayez encore de vous faire justice vous-même, vous serez punis de la plus sévère façon. A présent, retournez à vos travaux et ne perdez plus votre temps ni votre argent au jeu!

Le chef du village tomba aux pieds du juge et frappa plusieurs fois le sol de son front pour le remercier de tant d'indulgence.

Sur l'ordre de son maître, Ma Jong prit le blessé en croupe et la cavalcade se dirigea vers le village suivant où le juge s'arrêta pour permettre à leur compagnon de se laver à l'eau du puits communal. Pendant que l'homme remettait un peu d'ordre dans ses vêtements, le magistrat fit appeler l'ancien du village et lui demanda s'il existait dans les environs une demeure bâtie sur une petite éminence.

– Pas que je sache, répondit le bonhomme. Comment s'appelle le propriétaire et quel genre de maison est-ce?

– Bah, cela n'a pas d'importance. Nous verrons plus loin, répliqua le juge Ti.

A ce moment, le blessé vint s'incliner très bas devant lui et sollicita la permission de les quitter. Remarquant sa pâleur et la façon dont il boitait, le juge décréta :

– Tu as besoin d'un médecin, mon garçon. Je n'ai aucune estime pour les joueurs professionnels, mais nous ne pouvons pas t'abandonner dans l'état où tu es. Tu vas venir avec nous jusqu'au poste frontalier.

La petite troupe atteignit le fleuve vers la fin de l'après-midi. Le juge dit à Ma Jong de conduire le blessé chez le médecin, puis, accompagné de Tsiao Taï, il s'en fut inspecter le poste chargé de la garde du pont.

Le caporal-chef fit aligner ses douze hommes. Le juge vit que leurs cottes-de-mailles et leurs casques de fer étaient parfaitement astiqués et qu'ils avaient un air tout à fait martial. Pendant l'inspection du dépôt d'armes, le caporal expliqua :

– Ce que Votre Excellence aperçoit est seulement un bras du Grand Fleuve qui traverse le district voisin. La navigation est tout de même très importante, mais si tout est tranquille sur notre rive, il n'en est pas de même de l'autre côté. Les vols à main armée se multiplient, et la garnison de Kiang-pei a dû être renforcée.

Il escorta ses visiteurs jusqu'à l'auberge du

bourg où un hôtelier obséquieux les accueillit avec force courbettes. Tandis qu'un garçon d'écurie prenait soin des chevaux, l'hôte insista pour retirer lui-même les bottes du juge et les remplaça par de confortables sandales de paille. Il le conduisit ensuite dans une chambre du premier étage, maigrement meublée mais fort propre. Lorsque la fenêtre fut ouverte, le juge découvrit, au-delà des toits, la grande nappe du fleuve qu'empourpraient les rayons du soleil couchant.

Un serviteur apporta des chandelles, une cuvette, et des serviettes chaudes. Le juge fit un brin de toilette, puis Ma Jong et Tsiao Taï vinrent le rejoindre; tout en lui préparant une tasse de thé, Ma Jong dit à son maître :

— L'homme aux dés est un drôle de corps, Votre Excellence! Il m'a raconté sa vie. Il est né dans le Sud. Lorsqu'il était tout jeune encore, sa femme – une assez jolie personne paraît-il – tapa dans l'œil du négociant en soie chez qui il était employé. Pour se débarrasser du mari, son patron l'accusa d'un vol imaginaire et les sbires du tribunal le battirent comme plâtre. Il réussit à leur fausser compagnie, mais, en son absence, le négociant prit sa femme comme concubine. Quand l'homme aux dés revint la presser en secret de fuir avec lui, elle éclata de rire, préférant, dit-elle, être la concubine d'un riche commerçant plutôt que la première épouse d'un pauvre employé. Il partit donc seul et, pendant des années, parcourut l'Empire en tous sens. Il s'exprime comme un vrai lettré et m'a dit qu'il exerçait la profession de courtier. A mon avis, c'est tout bonnement un hôte des rivières et des lacs ou, si vous préférez, un vulgaire chevalier d'industrie!

— Ces gens-là ont toujours une histoire touchante à vous raconter, fit observer le juge. Nous ne le reverrons pas de sitôt.

On entendit frapper à la porte et deux coolies entrèrent, chargés de quatre grosses bourriches. La première contenait trois magnifiques poissons préparés avec une sauce au gingembre, la seconde un bol de riz et d'œufs salés, le tout accompagné d'une carte de visite rouge expliquant que ces présents étaient offerts par le caporal. Dans les autres paniers il y avait trois poulets rôtis, trois assiettes de porc aux légumes et un pot de soupe, cadeau de bienvenue des anciens du village. Enfin, un garçon apporta trois jarres de vin de la part de l'hôtelier.

Quand les coolies eurent tout disposé sur la table, le juge leur offrit en retour quelques pièces d'argent enveloppées dans un morceau de papier rouge, puis il dit à ses lieutenants :

– En voyage, pas de cérémonies. Vous dînez avec moi!

Ma Jong et Tsiao Taï protestèrent qu'ils n'en feraient rien, mais le juge Ti insista et les deux hommes finirent par s'asseoir en face de lui. La longue chevauchée leur avait donné faim et tous mangèrent avec appétit. Le juge se sentait d'excellente humeur. Han avait menti, donc c'était bien lui l'assassin de Fleur-d'Amandier et tôt ou tard on trouverait le moyen de le confondre. Plus question de Lotus Blanc, puisqu'il s'agissait d'une histoire inventée de toutes pièces!

Pendant que les trois convives buvaient la dernière tasse de thé, un garçon apporta une grande enveloppe adressée au juge Ti. Elle contenait une lettre rédigée en termes fort élégants et calligraphiée de façon impeccable. Le signataire, un certain Tao Gan, demandait l'autorisation de se présenter devant Son Excellence le Magistrat.

– L'un des anciens du village, probablement, dit le juge. Qu'on le fasse monter!

A son grand étonnement ce fut la silhouette dégingandée du joueur professionnel qui apparut dans l'embrasure de la porte. En sortant de chez le médecin il avait visiblement fait le tour des différentes boutiques du lieu. Un bandage lui recouvrait le front, mais son apparence générale était grandement améliorée. Une ceinture de soie noire serrait sa robe bleue toute simple et son chef s'ornait du haut bonnet de gaze noire qu'affectionnent les rentiers d'un certain âge. S'inclinant avec aisance, il commença un petit discours de remerciement.

– L'insignifiante personne qui salue avec respect Votre Excellence se nomme Tao Gan. Les mots ne sauront jamais exprimer toute la...

– Cela suffit, l'interrompit le juge d'un ton glacial. Remercie plutôt la Providence, mon ami, et ne t'imagine pas que j'éprouve beaucoup de sympathie pour toi. La volée que tu as reçue était probablement méritée. Je suis sûr que, d'une façon ou d'une autre, tu as dupé ces paysans, et si je suis intervenu c'est uniquement parce que je ne tolérerai jamais que mes administrés se fassent justice eux-mêmes.

Nullement démonté, le visiteur répondit :

– J'espère tout de même qu'en léger témoignage de ma reconnaissance il me sera permis de placer mes faibles talents à la disposition de Votre Excellence, car je suppose que vous enquêtez au sujet d'un enlèvement, Noble Juge?

Dissimulant sa surprise, le magistrat répondit sèchement :

– Je me demande ce qui peut te faire croire cela?

– L'exercice de ma profession développe les

facultés déductives, répliqua Tao Gan en souriant modestement. Sans le vouloir, j'ai entendu Votre Excellence s'enquérir d'une certaine maison de campagne. Une maison dont il était clair que Votre Excellence ne connaissait ni l'aspect ni le nom du propriétaire.

Il enroula les longs poils de sa verrue autour de son index et poursuivit : « Ceux qui enlèvent les gens pour leur extorquer la forte somme bandent les yeux de leur victime et l'emmènent dans un endroit écarté où ils l'obligent, sous la menace, à écrire une lettre demandant à sa famille d'envoyer une substantielle rançon. Quand les bandits sont en possession de l'argent, ou bien ils tuent le prisonnier, ou bien ils le renvoient chez lui, les yeux bandés comme précédemment. Dans ce dernier cas, le malheureux connaît vaguement la direction prise par ses ravisseurs, mais il est incapable de décrire la maison dans laquelle il fut enfermé et il ignore le nom de son propriétaire. Ayant ainsi déduit que la victime d'un lâche attentat de ce genre avait dû se présenter devant le tribunal de Votre Excellence pour réclamer justice, je me permets, Noble Juge, de vous offrir mes services.

Tao Gan s'inclina de nouveau fort respectueusement et le magitrat se dit, à part lui, que ce garçon ne manquait pas de finesse. Tout haut, il demanda :

– Supposant que tu sois dans le vrai, que faudrait-il faire, à ton avis?

– J'ai parcouru tout ce district, répondit Tao Gan, il n'existe pas dans la plaine de maison répondant à votre description. Mais dans les coins montagneux, au nord et à l'ouest de la ville, j'ai vu plusieurs villas qui y ressemblent assez.

– Et si la victime se souvient distinctement que

la plus grande partie du trajet s'est effectuée en terrain plat?

Un sourire matois apparut sur les lèvres du joueur de dés.

– En ce cas, Votre Excellence, la maison se trouve à l'intérieur de la ville.

– Tu déraisonnes!

– Non, Votre Excellence. Il suffit à ces coquins d'avoir une maison possédant un assez grand jardin avec une terrasse et le tour est joué. Ils amènent la victime en palanquin clos à l'intérieur de la propriété et marchent en rond pendant une petite heure. Ces gens-là sont rusés : pour faire croire au malheureux qu'il traverse une région montagneuse, ils grimpent plusieurs fois de suite sur la terrasse et en redescendent en gromelant : « Attention au ravin! » Ils connaissent leur métier à fond, Votre Excellence, et savent être convaincants!

Le juge regarda son interlocuteur d'un air pensif.

– C'est très astucieux, finit-il par dire. Je m'en souviendrai à l'occasion. A présent, mon ami, je vais te donner un bon conseil : change de profession. Tu es assez intelligent pour gagner ta vie de façon honnête!

Il s'apprêtait à clore la conversation quand il se ravisa soudain.

– Comment t'y es-tu pris pour duper ces paysans? demanda-t-il. Je te pose la question par simple curiosité et n'utiliserai pas ta réponse contre toi.

Avec un petit sourire Tao Gan commanda au garçon :

– Va chercher la botte droite de Son Excellence!

Quand l'objet fut en sa possession, il fourra les

doigts dans son revers et en sortit deux dés qu'il tendit au magistrat en disant :

– Après avoir arraché ces dés pipés au benêt qui s'apprêtait à vous les remettre, Noble Juge, je vous ai tendu une paire d'honnêtes dés que je tenais cachés dans le creux de ma main.

Pendant que tout le monde avait les yeux fixés sur vous, je me suis permis de déposer – temporairement, je l'espérais – les dés truqués dans la botte de Votre Excellence.

Le magistrat ne put s'empêcher de rire.

– Sans me vanter, continua Tao Gan avec le plus grand sérieux, je puis dire que peu de personnes connaissent aussi bien que moi les ruses familières à tous les fripons. La fabrication de faux documents n'a pas de secrets pour moi, je sais contrefaire les signatures, rédiger un contrat en y glissant quelque clause équivoque, crocheter la serrure – ordinaire ou à combinaison – de n'importe quelle porte ou fenêtre. Ouvrir un coffre-fort dont je ne possède pas la clef m'est un jeu, et je suis un expert en issues secrètes, trappes cachées et autres inventions du même genre. Je puis aussi savoir ce que dit une personne placée loin de moi en observant simplement le mouvement de ses lèvres. Je...

– Un instant! l'interrompit le juge. Le dernier article de ton imposant catalogue correspond-il vraiment à la réalité?

– Certainement, Noble Juge. Permettez-moi seulement d'ajouter qu'il est plus facile de lire sur les lèvres des femmes et des enfants que sur celles des vieillards à grande barbe ou à grosse moustache.

Le juge revit le fin visage de Fleur-d'Amandier. Il aurait donc été possible à un autre que Han Sei-yu de saisir les paroles de la courtisane? Il regarda de nouveau Tao Gan. Baissant le ton, celui-ci continua :

— J'ai déjà raconté à votre lieutenant l'événement malheureux qui fit de moi un homme aigri. Cette amère expérience me retrancha de la communauté humaine. Depuis trente ans je parcours l'Empire, prenant plaisir à duper les nigauds trop sûrs d'eux-mêmes, mais je jure à Votre Excellence que je n'ai jamais porté la main sur mon semblable ni causé à personne de préjudice irréparable. Aujourd'hui, Noble Juge, votre bonté me fait voir les choses sous un jour différent et je voudrais renoncer à ma carrière d'hôte des rivières et des lacs. Mes différents talents pourraient servir à démasquer les criminels et à les empêcher de nuire. Je demande donc humblement à Votre Excellence la permission d'entrer au service du tribunal. Je n'ai plus de famille, ayant rompu avec tous mes parents lorsqu'ils prirent le parti de ma traîtresse d'épouse, et j'ai un peu d'argent devant moi. Mes désirs seraient donc comblés s'il m'était permis à présent de me rendre utile et de recevoir les enseignements de Votre Excellence.

Le juge Ti regarda le curieux personnage. Il crut deviner sous son expression désabusée les signes d'une émotion vraie. Et puis cet homme ne venait-il pas de lui donner deux idées intéressantes et ne possédait-il pas tout un bagage de connaissances pratiques qui manquait à ses autres lieutenants? Bien dirigé il pourrait se montrer fort utile. Ceci acheva de le décider. Il dit toutefois :

— Tu comprendras, Tao Gan, que je ne puis te donner une réponse immédiate, mais comme je te crois sincère, je vais te prendre quelques semaines à mon service. Au bout de ce temps, je verrai s'il m'est possible d'accepter définitivement ta proposition.

Tao Gan s'agenouilla et fit trois fois le ko-téou en signe de gratitude.

– Ces deux hommes, reprit le juge, sont mes lieutenants. Tu les aideras de ton mieux et eux, de leur côté, t'instruiront des affaires en cours.

Tao Gan s'inclina devant chacun de ses nouveaux collègues. Tsiao Taï conserva une certaine réserve, mais Ma Jong tapa sur son épaule osseuse en s'écriant :

– Viens avec moi dans la salle du bas, vieux frère, et apprends-moi quelques-uns de tes tours.

Tsiao Taï moucha la chandelle, souhaita une bonne nuit au magistrat, et suivit ses camarades.

Le juge Ti ne bougea pas. Pendant un long moment il observa les moucherons qui formaient un nuage bruissant autour de la flamme ravivée.

Les paroles de Tao Gan montraient que l'histoire de Han Sei-yu pouvait être vraie en dépit du fait que la maison dans laquelle ses ravisseurs l'avaient entraîné restait introuvable. Mais alors la Société du Lotus Blanc tissait encore une fois sa sinistre toile sur l'Empire Fleuri. Han-yuan avait beau n'être qu'une petite ville isolée, elle occupait une position stratégique tout près de la capitale, cœur de l'Empire. Quel lieu plus propice pour établir le quartier général d'un complot contre le Trône? N'était-ce pas là l'explication de cette atmosphère oppressante dont il avait, dès son arrivée, intuitivement senti la maléfique influence?

Mais puisque n'importe quel convive avait pu lire sur les lèvres de la danseuse les paroles qu'elle prononçait, n'importe lequel d'entre eux pouvait être son assassin. Il était possible que Han Sei-yu soit innocent, mais rien ne l'empêchait non plus d'être le chef des conjurés! Quant à Liou Fei-po, son immense fortune, ses fréquents voyages, son animosité contre le gouvernement, tout contribuait à faire de lui un suspect fort présentable. En vérité tous les convives rassemblés ce soir-là sur le bateau-de-fleurs avaient pu comploter ensemble la mort de la courtisane! Le juge Ti secoua la tête avec colère. Le nom sinistre du Lotus Blanc agissait déjà et le privait de son sens critique. Le mieux était d'examiner de nouveau les faits à partir du début...

La chandelle commençait à grésiller. Il était temps de retirer sa robe de dessus et d'aller s'étendre sur le lit de bois. Poussant un soupir, le juge se leva.

XIII

*Le brave Sergent est soupçonné
d'impudiques desseins;
un faux moine et son acolyte
prennent le chemin du tribunal.*

Le juge Ti et ses trois compagnons quittèrent le
village le lendemain à l'aube. Chevauchant sans
arrêt, ils se retrouvèrent à Han-yuan vers la fin de
la matinée.

Le juge gagna directement ses appartements,
prit un bain chaud, et passa une légère robe d'été
en coton bleu. Il se rendit ensuite dans son
cabinet et présenta sa nouvelle recrue au Sergent.
Ma Jong et Tsiao Taï arrivèrent à leur tour, et
tous prirent place sur des tabourets. Tao Gan se
conduisit avec la modestie qui sied à un nouveau
venu, sans cependant afficher une humilité exces-
sive; cet homme singulier était évidemment capable de s'adapter à n'importe quelle situation.

Le juge fit part au Sergent de leurs aventures.
« Nous n'avons pas découvert la maison des
ravisseurs, conclut-il, mais les suggestions de Tao
Gan me font entrevoir de nouvelles possibilités. A
présent, j'écoute ton rapport. »

Le Sergent sortit de sa manche une feuille de
papier sur laquelle il avait jeté quelques notes.

— Les archives, annonça-t-il, ne possèdent sur
Monsieur Wang que des pièces sans intérêt pour
nous : enregistrement de naissance des enfants,

171

déclarations d'impôts, etc. Toutefois, le Premier Scribe qui le connaît bien m'a dit qu'il est propriétaire des deux plus importantes bijouteries de la ville. Il passe pour aimer le vin et les femmes, mais n'en est pas moins considéré comme un homme d'affaires sérieux. Des ennuis financiers l'ont récemment obligé à demander un délai à ses fournisseurs d'or; on n'attache cependant pas grande importance à ce fait car on est persuadé qu'il se remettra vite à flot.

« La réputation de Monsieur Sou est très bonne elle aussi. Il souffrait beaucoup de voir ses avances repoussées par la courtisane. Ses amis ne la regrettent pas; ils le plaignaient d'être tombé amoureux d'elle et espèrent que Sou, sa douleur apaisée, épousera une femme sérieuse. »

Le Sergent consulta de nouveau ses notes et poursuivit : « Après avoir recueilli ces divers renseignements, je me suis occupé de Wan Yi-fan. Il n'est pas très populaire dans son quartier où les gens le considèrent comme un homme fourbe et dur. C'est l'âme damnée de Liou Fei-po, pour le compte duquel il harcèle les petits débiteurs en retard.

« Je n'ai pas voulu interroger les commerçants sur sa fille afin de ne pas la compromettre. J'ai donc engagé la conversation avec une vieille qui vendait de la poudre de riz et des fards au coin d'une rue. Ces créatures ont leurs petites entrées dans l'appartement des femmes et sont au courant de tout ce qui s'y passe. Quand je lui ai demandé si elle connaissait Mademoiselle Wan... » Le brave Sergent jeta un regard gêné à son maître et continua d'un air penaud : « Elle me répondit : Eh bien vous, au moins, l'âge ne vous a pas refroidi! Mademoiselle Wan prend deux ligatures pour un petit moment, et quatre si l'on veut passer la nuit avec elle, mais les messieurs trouvent toujours qu'ils en ont pour leur argent! » Je lui expliquai que j'étais seulement un courtier en mariages chargé par un commerçant du quartier Ouest de lui trouver une femme et qu'on m'avait indiqué Mlle Wan. « Les gens du quartier Ouest parlent toujours à tort et à travers! répliqua-t-elle avec dédain. Tout le monde sait bien qu'après la mort de sa mère, Mlle Wan s'est mise à faire la vie. Monsieur Wan a essayé de la vendre à un professeur, mais celui-ci n'en a pas voulu! A présent qu'elle gagne assez d'argent pour subvenir à ses besoins, le père ferme les yeux sur sa conduite; c'est un vrai grippe-sou, et il est joliment content de ne plus avoir à la nourrir! »

– Ainsi, l'impudent coquin s'est permis de mentir au tribunal! s'écria le juge. Cela lui coûtera cher. Qu'as-tu appris chez le Conseiller Liang?

– Liang Fen m'a paru être un jeune homme intelligent. J'ai travaillé plus de deux heures avec lui sur ses livres de comptes. Il est clair que le Conseiller vend ses propriétés à perte pour obtenir de l'or le plus rapidement possible, mais nous n'avons pas pu découvrir l'usage qu'il en faisait. L'inquiétude de son neveu ne m'étonne donc nullement.

Tao Gan qui écoutait avec beaucoup d'attention dit alors :

– On prétend que les chiffres ne peuvent mentir, Votre Excellence; rien n'est plus faux. Tout dépend de la façon dont on les présente! Ce neveu les a peut-être cuisinés pour qu'on ne s'aperçoive pas de ses malversations.

– Nous avons déjà songé à cela, répliqua le juge. Quelle situation embarrassante!

– Pendant que nous chevauchions, reprit Tao

Gan, Ma Jong m'a exposé l'affaire Liou contre Tchang. Est-on tout à fait sûr que, sauf le vieux gardien, personne n'habite le Temple Bouddhiste?

Le juge Ti jeta un coup d'œil interrogateur à Ma Jong qui se hâta de dire :

– Absolument, Votre Excellence! J'ai fouillé tout le temple, jardin compris.

– Voilà qui est étrange, remarqua Tao Gan. Je suis passé par là l'autre jour et j'ai aperçu un moine debout derrière un pilier. Il se démanchait le cou pour essayer de voir l'intérieur du temple. Étant d'un naturel curieux, je me suis approché pour l'aider à regarder. Il a eu l'air surpris en m'apercevant et est parti sans demander son reste.

– Ce moine avait-il un visage blême et les traits tirés? demanda vivement le juge.

– Non, Votre Excellence. C'était un grand gaillard rouge de figure. J'ai d'ailleurs l'impression qu'il ne s'agissait pas d'un véritable moine.

– Ce n'est donc pas l'homme que j'ai aperçu à la fenêtre de la chambre nuptiale. Je vais te confier un petit travail, Tao Gan. Nous savons que le charpentier Mao Yuan venait d'être payé lorsqu'il sortit de chez le docteur Tchang. Nous savons également qu'il aimait la boisson et le jeu. Il est possible qu'on l'ait tué pour lui prendre son argent car on n'a pas trouvé une seule sapèque sur le cadavre. Je soupçonne le docteur Tchang d'avoir joué un rôle dans le meurtre, mais cela ne doit pas nous empêcher d'examiner les autres possibilités. Tu vas donc faire le tour des différentes maisons de jeu et tu tâcheras de savoir si Mao Yuan s'est rendu récemment dans l'une d'elles. J'imagine que tu ne seras pas embarrassé pour découvrir ces endroits-là! Toi, Ma Jong, retourne à « l'Auberge de la Carpe Rouge » et demande au chef des mendiants dans quelle localité du district de Kiang-pei s'est rendu Mao Lou. Il l'a mentionnée, le soir de notre rencontre, mais le nom m'est sorti de la tête.

Les deux hommes s'en allèrent pendant que le Sergent et Tsiao Taï déposaient sur la table du juge les dossiers d'autres affaires à examiner.

En traversant la cour, Tao Gan dit à son compagnon :

— Je ne suis pas fâché d'avoir à m'occuper tout de suite du charpentier car les nouvelles circulent vite parmi la pègre et l'on ne tardera pas à savoir que je travaille pour le tribunal. A propos, où se trouve donc cette « Auberge de la Carpe Rouge » ? Je croyais bien connaître la ville, mais je n'en ai jamais entendu parler.

— Tu ne perds pas grand-chose! C'est une minable gargote cachée derrière le Marché au Poisson. Bonne chance, camarade!

Tao Gan se dirigea vers le quartier Ouest et, après avoir suivi un dédale d'étroites ruelles, s'arrêta devant une petite fruiterie. Prenant soin de ne pas renverser les jarres de choux marinés, il gagna l'escalier du fond en marmonnant un vague bonjour à l'adresse du boutiquier.

Au premier étage régnait une obscurité presque complète. Tao Gan tâta le plâtre tapissé de toiles d'araignées jusqu'à ce que sa main eût rencontré une porte. Il la poussa et demeura sur le seuil, examinant la pièce basse et mal éclairée. Deux hommes étaient assis autour d'une petite table ronde au centre de laquelle se trouvait un creux pour recevoir les dés. L'un de ces hommes avait un lourd visage inexpressif et le crâne complètement rasé. C'était le gérant et son embonpoint contrastait avec la maigreur du second, un petit bonhomme qui louchait d'affreuse leçon. Les individus affligés de strabisme se voient souvent confier le poste de surveillant dans les maisons de jeu parce que les tricheurs ne savent jamais s'ils sont ou non observés par eux.

— C'est l'ami Tao, dit le gros homme sans montrer beaucoup d'enthousiasme. Ne reste pas planté là, entre! Il est encore trop tôt, mais les gens vont bientôt arriver.

— Non, je suis pressé, répondit Tao Gan. Je viens seulement voir si Mao Yuan est ici. Il me doit de l'argent.

Les deux hommes se mirent à rire.

— Si tu veux le retrouver, ricana le gros gérant, tu auras un long voyage à faire... un voyage dans les régions infernales! Ne sais-tu pas que le vieux Mao est mort?

Tao Gan jura copieusement et s'assit sur un siège bancal. Feignant la colère, il s'écria :

— C'est bien ma veine! Moi qui avait tant besoin de cet argent! Qu'est-ce qu'il lui est arrivé?

— Toute la ville est au courant, remarqua le louchon. On l'a trouvé dans le Temple Bouddhiste avec un trou gros comme le poing dans la tête.

— Sait-on qui l'a arrangé comme ça? Avec un brin de chantage je pourrai peut-être me faire rembourser la somme... plus les intérêts!

Le gérant donna un coup de coude à son voisin et tous deux se mirent de nouveau à rire.

— Qu'y a-t-il de si comique dans mes paroles? demanda Tao Gan d'un ton vexé.

— Ce qu'il y a de comique, mon ami, expliqua le gros homme, c'est que Mao Lou a probablement trempé dans ce meurtre. Alors, si tu veux le faire chanter, va le retrouver à l'Île des Trois Chênes!

Le petit louchon se tordit.

– Ah, vous l'avez bien eu, patron! pouffa-t-il.

– Quelle blague! s'exclama Tao Gan. Mao Lou est le propre neveu du charpentier.

Le gérant cracha par terre.

– Écoute, dit-il, et peut-être comprendras-tu. Il y a trois jours Mao Yuan est arrivé ici vers la fin de l'après-midi. Il venait de terminer un petit boulot et avait de l'argent dans sa manche. Les joueurs ne manquaient pas, la chance lui sourit et il venait de ramasser une assez jolie somme quand son neveu est arrivé. Depuis quelque temps, le vieux Mao lui battait plutôt froid, mais d'avoir du vin plein l'estomac et de l'argent plein sa manche ça vous attendrit le cœur. Toujours est-il que le vieux Mao accueille son neveu à bras ouverts et qu'ils s'envoient quatre jarres de mon meilleur vin. Pour ne pas être en reste, Mao Lou invite son oncle à souper. Ils sortent tous les deux... et après cela on ne les a plus revus. Comprends-moi bien, je n'accuse personne... j'expose simplement les faits.

Tao Gan hocha la tête.

– Je n'ai pas de veine, dit-il d'un ton attristé. Allons, je ferais mieux de filer.

Comme il se levait, la porte s'ouvrit. Un homme puissamment bâti et vêtu d'une robe de moine en loques entra dans la pièce.

Tao Gan se rassit.

– Tiens, voilà le moine! s'exclama le gérant.

Le nouveau venu se laissa lourdement tomber sur un siège et cracha d'un air écœuré en voyant le tenancier pousser vers lui une tasse de thé.

– Ne pourrais-tu pas me servir autre chose que ce pissat d'âne? demanda-t-il.

Le gros homme étendit la main droite, formant un cercle avec son pouce et son index.

Le moine secoua la tête.

– Je suis à sec, dit-il. Mais attends que j'aie réduit mon petit richard en compote et ce n'est pas l'argent qui manquera.

Le gérant haussa les épaules.

– Alors, ce sera seulement du thé, moine!

Tao Gan se joignit à la conversation.

– Il me semble vous avoir déjà rencontré, dit-il. Ne vous promeniez-vous pas l'autre soir du côté du Temple Bouddhiste?

Le nouveau venu lui jeta un regard soupçonneux.

– Quel est cet épouvantail à moineaux? demanda-t-il au gérant.

– C'est l'ami Tao. Un brave garçon, mais pas une lumière! Qu'allais-tu faire au Temple, moine? Songerais-tu à joindre le clergé pour de bon?

Le louchon pouffa. Le moine se tourna brusquement vers lui. «Cesse de rire, imbécile!» gronda-t-il. Devant le regard glacial du gérant, il continua, plus calme : «Je ne suis pas de bonne humeur, je ne le cache pas. Avant-hier j'ai rencontré Mao Lou près du Marché au Poisson. Ses manches étaient lourdes de sapèques. A quel arbre as-tu cueilli ces beaux fruits-là? lui demandai-je, histoire de plaisanter. Oh, je n'ai pas tout cueilli, il en reste dans le verger du Temple Bouddhiste, me répondit-il. Moi, bonne poire, j'y suis allé. Et qu'ai-je trouvé là-bas?» Il avala une gorgée de thé en faisant la grimace. «Un vieux portier gâteux encore plus pauvre que moi et un cercueil!»

Le gros gérant rit de bon cœur. Les yeux du moine étincelèrent de rage, mais il se contint.

– Alors, dit le tenancier, tu ferais bien d'accompagner l'ami Tao à l'Ile des Trois Chênes. Il voudrait également dire deux mots à Mao Lou.

— La crapule t'a possédé aussi? demanda le moine d'un ton un peu rasséréné.

— Oui, grommela Tao Gan, mais nous ferions mieux de faire cracher le garçon dont vous parliez tout à l'heure. Ça serait plus facile que de s'en prendre à Mao Lou.

— Tu t'imagines ça, répliqua le moine avec dégoût. J'ai rencontré ce jean-foutre en pleine nuit, détalant comme si le Roi des Régions Infernales était à ses trousses. « Pourquoi es-tu si pressé? » lui ai-je demandé en l'attrapant par le cou. « Lâchez-moi! » piailla-t-il. Je vis tout de suite que j'avais affaire à l'un de ces jeunes richards qui mangent leur riz avec des baguettes d'argent et qui, visiblement, venait de commettre quelque grosse bêtise. Je lui ai un peu tapoté la tête pour le calmer, puis le flanquant sur mon épaule, je l'ai amené chez moi.

Le moine s'éclaircit bruyamment le gosier et envoya un jet de salive dans un coin de la pièce. « A présent, ce garçon refuse d'ouvrir la bouche. Après tout le mal que je me suis donné, comprend-on ça? Une petite affaire de chantage comme celle-là pourrait me rapporter gros s'il voulait bien parler, mais impossible d'en tirer un seul mot! » Il hocha la tête et, un sourire cruel sur les lèvres, ajouta : « J'ai pourtant employé les meilleurs moyens de persuasion. »

Tao Gan se leva.

— Bah! dit-il en poussant un soupir résigné, poisse et déveine, c'est notre lot, à nous autres! Dire que si j'étais bâti comme vous, je pourrais me faire trente pièces d'argent ce soir. Enfin, tant pis! bonne chance tout de même!

Il se dirigea vers la porte.

— Hé là! Ne sois pas si pressé! cria son interlocuteur. Tu as bien dit trente pièces d'argent?

— Qu'est-ce que ça peut bien vous faire? demanda Tao Gan en ouvrant la porte.

Le moine bondit sur lui et, le saisissant par le col de sa robe, le ramena dans la pièce.

— Lâche-le, moine! commanda le patron. S'adressant à Tao Gan, il dit : Tu n'es pas raisonnable, voyons. Puisque tu ne peux pas t'occuper de cette affaire toi-même, pourquoi ne pas la passer à un autre et empocher une petite commission?

— Bien sûr que j'y ai pensé, répliqua Tao Gan avec mauvaise humeur. Mais vous savez que je suis nouveau venu dans la ville. Je n'ai pas compris le nom de l'endroit où l'on doit se rassembler. Quand ils ont dit qu'il leur fallait un gaillard capable de faire le coup de poing, je n'ai pas attendu davantage.

— Quel imbécile! s'écria le moine. Trente pièces d'argent! Tâche de te rappeler, maudit chien!

Tao Gan fronça les sourcils, donnant une bonne imitation de l'homme qui cherche à se souvenir. Puis, semblant y renoncer, il haussa les épaules et déclara : « Ça ne sert à rien, il y avait de la carpe dedans, mais... »

— L'Auberge de la Carpe Rouge! s'écrièrent en même temps le moine et le gérant.

— Oui, c'est ça! dit Tao Gan. Mais je ne sais pas où elle perche, cette carpe.

Le moine saisit Tao Gan par le bras.

— Viens, frère! cria-t-il. Je connais l'endroit.

Tao Gan se dégagea et tendit la main devant lui, la paume creusée de façon expressive.

— Cinq pour cent de ce qu'on me donnera, concéda le moine sans enthousiasme.

— Quinze pour cent ou rien! répondit Tao Gan en se dirigeant vers la porte.

— Sept pour toi et trois pour moi! intervint le gérant. Voilà qui est réglé. Conduis notre ami là-bas, et dis-leur que je garantis la qualité de son travail!

Le moine entraîna Tao Gan vers le Marché au Poisson. Dans une ruelle où semblaient s'être donné rendez-vous toutes les mauvaises odeurs de la ville, il désigna une sorte de misérable baraque en bois et murmura : « Passe le premier. »

Tao Gan ouvrit la porte. Il poussa un soupir de soulagement : Ma Jong était encore là, bavardant avec le chef des mendiants.

— Je suis bien content de te retrouver, s'écria-t-il. Je t'amène l'homme que ton maître désire voir!

Le moine s'inclina, un sourire mielleux sur les lèvres.

Ma Jong se leva et vint l'examiner de près.

— Pour quelle raison mon maître voudrait-il voir cette vilaine tête-de-chien? demanda-t-il.

— Il en sait long sur l'assassinat du Temple Bouddhiste! répondit Tao Gan.

Le moine fit un pas en arrière. Sans lui laisser le temps de se mettre en garde, Ma Jong lui envoya un direct au cœur qui le fit basculer par-dessus une petite table.

Ce n'était pas la première fois que le moine se trouvait dans semblable situation. Au lieu de se relever, il sortit son couteau et, rapide comme l'éclair, le lança sur Ma Jong. Ce dernier se baissa vivement et l'arme vint s'enfoncer dans le bois de la porte avec un bruit sourd. L'ex-Chevalier des Vertes Forêts empoigna la table et, au moment où son adversaire tentait de se remettre debout, l'abattit sur sa tête. L'homme s'écroula et demeura immobile.

Ma Jong le retourna, puis, déroulant la mince

181

chaîne qu'il portait toujours autour de sa taille, il s'en servit pour lui attacher les mains derrière le dos.

– Cet individu en sait plus long sur Mao Yuan et son neveu qu'il ne veut bien l'admettre, expliqua Tao Gan. Et par-dessus le marché, il fait partie d'une bande spécialisée dans les enlèvements.

– Tu as bien travaillé, dit Ma Jong avec un sourire approbateur. Mais comment as-tu fait pour m'amener ce coquin? Je croyais que tu ne connaissais pas « l'Auberge de la Carpe Rouge? »

– Oh, je lui ai raconté une histoire... et il m'a montré lui-même le chemin.

Ma Jong regarda son compagnon.

– Toi, avec ton petit air inoffensif tu es rudement dangereux! remarqua-t-il.

Sans paraître l'entendre, Tao Gan continua :

– Il a récemment enlevé un jeune homme de bonne famille. Il fait peut-être partie de la bande qui s'est attaquée à Han Sei-yu. Ordonnons-lui de nous mener à leur repaire et nous aurons de quoi rédiger un rapport intéressant!

Ma Jong acquiesça. Prenant à pleins bras son prisonnier toujours évanoui, il le déposa sur un siège et dit au chef des mendiants d'aller chercher des bâtonnets d'encens. Barbe Grise se hâta d'obéir et revint avec deux baguettes allumées.

Ma Jong redressa la tête du prisonnier et approcha l'encens de son nez. L'homme éternua, puis, après avoir un peu toussé, ouvrit des yeux injectés de sang.

– Nous voulons voir ton gîte, Face-de-grenouille, dit Ma Jong. Comment se rend-on chez toi?

– Qu'est-ce que vous allez prendre quand le gérant saura ce qui vient de se passer! dit le moine d'une voix pâteuse. Il vous arrachera le foie!

— Je suis de taille à me défendre, répliqua Ma Jong sans s'émouvoir. Réponds plutôt à ma question.

Il approcha les bâtonnets incandescents du visage de son prisonnier. Celui-ci leur jeta un regard d'appréhension et se hâta de dire :

— On sort de la ville par un sentier qui part du Temple Bouddhiste, et...

— Ça va! l'interrompit Ma Jong. Quand nous serons là-bas, tu nous montreras le reste du chemin. Il fit apporter une vieille couverture et commanda au Chef des mendiants d'aller quérir deux coolies et une civière.

Avec l'aide de Tao Gan, il enroula le moine dans la couverture. Le malheureux protesta qu'il étouffait, mais Tao Gan se contenta de lui distribuer quelques coups de pied dans les côtes en disant : « N'oublie pas que tu as la fièvre, mon mignon! »

Le paquet fut placé sur la civière, et le lieutenant du juge Ti recommanda aux porteurs :

— Ne secouez pas trop mon ami, il est très malade.

Lorsque le cortège arriva dans le petit bois de pins qui se trouvait derrière le Temple Bouddhiste, Ma Jong commanda aux coolies de déposer le brancard sur le sol et leur remit quelques sapèques. Dès qu'ils furent hors de vue, il libéra le moine de sa couverture pendant que Tao Gan sortait de sa manche un emplâtre huilé qu'il colla sur la bouche du prisonnier.

— Simple précaution, expliqua-t-il. Ces coquins-là ont des façons de siffler particulières pour avertir leurs complices. S'adressant au moine, il ajouta : « Fais-nous signe quand nous approcherons de chez toi. »

Un coup de pied bien placé décida leur guide involontaire à se mettre en marche. Il s'engagea dans un sentier qui grimpait vers la montagne et, au bout d'un moment, l'abandonna pour s'enfoncer dans l'épaisseur de la forêt. S'arrêtant brusquement, il désigna du menton un amas de roches.

Tao Gan arracha l'emplâtre et dit d'un ton menaçant :

— Les beautés de la nature ne nous intéressent pas, c'est ta demeure que nous cherchons.

— Je n'en ai pas. Je vis dans cette caverne.

— Dans cette caverne? s'écria Ma Jong. Ne te fiche pas du monde! Conduis-nous au quartier général de ta bande ou je t'étrangle!

Il saisit le moine à la gorge. Le souffle coupé, l'homme gémit : « C'est la vérité, je vous le jure. J'appartiens uniquement à la bande des joueurs professionnels et je vis seul dans cette caverne depuis mon arrivée à Han-yuan. »

Ma Jong desserra son étreinte. Prenant le couteau que le moine lui avait lancé dans le tripot, il demanda en jetant un regard complice à Tao Gan :

— On le découpe en tranches? Il y en a parfois à qui ça délie la langue!

Tao Gan haussa les épaules.

— Examinons d'abord la caverne, dit-il.

Tout tremblant, le moine les conduisit jusqu'aux rochers. Il écarta les broussailles avec son pied, faisant apparaître une fente sombre assez haute pour laisser passer un homme.

Tao Gan se mit à quatre pattes et pénétra en rampant dans l'ouverture, un couteau à lame mince entre les dents.

Quelques instants plus tard, il revenait, marchant cette fois sans se baisser.

— Il y a là un jeunot en train de pleurnicher, c'est tout, annonça-t-il, déçu.

Ma Jong s'introduisit dans l'ouverture en tirant le moine derrière lui. Après une douzaine de pas à travers un tunnel obscur, il déboucha dans une grotte spacieuse qu'éclairait une crevasse de la voûte. Un lit fait de planches grossières et une boîte de cuir passablement usagée formaient tout l'ameublement; sur le sol, gisait un jeune homme vêtu d'un simple lambeau d'étoffe autour des reins, les pieds et les mains liées.

— Délivrez-moi, s'il vous plaît! gémit-il en les apercevant.

Tao Gan trancha la corde. Le malheureux se mit péniblement sur son séant; de nombreuses traces de coups zébraient son dos ensanglanté.

— Qui vous a mis en pareil état? s'enquit Ma Jong d'un ton bourru.

Sans rien dire, le jeune homme désigna le moine qui, voyant Ma Jong se tourner lentement vers lui, se laissa tomber à genoux en criant :

— Il ment, Votre Excellence! Ne me touchez pas!

Avec un regard de mépris, Ma Jong répliqua :

— Je laisserai au Chef des sbires le soin de s'occuper de toi. Il aime ce genre de besogne.

Pendant ce temps, Tao Gan aidait le jeune homme à gagner la couche. Il ne paraissait guère plus de vingt ans, et, malgré son crâne grossièrement rasé et ses traits tordus par la souffrance, on se rendait compte qu'il appartenait à une famille aisée.

— Quel est votre nom et comment avez-vous fait votre compte pour être arrangé de la sorte? demanda Tao Gan avec curiosité.

— Cet homme m'a enlevé! Emmenez-moi, s'il vous plaît!

— Nous allons faire mieux, répondit Ma Jong. Nous allons vous conduire tous les deux devant Son Excellence le Magistrat.

— Non, non! Laissez-moi partir!

— Ah, ah! dit Ma Jong. C'est ainsi? Eh bien, mon petit ami, que tu le veuilles ou non, tu vas nous accompagner au tribunal. Arrive, toi, commanda-t-il au moine. Cette fois-ci, on ne va pas te porter comme un bébé. Puisque tu n'as pas de complices, ça m'est égal qu'on te voie.

Il souleva le jeune homme, et, malgré ses protestations, le mit à califourchon sur les épaules de son bourreau. Il lui plaça la vieille couverture sur les épaules, ramassa une branche de saule tachée de sang qui traînait par terre, et, s'en servant pour cingler les mollets de la monture improvisée, cria :

— Avance, maudit chien!

XIV

Un jeune étudiant raconte
son étrange aventure;
le juge Ti interroge une tenancière
de mauvais lieu.

Un peu avant le repas de midi, le juge fit ouvrir les portes du tribunal. Les citoyens de Han-yuan accoururent en foule, persuadés que si le magistrait tenait séance à cette heure inhabituelle, c'est que du nouveau s'était produit dans les deux dramatiques affaires qui défrayaient la chronique locale.

A leur grand désappointement, le juge s'occupa d'abord d'un litige qu'il venait d'étudier avec le Sergent et Tsiao Taï. Il s'agissait d'un désaccord entre les pêcheurs et le Marché au Poisson au sujet des méthodes employées pour la fixation des prix. Le juge écouta les deux parties et proposa un compromis qui finit par être accepté.

Il s'apprêtait à examiner un problème de taxation quand des cris éclatèrent au-dehors. Un instant plus tard, Ma Jong et Tsiao Taï entraient dans la salle, chacun traînant un prisonnier, et suivis de nombreuses personnes qui s'étaient jointes à eux en cours de route. Les spectateurs présents assaillirent les nouveaux venus de questions et la confusion fut bientôt à son comble.

Le juge frappa trois fois la table de son martelet.

– Silence! tonna-t-il. Si j'entends encore un seul mot, je fais évacuer la salle.

Le bruit cessa immédiatement; personne ne voulait manquer l'interrogatoire des deux singuliers prisonniers à genoux devant l'estrade.

Le juge les examina d'un air impassible. Intérieurement, il était cependant loin d'être aussi calme qu'il le paraissait car il venait de reconnaître l'un des deux hommes.

Ma Jong expliqua comment Tao Gan et lui avaient procédé à la capture du moine et de son acolyte. Le juge caressait doucement sa barbe, et, quand son lieutenant se tut, il ordonna au plus jeune des deux prisonniers de décliner ses noms et qualités.

– L'insignifiante personne que je suis se nomme Tchang Hou-piao, répondit-il d'une voix à peine audible. J'étudie les Classiques pour me présenter aux Examens Littéraires.

Un murmure d'étonnement monta de la salle. Le juge Ti leva la tête d'un air courroucé et frappa la table de son martelet. « Ceci est mon dernier avertissement! » cria-t-il. S'adressant au prisonnier, il ajouta : « On a déclaré au Tribunal que Candidat Tchang s'était noyé dans le lac il y a quatre jours. »

– Votre Excellence, répliqua le jeune homme d'une voix mal assurée, cela m'afflige plus que je ne saurais dire d'avoir, par ma stupidité et bien involontairement, induit le Tribunal en erreur. Je reconnais avoir agi avec une grande étourderie et j'ai montré un regrettable manque de caractère. J'ose seulement espérer, Seigneur Juge, que lorsque vous connaîtrez les circonstances de mon aventure, vous voudrez bien m'accorder un peu d'indulgence.

Il s'arrêta un instant, puis reprit dans le profond silence : « Je ne souhaite à personne de subir une épreuve aussi atroce que celle qui me fit passer, au cours de ma nuit nuptiale, du bonheur suprême au plus affreux désespoir. A peine uni à ma bien-aimée, Noble Juge, je découvris que mon amour même venait de la tuer! »

Il avala sa salive avec difficulté et poursuivit : « Quand, fou de douleur, je contemplai son corps inerte, la panique me saisit. Après avoir ruiné ses espoirs de postérité, comment oserais-je maintenant me présenter devant un père qui m'avait toujours témoigné tant d'amour? La seule chose qui me restait à faire, c'était de mettre fin à ma malheureuse existence.

« J'enfilai rapidement une robe légère et me dirigeai vers la porte. Mais je songeai soudain que la maison était remplie d'invités en train de faire honneur au repas de noce. Comment m'échapper sans être vu? Je me souvins que le vieux charpentier venu remettre en état le plafond de ma chambre n'avait pas fixé les deux dernières planches. « Ça ferait une jolie petite cachette! » avait-il remarqué. Monté sur un tabouret, je m'agrippai à la poutre, fis un rétablissement, et me trouvai dans le grenier. Après avoir remis les planches en place derrière moi, je passai sur le toit et n'eus qu'à me laisser glisser dans la rue.

« A cette heure avancée il n'y avait plus personne dehors et j'atteignis la rive du lac sans rencontrer âme qui vive. Je dénouai ma ceinture de soie et me préparai à retirer tous mes vêtements afin de ne pas être retenu à la surface par ma robe. Lâche que je suis, la vue de l'eau noire m'effraya. Les histoires macabres sur les monstres qui habitent les profondeurs du lac me revinrent à l'esprit; il me sembla voir de vagues formes s'agiter et des regards malveillants se poser sur moi. Bien que la chaleur fût encore étouffante, je fus saisi de frissons et je compris que je n'aurais jamais le courage de mettre à exécution mon fatal projet.

« Ma ceinture était tombée à l'eau. Sans essayer de la repêcher, je m'enfuis en serrant ma robe autour de mon corps. Quel chemin ai-je suivi, je ne saurais le dire car je ne repris conscience de la réalité qu'en apercevant devant moi le portail du Temple bouddhiste. L'homme qui est à présent agenouillé à mon côté surgit à ce moment de l'ombre et me saisit par l'épaule. Pensant avoir affaire à un voleur, j'essayai de me dégager, mais il m'assena un coup sur la tête et je perdis connaissance. Quand je revins à moi, je gisais sur le sol d'une sombre caverne, et mon ravisseur me demanda comment je m'appelais, où j'habitais, et quel crime j'avais commis. Je compris que son intention était de me faire chanter, et je refusai de répondre. Avec un hideux sourire, il me dit que je devrais le remercier de bien vouloir me cacher dans cette grotte où les sbires ne me trouveraient jamais. Malgré mes protestations, il me rasa le crâne. Je passerais ainsi pour son acolyte, m'expliqua-t-il, et ne risquerais pas d'être reconnu. Puis, après m'avoir donné l'ordre de ramasser du bois et de faire cuire le riz, il s'en alla.

« Je passai toute cette première journée à me demander ce que j'allais faire. Tantôt je songeais à fuir dans un endroit éloigné, tantôt je me disais que la meilleure solution serait de rentrer à la maison et d'affronter la colère paternelle. Le soir, le moine revint. Il était ivre et se remit à me questionner. Comme je refusais toujours de répondre, il m'attacha et me battit avec une branche de saule. Après quoi, il me laissa étendu sur le sol, et je passai une nuit affreuse. Le lendemain matin, il me détacha, me donna de l'eau à boire, et, quand je fus un peu remis, m'envoya de nouveau ramasser du bois. Je décidai de m'enfuir, et dès que j'eus rassemblé deux fagots, je courus vers la ville. Avec mon crâne rasé et ma robe en loques personne ne me reconnut. J'étais épuisé de fatigue, mes pieds et mon dos me faisaient cruellement souffrir, mais la pensée de revoir mon père me redonnait des forces et je finis par atteindre notre rue. »

Candidat Tchang s'arrêta pour essuyer la sueur qui inondait son visage. Sur un signe du juge, le Chef des Sbires lui tendit une tasse de thé très fort. Après avoir bu, il reprit : « Comment vous dire ma détresse en apercevant les hommes du tribunal à notre porte? Leur présence ne pouvait avoir qu'une signification : incapable de supporter la honte dont j'avais couvert notre maison, mon père venait de mettre fin à ses jours. Je voulus cependant m'assurer que mes craintes étaient fondées, et, laissant mes fagots dehors, je me glissai par la porte du jardin pour aller regarder ce qui se passait dans ma chambre. Quelle terrible vision s'offrit à mes yeux! Le Roi des Régions Infernales fixait sur moi son regard flamboyant. Les démons de l'Enfer me poursuivaient donc, moi, le parricide! Perdant complètement la tête, je me précipitai dans la rue déserte et regagnai la forêt.

« Avec beaucoup de mal je finis par retrouver la caverne. Le moine m'y attendait, furieux. Il arracha mes vêtements, et la branche de saule me flagella de nouveau tandis que mon bourreau criait sans arrêt : « Allons, avoue... confesse ton crime! » Je finis par m'évanouir, incapable de subir plus longtemps pareil supplice.

« Après cela, ma vie devint un effrayant cauchemar. Grelottant de fièvre, je perdis toute notion de lieu et de temps. J'étais toujours attaché. Le moine me réveillait de temps à autre pour me faire boire un peu d'eau et quand j'avais bu il recommençait à me battre. En plus de la souffrance physique que j'endurais, mon cerveau était torturé par l'horrible pensée que j'étais responsable de la mort des deux êtres que j'aimais le plus au monde : mon père et ma jeune épouse. »

La voix de Tchang Hou-piao devint complètement indistincte. Il vacilla et, à bout de forces, s'effondra sans connaissance.

Le juge Ti se tourna vers le Sergent.

– Fais transporter ce malheureux dans mon bureau, commanda-t-il. Dis au Contrôleur-des-Décès de le ranimer, de panser ses blessures, et de lui faire prendre une potion calmante. Donne-lui une robe et un bonnet convenables, et préviens-moi dès qu'il se sentira mieux. Je désire lui poser une question avant de le renvoyer chez lui.

Le juge se pencha vers le second prisonnier.

– Qu'as-tu à dire pour ta défense?

Le faux moine avait réussi à éviter jusqu'ici tout contact avec les autorités. Il ne savait pas comment on doit s'adresser à un magistrat et il ignorait quelles méthodes rigoureuses les sbires emploient pour rappeler les insolents à l'ordre.

– Moi, le moine, commença-t-il donc, je proteste...

Le magistrat fit un signe au Chef des sbires. Celui-ci frappa la bouche du prisonnier avec le manche de son gros fouet en disant d'une voix sifflante :

– Emploie un langage respectueux pour t'adresser à Son Excellence!

Livide de rage, le moine voulut se jeter sur lui.

Les matraques des sbires entrèrent immédiatement en action.

Le juge ouvrit un dossier posé devant lui et dit :

— Qu'on me prévienne quand cet homme saura parler poliment.

Au bout d'un moment, un bruit de seaux d'eau lancés à toute volée indiqua qu'on ranimait le prisonnier, et le Chef des sbires annonça que l'interrogatoire pouvait reprendre.

Le juge Ti leva les yeux. La tête du moine était couverte d'entailles sanglantes et son œil gauche refusait de s'ouvrir. Il regardait le magistrat du droit, l'air hébété.

— Il est venu à mes oreilles, dit le juge, que tu as eu des démêlés avec un homme appelé Mao Lou. Tu vas me dire la vérité à ce sujet, *toute* la vérité. Je t'écoute.

Le faux moine lança un jet de salive sanglante sur le sol et commença d'une voix pâteuse :

— L'autre soir, juste après la première veille de nuit, l'envie me prit de faire un petit tour [12]. En débouchant du sentier qui mène au Temple Bouddhiste, j'aperçus un homme occupé à creuser un trou au pied d'un arbre. A ce moment la lune sortit de derrière un nuage et je reconnus Mao Lou. Il se servait de sa hache comme d'une houe et semblait très pressé. Tiens, me dis-je, Frère Mao manigance quelque chose. Un combat au couteau ou à poings nus avec lui n'aurait rien eu pour m'effrayer, mais la grosse hache qu'il tenait à la main ne me plaisait guère, aussi décidai-je de ne pas me montrer.

« Le trou terminé, il jeta dedans sa hache et une boîte en bois et se mit à recouvrir le tout avec de la terre. Je sortis alors de ma cachette et lui dis, en manière de plaisanterie : « Veux-tu un coup de main, Frère Mao? » Il me répondit : « Tu te promènes bien tard, moine! » Je lui demandai : « Qu'est-ce que tu viens d'enterrer? » Il me répondit : « Oh, rien que de vieux outils, mais il y a un joli magot dans le temple! » Et il secoua sa manche qui rendit un son argentin. « Il n'y en a pas un peu pour le pauvre moine? » demandai-je. « C'est ta nuit de chance! » me répondit-il. « Quand je me suis sauvé après avoir fait main basse sur une partie du trésor, ils se sont lancés à ma poursuite; je les ai semés dans le bois, et, à présent, il n'y a plus là-dedans qu'un vieux bonhomme. Vas-y tout de suite et rafle le reste avant leur retour. Moi, j'en ai autant que je puis porter! » Et il fila sans attendre ma réponse. »

Le faux moine passa le bout de sa langue sur ses lèvres tuméfiées. Le juge fit signe au Chef des sbires qui tendit au prisonnier une tasse de thé noir. Il la vida d'un trait, cracha par terre, et reprit :

— Je commençai par déterrer le coffre pour m'assurer qu'il ne renfermait pas quelque chose dont Mao Lou aurait oublié de parler! Mais il ne contenait que de vieux outils de charpentier. Pour une fois, le maudit chien n'avait pas menti. Je me glissai dans le temple. Tout ce que je trouvai, c'est un vieux crâne-rasé endormi dans sa cellule et un cercueil dans une salle désaffectée. Je compris que Mao Lou m'avait raconté une histoire pour se débarrasser de moi. C'est tout. Si vous voulez en savoir plus long, vous n'avez qu'à le retrouver et lui faire dire le reste!

Le juge caressa ses favoris, puis demanda d'un ton glacé :

— Reconnais-tu avoir enlevé et maltraité ce jeune homme?

— Si je l'ai emmené dans ma grotte, c'était

pour l'empêcher de fuir la justice, répondit le faux moine. Mais il refusait de travailler; comme je ne pouvais le loger et le nourrir à ne rien faire, il a bien fallu que je l'encourage un peu!

– Ne mens pas! tonna le juge. Avoue que tu l'as amené de force dans ta caverne et battu avec une branche de saule.

L'accusé jeta un regard torve au Chef des sbires qui commençait à faire sauter son fouet dans sa main. Haussant les épaules, il grommela :

– Bon, j'avoue!

Le juge fit signe au scribe de lire à haute voix la déposition qu'il venait de noter. La partie concernant l'enlèvement de Candidat Tchang était rédigée en termes plus explicites que ceux employés par le prisonnier, mais celui-ci reconnut qu'elle exprimait la vérité et apposa l'empreinte de son pouce au bas du document.

Le juge dit alors :

– Tu mérites une punition exemplaire. Je ne rendrai cependant mon verdict qu'après avoir vérifié l'exactitude de tes paroles au sujet de ta rencontre avec Mao Lou. Entre-temps, on va te mettre dans un cachot où tu auras tout loisir de méditer sur le sort qui t'attend si tu m'as menti.

Tandis qu'on faisait sortir le prisonnier, le Sergent Hong vint prévenir le juge que Candidat Tchang était suffisamment remis pour répondre, et deux sbires amenèrent le jeune homme devant le tribunal. Une calotte noire dissimulait son crâne rasé et il portait une robe bleue, simple mais propre. Malgré sa mine encore un peu défaite on voyait qu'il était très beau.

Il écouta fort attentivement la lecture de sa déposition et apposa l'empreinte de son pouce sur la feuille de papier. Le juge Ti le considéra d'un air grave :

— Vous n'avez pas fait preuve de beaucoup d'intelligence en entravant ainsi la marche de la justice, dit-il. J'estime cependant que votre pénible aventure constitue une punition suffisante. Apprenez maintenant une bonne nouvelle : votre père est vivant et ne vous en veut pas de ce qui est arrivé. Sa douleur a même été fort grande lorsqu'il vous a cru mort. Mais quelqu'un l'a accusé d'être responsable du décès de votre femme; c'est pour cette raison que vous avez vu des sbires chez vous, et c'est moi que vous avez pris pour une apparition infernale. Dans l'état d'esprit où vous étiez, j'ai dû vous paraître redoutable!

« A mon grand regret, je dois ajouter que le corps de votre femme a disparu de façon inexplicable. Le tribunal met tout en œuvre pour le retrouver afin de lui donner une sépulture décente. »

Tchang Hou-piao se cacha le visage dans les mains et sanglota doucement. Le juge attendit un peu et reprit :

— J'ai encore une question à vous poser et vous pourrez partir. A part votre père, y a-t-il quelqu'un qui sache que vous signez vos essais littéraires *L'Étudiant du Bosquet de Bambous*?

— Seule mon épouse, Fée-de-la-Lune, connaissait ce pseudonyme, Votre Excellence. Je ne l'ai employé qu'après avoir fait sa connaissance, et j'ai toujours signé ainsi les poèmes que je lui envoyais.

Le juge Ti se renversa dans son fauteuil.

— Ce sera tout, dit-il. Vous êtes libre, Candidat Tchang. Quant à votre persécuteur, il attendra dans son cachot la juste punition qu'il mérite.

Ordre fut donné à Ma Jong de reconduire le

196

jeune homme chez lui en palanquin fermé et d'annoncer au docteur Tchang qu'il pouvait maintenant sortir à sa guise.

Puis, ayant frappé la table de son martelet, le juge déclara l'audience close.

De retour dans son cabinet, il dit à son nouveau lieutenant :

— Tu t'es bien acquitté de ta tâche, Tao Gan! Avec un sourire sans gaieté, il ajouta : Il ne reste plus qu'à retrouver le cadavre de cette malheureuse jeune femme pour en avoir fini avec l'affaire Liou contre Tchang.

— Mao Lou nous renseignera sur ce point, Votre Excellence, dit le Sergent. Il a évidemment tué son oncle pour le voler. Quand nous l'aurons arrêté, il nous expliquera ce qu'est devenu le cadavre de Madame Tchang.

— Pourquoi Mao Lou aurait-il fait disparaître le corps de cette jeune femme? lui demanda le juge Ti. Lorsqu'il eut tué son oncle, il s'est vraisemblablement introduit dans le temple pour y cacher le cadavre. Il a découvert le cercueil et l'a facilement ouvert avec les outils de sa victime. Tout cela je l'admets, mais pourquoi n'a-t-il pas fourré tout simplement le corps du charpentier sur celui de la jeune femme? Pourquoi sortir la dépouille de cette dernière puisque cela le remettait exactement dans la même situation que précédemment : c'est-à-dire avec un cadavre sur les bras?

Tao Gan qui avait jusqu'ici écouté en tiraillant les trois poils de sa verrue dit soudain :

— Une troisième personne — que nous ne connaissons pas — avait peut-être enlevé le corps de la jeune Madame Tchang avant l'arrivée de Mao Lou. Une personne qui, pour une raison ou pour une autre, voulait à toute force empêcher l'examen du cadavre. A moins que la morte ne soit sortie toute seule de son cercueil!

Le juge Ti posa son regard aigu sur Tao Gan. Croisant les bras dans ses larges manches, il demeura quelque temps perdu dans ses pensées. Brusquement, il s'écria en frappant la table de son poing :

– C'est pourtant ce qu'elle a fait. Mais elle n'était pas morte!

Ses lieutenants le regardèrent, au comble de la stupéfaction.

– Mais comment cela se pourrait-il, Noble Juge? demanda le Sergent. Un médecin a constaté sa mort, un homme des pompes funèbres a procédé à sa dernière toilette, elle est restée enfermée dans un cercueil plus d'une douzaine d'heures!

– Elle n'était pas morte! assura le juge. Rappelez-vous les paroles du Contrôleur-des-Décès : Lorsqu'un accident de ce genre arrive au cours de la défloration, la jeune femme perd connaissance *mais la mort est extrêmement rare*. Il est donc possible que Fée-de-la-Lune se soit évanouie et que le choc nerveux ait produit un arrêt momentané des fonctions vitales. Nos traités de médecine disent comment les choses se passent dans de tels cas : la respiration cesse complètement, le pouls devient insaisissable, le regard est vitreux, et parfois même le visage prend l'aspect cadavérique. Cet état peut se prolonger plusieurs heures.

« Or, nous savons qu'on a procédé tout de suite à la mise en bière et que le cercueil a été immédiatement transporté dans le Temple Bouddhiste. Il s'agissait d'un cercueil provisoire, fait de planches très minces, et j'ai remarqué qu'elles ne joignaient pas hermétiquement. La jeune femme n'a donc pu mourir étouffée. Au bout d'un certain temps elle a dû reprendre connaissance. Elle se sera mise à crier et à frapper les parois de son étroite prison... mais elle se trouvait dans la salle latérale d'un temple désert avec un gardien sourd!

« Ce qui suit est pure hypothèse : Mao Lou assassine son oncle, vole son argent et entre dans le temple afin d'y cacher le cadavre. Il entend les cris qui sortent du cercueil...

— Il a dû avoir une peur bleue et se sauver à toutes jambes! remarqua Tao Gan.

— Il nous faut admettre, au contraire, qu'il a ouvert le cercueil avec les outils de son oncle, répliqua le juge. La jeune Madame Tchang lui aura fait part de son aventure et... Non, il y a là quelque chose qui ne va pas! Mao Lou se serait empressé de la reconduire chez le professeur dans l'espoir de toucher une généreuse récompense. Pourquoi ne l'a-t-il pas fait?

— La jeune femme avait vu le cadavre du charpentier, Votre Excellence, dit Tao Gan. Elle pouvait témoigner contre Mao Lou et il a eu peur qu'elle le dénonçât.

— Mais oui, s'écria le juge. C'est cela. Mao aura décidé de l'emmener avec lui en attendant que le cercueil soit mis en terre. A ce moment-là, il pourrait dire à sa prisonnière : « Si tu t'engages à raconter au docteur Tchang que je t'ai sauvé la vie et ne rien dire de plus, je te ramène chez toi... sinon je te vends comme prostituée. Choisis, ma belle! » D'une façon ou d'une autre, Mao Lou était certain de toucher deux beaux lingots d'or.

— Mais où se trouvait Madame Tchang pendant que Mao enterrait la boîte d'outils? demanda le Sergent Hong. Vous pouvez être sûr que le moine a fouillé le temple avec soin et pourtant il ne l'a pas découverte.

– Nous apprendrons tout cela quand nous aurons arrêté Mao, répliqua le juge. Mais nous savons déjà où il cachait cette malheureuse avant de quitter la ville : dans le lupanar qui se trouve près du Marché au Poisson. Cette petite amie de Mao dont parlait le borgne, c'était tout simplement Madame Tchang!

Un employé du tribunal entra, apportant sur un plateau le déjeuner du magistrat. Pendant que le commis disposait les différents bols sur la table, le juge reprit :

– Mon hypothèse est facile à vérifier. Dès que vous aurez mangé votre riz de midi, Tsiao Taï ira chercher la patronne de cette maison. Elle nous donnera le signalement de la femme amenée chez elle par Mao.

Les trois hommes s'inclinèrent et sortirent. Le juge prit ses baguettes, mais, malgré lui, toute son attention se concentrait sur les faits nouvellement mis à jour. Oui, l'on pouvait considérer l'affaire Liou contre Tchang comme pratiquement terminée; seuls quelques points secondaires demandaient encore à être éclaircis. Le vrai problème était de découvrir quel lien il pouvait y avoir entre cette histoire et l'assassinat de la courtisane. L'innocence du professeur ne faisait plus aucun doute, mais Liou Fei-po apparaissait à présent sous un jour singulier.

Quand un serviteur eut desservi la table et placé une tasse de thé devant lui, le juge sortit de son tiroir les documents relatifs au meurtre commis sur le bateau-de-fleurs et se mit à les relire en caressant doucement ses favoris.

Il était toujours plongé dans cette lecture quand ses lieutenants reparurent. Ma Jong parla le premier.

– Eh bien, pour une fois, le professeur n'a pas caché ses sentiments, annonça-t-il. En voilà un qui était heureux de revoir son fils!

– Sa bru est probablement vivante aussi, dit le juge. Mais tes camarades ont dû te mettre au courant de ma dernière hypothèse. Et toi, Tsiao Taï, as-tu amené la patronne de la maison de joie?

– Mais oui, répondit Ma Jong avant que son camarade ait ouvert la bouche. Elle est là, cette beauté. Elle attend dans le couloir l'honneur d'être présentée à Votre Excellence.

– Qu'elle entre donc, ordonna le juge.

Tsiao Taï revint avec une grande femme maigre au visage plat, aux traits grossiers. Elle fit une profonde révérence et commença immédiatement sur un ton plaintif :

– Il ne m'a même pas laissé le temps de changer de robe, Votre Excellence. J'ai honte de me présenter devant vous dans ce misérable accoutrement. Je lui ai dit...

– Taisez-vous et écoutez-moi! l'interrompit le magistrat. Vous savez que je puis fermer votre établissement si bon me semble. Vous avez donc intérêt à faire attention à vos paroles et à me dire toute la vérité. Comment s'appelle la femme que Mao Lou vous a amenée?

La tenancière se laissa tomber à genoux.

– Je savais bien que ce chien-là me causerait des ennuis, gémit-elle. Mais que peut une faible femme contre un coquin de son espèce, Votre Excellence? Si j'avais refusé, il me coupait la gorge! Je supplie humblement Votre Excellence de me pardonner!

Avec de bruyants sanglots elle se mit à frapper le sol de son front.

– Ne faites pas tant de bruit! dit le juge. Et

répondez à ma question. Qui était cette femme?

– Comment voulez-vous que je sache son nom, Votre Excellence? Mao Lou est arrivé chez moi au milieu de la nuit. Je jure à Votre Excellence que je la voyais pour la première fois. Elle portait un drôle de vêtement – une sorte de suaire – et elle avait l'air effrayé. Frère Mao dit alors : « La poulette ne sait pas ce qui est bon pour elle. Crois-tu, elle refuse un beau mari comme moi! » J'ai bien vu que la pauvre enfant n'était pas à son aise, aussi ai-je conseillé à Mao de la laisser tranquille pour l'instant. Voilà comme je suis, Votre Excellence, toujours prête à rendre service au monde. Je conduisis la mignonne dans une jolie chambre et lui donnai du bon gruau de riz et du thé. Je peux répéter à Votre Excellence les paroles exactes que j'ai prononcées. Je lui ai dit : « Dors, ma poulette, et ne te fais pas de bile. Demain tout ira bien, tu verras! »

La grande cavale maigre s'arrêta le temps de pousser un profond soupir et reprit vite : « Oh, mais vous ne connaissez pas ces filles-là, Votre Excellence. On aurait pu s'attendre à ce qu'elle me dise au moins merci le lendemain matin. Eh bien, non! Elle réveille toute la maison avec de grands coups de pied dans la porte et pousse des hurlements. Lorsque j'ai été voir ce qui se passait, elle m'a injuriée et s'est mise à raconter des bêtises. A l'en croire, on l'avait enlevée... elle appartenait à une bonne famille... enfin le genre d'histoire qu'elles racontent toutes. Dans ce cas-là, il n'y a qu'une façon de leur faire entendre raison, c'est d'employer le fouet. Après une bonne petite séance, elle n'était plus la même, et quand Frère Mao est revenu, elle est partie bien tranquillement avec lui. C'est tout, Votre Excellence, je vous le jure! »

Le juge Ti lui jeta un regard écœuré. Il se demanda un instant s'il n'allait pas la faire arrêter pour avoir battu la jeune femme, puis il se dit qu'elle avait agi suivant ses lumières. Ces maisons de basse catégorie étaient un mal nécessaire. Les autorités pouvaient les surveiller de façon à éviter les excès, mais il était impossible de protéger complètement les malheureuses pensionnaires contre la cruauté de leurs employeurs. D'un ton sévère, il dit :

— Vous savez fort bien que vous ne devez pas loger de filles non enregistrées. Passe pour cette fois, mais je vais faire vérifier votre histoire, et si vous n'avez pas dit toute la vérité, vous vous en mordrez les doigts!

La femme se mit à faire ko-téou sur ko-téou pour exprimer sa reconnaissance. Sur un signe du juge, Tao Gan la fit sortir.

— Notre théorie est donc correcte, dit le magistrat, l'épouse de Candidat Tchang est bien vivante. Mais la mort aurait peut-être été préférable au sort qui est le sien. Il faut la délivrer le plus tôt possible. Mao Lou se trouve à l'Ile des Trois Chênes, dans le district de Kiang-pei. Quelqu'un sait-il où cela se trouve?

— Je n'y suis jamais allé, Votre Excellence, dit Tao Gan, mais j'en ai beaucoup entendu parler. C'est une agglomération de petites îles basses, ou plutôt une sorte de marécage situé au milieu du Grand Fleuve. Le terrain est couvert de broussailles et est à demi submergé la plus grande partie de l'année. Une épaisse forêt s'étend sur certains endroits un peu plus élevés. Seuls les hors-la-loi rassemblés là connaissent les passes et les chenaux qui donnent accès aux îlots et permettent de circuler entre eux. Ils prélèvent un tribut sur tous les bateaux qui s'aventurent dans leurs parages et effectuent souvent des descentes dans les villages riverains. On dit que cette bande comprend plus de quatre cents hommes.

– Pourquoi le Gouvernement n'a-t-il pas détruit ce repaire de brigands? demanda le juge, surpris.

– Ce n'est pas une entreprise facile, Votre Excellence. Elle nécessiterait une opération navale coûteuse en vies humaines. Ces marécages sont inaccessibles aux jonques de guerre. Il faudrait employer de petites embarcations découvertes et leur équipage servirait de cible aux flèches des hors-la-loi. Il paraît que l'armée a établi une chaîne de postes le long de la rive et que les soldats patrouillent dans toute la région. L'intention du haut commandement est de soumettre les îlots à un blocus qui obligerait les bandits à se rendre. Mais ceux-ci sont là depuis si longtemps qu'il s'est formé des liens secrets entre eux et la population. Jusqu'ici ils ne semblent pas être à court de nourriture.

– Voilà qui est affligeant! s'écria le juge. Se tournant vers Ma Jong et Tsiao Taï, il demanda : Vous serait-il possible d'aller là-bas, de vous emparer de Mao Lou, et de le ramener ici avec Madame Tchang?

– C'est exactement le genre de travail que nous aimons, Votre Excellence! répondit Ma Jong tout joyeux. Nous ferions bien de partir tout de suite et nous verrons sur place comment les choses se présentent.

– Parfait, conclut le juge. Je vais vous donner une lettre d'introduction pour mon collègue, le Magistrat de Kiang-pei.

Il prit son pinceau et écrivit rapidement quelques lignes sur un papier à en-tête du tribunal, puis il apposa son grand sceau carré au bas de la feuille.

— Je lui demande de vous accorder toute l'aide possible, dit-il en remettant le document à Ma Jong. Et maintenant bonne chance, mes enfants!

XV

*Le sergent Hong et Tao Gan
rendent visite à un important personnage;
un agent d'affaires
conclut son ultime opération.*

Dès que Ma Jong et Tsiao Taï furent sortis, le juge se tourna vers ses deux autres lieutenants.

— Nous n'allons pas nous croiser les bras pendant l'absence de nos amis, annonça-t-il. Tout en déjeunant, je songeais au meurtre de la petite danseuse et à nos deux principaux suspects : Liou Fei-po et Han Sei-yu. Je n'ai pas l'intention d'attendre leur prochain exploit tranquillement assis dans mon fauteuil : je vais arrêter Liou aujourd'hui même.

Consterné, le sergent s'écria :

— Votre Excellence ne peut faire cela! Nous n'avons que de vagues soupçons et...

— J'ai un bon prétexte pour Liou, l'interrompit le juge. Il a porté une grave accusation contre le docteur Tchang et cette accusation s'est avérée sans fondement. Nul ne me blâmerait si je laissais les choses en rester là, je l'admets, et cela d'autant plus que sa douleur l'égarait visiblement et que le professeur n'a pas déposé de plainte contre lui. Mais la loi spécifie que toute personne en accusant à tort une autre d'avoir commis un crime sera punie comme si elle avait commis elle-même ce crime. La jurisprudence laisse l'interprétation de cet article à la discrétion du magistrat, mais dans ce cas particulier je choisis d'appliquer la loi à la lettre.

Malgré l'air soucieux du Sergent, le juge prit son pinceau et traça sur une formule officielle l'ordre d'arrêter Liou Fei-po. Puis, prenant une seconde formule, il la remplit en expliquant :

— Je donne aussi l'ordre d'arrêter Wan Yi-fan pour son faux témoignage au sujet de la prétendue tentative de séduction de sa fille par le docteur Tchang. Vous allez vous rendre tous les deux au domicile de Liou avec quatre sbires et vous vous assurerez de sa personne. Avant de partir, Sergent, tu diras au Chef des sbires de prendre deux hommes et de procéder à l'arrestation de Wan Yi-fan. Que les prisonniers soient amenés ici en palanquins fermés et qu'on ne les place pas dans des cellules voisines. Ils doivent ignorer qu'ils partagent l'hospitalité du tribunal! J'ai l'intention de les entendre au cours de l'audience du soir et j'espère apprendre quelques petits détails intéressants.

Le Sergent n'avait pas encore l'air bien convaincu, mais Tao Gan fit observer en souriant :

— C'est la même chose avec les dés : si on les secoue bien, il arrive qu'on amène un coup intéressant!

Quand ses lieutenants se furent éloignés, le juge sortit de son tiroir la feuille sur laquelle se trouvait le problème d'échecs. Il n'était pas aussi sûr d'avoir raison qu'il le prétendait, mais cette double arrestation était l'unique moyen d'arracher à l'assassin l'initiative des opérations. Il prit un échiquier et disposa les pions noirs et les pions blancs comme l'indiquait le dessin. Il avait la conviction que ce problème — qui depuis soixante-dix ans intriguait les joueurs les plus fameux —

renfermait la clef du complot découvert par la courtisane. Fleur-d'Amandier ne jouait pas aux échecs, elle devait donc l'avoir choisi pour une raison n'ayant aucun rapport avec le jeu lui-même. S'agissait-il d'une sorte de rébus? Les sourcils froncés, le juge déplaça les pions, s'efforçant de lire leur message caché.

Pendant ce temps, le Sergent et Tao Gan se dirigeaient vers la demeure de Liou Fei-po. Quatre sbires les suivaient discrètement avec un palanquin fermé.

Arrivé devant le haut portail rouge, le Sergent frappa. Lorsque le guichet fut entrebâillé, il montra son insigne et expliqua :

— Nous venons voir Monsieur Liou sur l'ordre de Son Excellence le Magistrat du district.

Le portier leur ouvrit et les fit entrer dans une petite salle d'attente. Au bout d'un instant, un homme aux cheveux grisonnants parut.

— Je suis l'intendant de Monsieur Liou Fei-po, dit-il. Veuillez me faire part de l'objet de votre visite. Mon maître fait la sieste dans son jardin et on ne peut pas le déranger.

— Nous avons l'ordre de parler à Monsieur Liou en personne, répliqua le Sergent. Allez le réveiller!

— Impossible! répéta l'intendant horrifié. Je perdrais ma place!

— Menez-nous près de lui, dit Tao Gan. Nous le réveillerons nous-mêmes. Et n'oubliez pas que nous sommes en mission officielle, mon ami, faites vite!

L'intendant fit demi-tour, sa barbiche grise toute frémissante de rage. Les deux émissaires du juge sur les talons, il traversa une vaste cour pavée de briques aux couleurs vives, enfila les uns après les autres quatre couloirs aux nombreux détours et déboucha enfin dans un grand parc clos de murs. Des fleurs rares, cultivées dans des pots de porcelaine, bordaient une terrasse de marbre au-delà de laquelle on apercevait un pittoresque jardin d'agrément. Leur guide contourna un étang couvert de lotus, passa près de curieux rochers ingénieusement cimentés ensemble, et s'arrêta devant une charpente de bambou qui disparaissait sous le lierre. Leur désignant l'abri rustique, l'intendant déclara :

— Vous trouverez mon maître sous cette tonnelle. Moi, je préfère vous attendre ici.

Le Sergent Hong écarta le feuillage. Un fauteuil en rotin et une petite table à thé meublaient la fraîche retraite, mais, à part cela, elle était vide.

Sans s'attarder, le Sergent fit demi-tour en criant :

— N'essaie pas de te payer notre tête, coquin, Liou n'est pas dans cette tonnelle!

Terrorisé, l'intendant bégaya :

— Il... il doit être allé dans la bibiothèque, alors.

— Eh bien, nous allons suivre son exemple, répliqua Tao Gan. Montre-nous le chemin.

Un nouveau voyage à travers de longs corridors les amena devant une porte d'ébène que décoraient des fleurs en métal délicatement ciselées. Leur guide frappa un coup timide. Il n'obtint pas de réponse, frappa encore, puis essaya en vain de pousser le battant.

— Ote-toi de là! commanda Tao Gan. Il sortit de sa vaste manche une trousse remplie de curieux petits instruments et se mit à travailler la serrure. On entendit un claquement sec et la porte s'ouvrit, laissant voir une belle pièce luxueusement meublée. Les tables, les lourds fauteuils, les hautes bibliothèques, tout était en ébène finement sculpté. Mais Liou ne se trouvait pas plus là que sous la tonnelle.

Tao Gan s'approcha du bureau. Ses tiroirs étaient grands ouverts; dossiers vides et lettres froissées jonchaient l'épais tapis de laine bleue.

— Un voleur s'est introduit ici! cria l'intendant.

— Je t'en fiche! répliqua Tao Gan. Ces tiroirs n'ont pas été forcés, on les a ouverts avec une clef. Où est le coffre-fort?

L'intendant désigna d'un doigt tremblant une peinture ancienne suspendue entre deux bibliothèques. Tao Gan souleva la pièce de soie jaunie. Une porte de fer apparut qu'il ouvrit sans difficulté : l'intérieur de la cachette était vide.

— Cette serrure-là non plus n'a pas été forcée, remarqua-t-il. Fouillons la maison, mais je crains bien que l'oiseau ne soit envolé!

Le Sergent appela ses sbires et tous les six explorèrent la vaste demeure pièce par pièce, entrant même dans l'appartement des femmes. Liou Fei-po demeura introuvable; personne ne l'avait aperçu depuis le repas de midi.

L'oreille basse, le Sergent et son compagnon reprirent le chemin du Yamen. Dans la grande cour ils rencontrèrent le Chef des sbires qui leur rendit compte de sa mission. Wan Yi-fan s'était laissé prendre sans difficulté et occupait maintenant une cellule de la prison.

Les deux hommes se rendirent dans le bureau du juge Ti et le trouvèrent encore absorbé par le problème d'échecs.

— Wan Yi-fan est sous clef, Votre Excellence, annonça le Sergent, mais Liou Fei-po a disparu sans laisser de trace!

— Disparu? répéta le juge surpris.

210

— Il a emporté son argent et ses papiers les plus importants, dit Tao Gan. Il a dû sortir par la porte du jardin et n'a prévenu personne de son départ.

Le poing du juge s'abattit sur la table.

— J'ai trop attendu, murmura-t-il. Il se leva et se mit à parcourir la pièce à grandes enjambées. S'arrêtant brusquement, il s'écria, furieux : « C'est la faute de ce grand dadais de Candidat Tchang! Si l'innocence de son père m'avait été connue plus tôt... » Il tiraillait sa barbe avec colère. « Tao Gan, commanda-t-il soudain, va chercher le neveu du Conseiller Liang. J'ai encore le temps de l'interroger avant l'audience. »

Tao Gan partit aussitôt.

— La fuite de Liou est un mauvais point pour nous, Sergent, reprit le juge. Si grave que soit un meurtre, il ne faut pas oublier que certaines choses sont plus importantes!

Le Sergent s'apprêtait à demander ce que signifiaient ces paroles, mais, en voyant les lèvres serrées de son maître, il se ravisa. Le juge marcha encore de long en large pendant quelques instants, puis il s'immobilisa devant la fenêtre, les mains derrière le dos.

Au bout d'un temps fort court, Tao Gan reparut, suivi de Liang Fen. Le jeune homme paraissait encore plus nerveux que lors de sa première rencontre avec le juge. Ce dernier se croisa les bras, et sans inviter le visiteur à s'asseoir, le regarda droit dans les yeux.

— Cette fois-ci, dit-il, je vais vous parler sans ambages. Liang Fen, je vous soupçonne d'être mêlé à un crime abject. C'est par égard pour le vieux Conseiller que je vous interroge ici et non pas en audience publique.

Le visage du jeune homme devint couleur de

cendre. Il voulut parler, mais le juge leva la main et poursuivit :

– Primo : la touchante histoire des prodigalités de votre oncle n'est peut-être qu'un conte destiné à dissimuler le fait que vous vous appropriez peu à peu sa fortune. Secundo : j'ai trouvé dans la chambre de Fleur-d'Amandier des lettres d'amour écrites de votre main. Les plus récentes montraient que vous désiriez rompre avec elle, probablement parce que vous êtes tombé amoureux de Chaton-de-Saule, la fille de Han Sei-yu.

– Comment savez-vous cela? s'écria Liang Fen. Nous ne... Mais le juge lui imposa encore une fois silence et continua :

– Vous n'avez pas tué la danseuse, puisque vous n'étiez pas sur le bateau. Mais vous aviez une liaison avec elle et vous la receviez secrètement dans votre chambre. Cela vous était facile grâce à la petite porte du jardin. Attendez, je n'ai pas fini! Votre vie privée ne m'intéresse pas le moins du monde et il m'est indifférent que vous batifoliez avec toutes ces demoiselles du Quartier des Saules, mais vous allez me faire un récit détaillé de votre aventure avec la morte. Un jeune nigaud a déjà considérablement gêné mes recherches et je ne tolérerai pas que le fait se reproduise. Alors, parlez, et tâchez de dire la vérité.

– Mais ce n'est pas vrai, Votre Excellence, je vous le jure! gémit Liang Fen en se tordant les mains. Je ne connaissais pas cette courtisane et je n'ai jamais touché à l'argent de mon oncle! J'admets que j'aime Chaton-de-Saule; j'en suis fier et j'ai tout lieu de croire que mes sentiments sont partagés. Je ne lui ai encore jamais parlé, mais je l'aperçois souvent dans le jardin du temple et... Oh, Noble Juge, puisque vous connaissez mon secret, vous devez bien savoir que tout le reste est faux?

Le magistrat lui tendit une des lettres trouvées chez la morte et demanda :

– Avez-vous écrit ceci ou non?

Le jeune homme examina soigneusement la lettre.

– Cette calligraphie ressemble beaucoup à la mienne, reconnut-il. Elle reproduit même certains détails qui me sont personnels. Cependant, elle n'est pas de ma main. La personne qui a contrefait mon écriture doit en avoir eu de nombreux exemples sous les yeux. C'est tout ce que je peux dire.

Le Juge Ti le foudroya du regard.

– Wan Yi-fan a été arrêté, annonça-t-il. Je vais l'interroger pendant l'audience de ce soir. Je désire que vous soyez présent. Allez dans la salle.

Quand Liang Fen fut sorti, le Sergent remarqua :

– Je crois qu'il a dit la vérité, Votre Excellence.

Le juge ne répondit rien et lui fit signe de l'aider à passer sa robe de brocart.

Trois battements de gong annoncèrent que l'audience était sur le point de commencer. Suivi du Sergent Hong et de Tao Gan, le magistrat quitta son cabinet pour aller prendre place derrière la grande table du tribunal. Une douzaine de citoyens tout au plus s'étaient dérangés, les autres habitants de la ville ayant apparemment abandonné tout espoir d'entendre des nouvelles sensationnelles. Au premier rang se trouvaient Han Sei-yu et Liang Fen. Monsieur Sou se tenait derrière eux.

Dès qu'il eut déclaré l'audience ouverte, le juge remplit une formule qu'il tendit au Chef des sbires en lui disant d'aller chercher Wan Yi-fan.

L'agent d'affaires ne semblait pas troublé par son arrestation. Il regarda le juge avec insolence avant de s'agenouiller et déclina ses noms et qualités d'une voix ferme.

– Je possède la preuve que vous avez menti, annonça le juge. Ce n'est pas le docteur Tchang qui a voulu acheter votre fille, c'est vous qui avez essayé de la lui vendre. Voulez-vous que j'entre dans les détails de l'affaire ou reconnaissez-vous les faits?

– L'insignifiante personne à genoux devant le tribunal reconnaît avoir induit Votre Excellence en erreur, répondit Wan Yi-fan en affectant un grand respect. Mon ardeur à aider mon ami Monsieur Liou Fei-po dans ses démêlés avec le professeur m'a entraîné trop loin. La loi permet cependant que je sois libéré sous caution. Monsieur Liou Fei-po acceptera sans aucun doute d'être mon répondant et versera la somme requise, pour peu que Votre Excellence veuille bien la fixer.

– Le tribunal, reprit le juge, possède aussi la preuve que vous avez mis à profit la sénilité du Conseiller Liang pour l'entraîner dans des opérations financières onéreuses pour lui... mais fort avantageuses pour vous.

Cette deuxième accusation ne sembla pas plus troubler Wan Yi-fan que la première. Il répondit avec calme :

– Je nie de toutes mes forces avoir entraîné le Conseiller Liang dans des opérations désastreuses. Monsieur Liou Fei-po m'a présenté à Son Excellence le Conseiller, et c'est sur l'avis de Monsieur Liou que j'ai recommandé au Conseiller de vendre certaines de ses terres qui, suivant la compétente opinion de Monsieur Liou, devaient perdre beaucoup de leur valeur dans le proche avenir. Monsieur Liou pourra témoigner des faits.

— Non, il ne le pourra pas, dit sèchement le juge. Monsieur Liou Fei-po est parti sans prévenir personne, emportant avec lui ses papiers les plus importants et tout son argent liquide.

Wan Yi-fan se leva d'un bond. Le visage soudain très pâle, il cria :

— Où est-il? Dans la capitale?

Le Chef des sbires s'apprêtait à remettre le prisonnier à genoux, mais le juge secoua le tête et dit :

— Monsieur Liou a disparu. Ses proches même ignorent où il se trouve.

La sueur perlait au front de Wan Yi-fan et il perdait visiblement son sang-froid. « Liou s'est enfui... » murmura-t-il. Regardant le juge, il annonça : « Dans ce cas je suis obligé de reconsidérer quelques-unes de mes déclarations. » Il hésita un instant puis ajouta : « Je demande à Votre Excellence de m'accorder un peu de temps pour réfléchir. »

— Accordé, répliqua le juge devant le regard significatif du prisonnier.

Quand Wan Yi-fan eut été reconduit dans sa cellule, le juge leva son martelet pour clore l'audience. Juste à ce moment, Monsieur Sou s'avança, suivi par deux membres de sa Guilde : un artisan et un marchand de jade. Ce dernier avait vendu au premier un bloc qui, lorsqu'il fut travaillé, laissa apparaître un défaut. Le tailleur de jade refusa de payer au marchand le prix convenu, mais comme il n'avait découvert l'imperfection de la pierre qu'après avoir commencé son travail, il ne pouvait pas la rendre intacte au commerçant. Maître Sou avait en vain essayé de trouver un compromis acceptable par les deux intéressés.

Le juge Ti écouta les verbeuses explications des deux parties avec beaucoup de patience. Parcourant machinalement l'auditoire du regard il nota que Han Sei-yu n'était plus dans la salle. Quand Maître Sou eut résumé de nouveau les différents arguments, le magistrat prit la parole :

— Le Tribunal déclare les deux parties fautives, annonça-t-il. En tant qu'expert, le commerçant aurait dû remarquer le défaut de la pierre lorsqu'il l'a achetée. L'expérience professionnelle du tailleur de jade aurait dû lui permettre de le découvrir avant de la travailler. Le commerçant a payé la pierre dix pièces d'argent et l'a revendue quinze à l'artisan. Le Tribunal décide que ce dernier recevra dix pièces d'argent du commerçant et que les morceaux de jade seront également partagés entre eux. Chacun d'eux aura donc ainsi payé une amende de cinq pièces d'argent pour son manque de compétence dans l'exercice de sa profession.

Frappant la table de son martelet, le magistrat déclara l'audience close.

De retour dans son cabinet, il dit d'un air satisfait au Sergent et à Tao Gan :

— Wan Yi-fan désire me faire part d'une chose qu'il n'a pas osé révéler en public. En principe, on ne doit pas interroger un prisonnier hors du tribunal, mais aujourd'hui je crois avoir le droit d'agir de façon exceptionnelle. Je vais le faire venir ici. Vous avez sans doute remarqué qu'il a employé l'expression « s'est enfui » en parlant de Liou Fei-po ? Nous allons bientôt savoir...

La porte s'ouvrit brusquement et le Chef des sbires entra en coup de vent, suivi du geôlier. Ce dernier cria d'une voix haletante :

— Wan Yi-fan vient de se suicider, Votre Excellence !

Le magistrat abattit son poing sur la table et demanda d'un ton courroucé :

— Tu n'avais pas fouillé le prisonnier, chien de malheur?

L'homme se laissa tomber à genoux.

— Je jure qu'il n'avait pas de gâteau sur lui quand je l'ai enfermé dans sa cellule, Votre Excellence! Quelqu'un a dû lui faire passer secrètement cette pâtisserie empoisonnée.

— Ainsi, tu as laissé un visiteur entrer dans la cellule! tonna le juge.

— Aucun visiteur n'a été admis auprès du prisonnier, Votre Excellence, gémit le geôlier. La chose est une énigme pour moi.

Le juge courut vers la porte. Suivi du Sergent et de Tao Gan, il traversa rapidement la grande cour, prit le couloir qui passait derrière le greffe et pénétra dans la prison. Le gardien les précédait, une lanterne à la main.

Wan Yi-fan gisait sur le sol, au pied du bâti en bois qui servait de lit. La lumière de la lanterne éclaira son visage, montrant ses traits convulsés et l'écume au coin de ses lèvres. Le geôlier désigna sans rien dire un petit gâteau rond, tombé près de la main du mort. Wan n'avait visiblement mordu qu'une seule fois dedans. Le juge Ti se baissa. C'était une pâtisserie à base de soja telle qu'en vendait chaque boulanger de la ville, mais au lieu de la marque du commerçant moulée dans la pâte, on distinguait nettement une petite fleur de lotus.

Le juge enveloppa cette pièce à conviction dans son mouchoir et glissa le tout dans sa manche, puis il regagna son cabinet sans mot dire.

Le Sergent Hong et Tao Gan regardaient avec inquiétude le visage tendu de leur maître. Celui-ci avait compris que le lotus symbolique ne pouvait pas avoir été mis là à l'intention de Wan Yi-fan puisque le cachot était obscur quand on lui avait présenté le cadeau fatal. Non, si le poison était bien pour Wan, en revanche l'avertissement qui l'accompagnait était destiné au magistrat de Han-yuan. D'un ton las, il murmura :

— On a tué Wan pour l'empêcher de parler, et ce gâteau empoisonné lui a été remis par un membre du tribunal. Il y a un traître dans le Yamen!

XVI

Deux fieffés vauriens
narguent les sbires de Kiang-pei;
Une paisible jonque
est capturée par surprise.

Après avoir étudié une carte de la province, Ma Jong et Tsiao Taï établirent un premier plan de campagne, puis ils choisirent deux bonnes montures et quittèrent Han-yuan par la porte de l'Est.

Quand ils eurent chevauché une demi-heure sur la grande route, Ma Jong arrêta son cheval et dit :

– Ne crois-tu pas qu'en coupant à travers la rizière, à droite, nous atteindrions plus vite le fleuve qui sépare les deux districts? Sauf erreur, nous devrions le rejoindre à environ quinze milles en aval du pont où se trouve notre dernier poste militaire.

– Ça me semble correct, admit Tsiao Taï.

Les deux cavaliers s'engagèrent dans un sentier qui serpentait au milieu des champs. La chaleur était accablante et ils furent enchantés d'apercevoir bientôt une petite ferme. Ils burent longuement au seau que le paysan tira du puits et, moyennant une poignée de sapèques, l'homme accepta de s'occuper des chevaux jusqu'à leur retour. Dès qu'il fut parti en direction de l'écurie, les deux amis ébouriffèrent leurs cheveux et les nouèrent avec un vieux chiffon. Ils remplacèrent ensuite leurs bottes par des sandales de paille apportées dans leurs sacoches. Tout en retroussant ses manches, Tsiao Taï ne put s'empêcher de dire :

– Cela ne te rappelle-t-il pas le bon vieux temps des Vertes Forêts?

Ma Jong lui donna une bourrade fraternelle, puis, empruntant chacun une perche à la barrière de bambou, ils reprirent le chemin du fleuve.

Pour deux sapèques, un vieux pêcheur qui faisait sécher ses filets au bord de l'eau accepta de les faire passer sur l'autre rive. En le payant, Ma Jong demanda :

– J'espère qu'il n'y a pas de soldats par ici, au moins?

Le vieux bonhomme leur lança un regard effaré. Il secoua négativement la tête et se hâta de remonter dans sa barque.

En émergeant des roseaux, les voyageurs aperçurent un petit chemin tortueux.

– Ça m'a tout l'air d'être ça, dit Tsiao Taï. D'après la carte, ce chemin doit mener au village.

Leur bambou sur l'épaule, ils se remirent en marche, chantant à pleins poumons un refrain gaillard.

Une demi-heure plus tard ils arrivaient devant les premières maisons et Ma Jong quitta son camarade pour gagner directement la place du marché. Il entra dans l'auberge et se laissa tomber sur un banc de bois en réclamant à boire. Quelques instants plus tard, Tsiao Taï venait s'asseoir en face de lui, disant à voix haute :

– J'ai examiné les alentours, Frère. Rien à craindre!

Quatre vieux paysans qui occupaient la table voisine leur jetèrent des regards effrayés. L'un d'eux leva sa main, l'index et le petit doigt repliés, ce qui voulait dire : « Voleurs de grands chemins. » Les autres hochèrent la tête d'un air entendu.

L'hôte arriva en hâte avec deux cruchons de vin. L'attrapant par la manche, Tsiao Taï s'écria :

— Qu'est-ce que cela veut dire, maudit chien? Remporte ces misérables petits pots et amène-nous la jarre tout entière!

L'aubergiste disparut sans mot dire. Il revint peu après, portant avec l'aide de son fils une énorme jarre et des louches de bambou.

— Voilà qui est mieux! approuva Ma Jong. A quoi bon s'embarrasser de tasses ou de gobelets. Ils plongèrent les louches dans le grand récipient et burent à longs traits. L'hôte posa sur leur table une assiette de légumes salés. Tsiao Taï en saisit une poignée, et remarquant le généreux assaisonnement d'ail et de poivre rouge, fit joyeusement claquer sa langue.

— Frère Ma, déclara-t-il, les amusettes qu'on sert en ville ne sont rien à côté de cela!

La bouche pleine, Ma Jong fit un signe d'assentiment. Quand la jarre fut à moitié vide, ils avalèrent un grand bol de nouilles et se rincèrent la bouche avec un thé du pays à la saveur agréablement amère. Puis, se levant de table, ils sortirent quelques pièces de monnaie de leurs ceintures. L'hôte se hâta de refuser cet argent et les assura que leur visite avait été un honneur pour sa maison. Ma Jong insista cependant pour payer leur écot et y ajouta un généreux pourboire.

Les deux voyageurs allèrent ensuite s'étendre à l'ombre d'un vieux figuier et des ronflements réguliers annoncèrent bientôt que leur sieste était commencée.

Un brutal coup de pied réveilla Ma Jong. Il se mit sur son séant et, apercevant cinq hommes armés de matraques, enfonça son coude dans les côtes de Tsiao Taï. Les deux amis se levèrent sans se presser tandis que les villageois contemplaient la scène d'assez loin.

— Nous appartenons au tribunal de Kiang-pei, dit un petit homme trapu qui était manifestement le chef. Qui êtes-vous... d'où venez-vous?

— Seriez-vous aveugle, par hasard? demanda Ma Jong d'un ton hautain. Ne voyez-vous pas que je suis le Gouverneur de la Province voyageant incognito?

Les villageois s'esclaffèrent. Furieux, le petit homme leva sa matraque. Ma Jong le saisit par le revers de sa veste, l'arracha au sol, et se mit à le secouer à en faire s'entrechoquer les dents du malheureux. Les sbires voulurent se porter au secours de leur chef, mais Tsiao Taï glissa son bambou entre les jambes du plus grand qui s'étala par terre. Il se mit ensuite à faire tournoyer rapidement sa longue perche à quelques pouces au-dessus de la tête des autres. Affolés, les représentants de l'ordre s'enfuirent, hués par la foule et talonnés par Tsiao Taï qui courait derrière eux en débitant les plus horribles jurons de son répertoire.

Le Chef des sbires n'était cependant pas un lâche. Il lançait de grandes ruades pour essayer de faire lâcher prise à Ma Jong qui finit par le reposer sur le sol et ramassa son bambou afin de tenir à distance le petit homme déchaîné. Un coup sec sur le bras lui fit enfin lâcher sa matraque, mais, nullement découragé, il voulut sauter sur Ma Jong qui le repoussa en faisant des moulinets. Au bout de quelques minutes de cette lutte inégale, le belliqueux petit bonhomme comprit qu'il n'avait aucune chance d'être vainqueur et, tournant brusquement casaque, s'enfuit à son tour.

Un instant plus tard, Tsiao Taï reparaissait.

— Ces chiens de malheur ont fichu le camp! dit-il en s'asseyant pour reprendre souffle.

— Vous leur avez donné une bonne leçon, déclara un vieux paysan avec un plaisir visible.

L'aubergiste avait assisté au combat à distance prudente. Il s'approcha des deux amis et murmura :

— Vous feriez bien de filer! Il y a de la troupe par ici, le magistrat va envoyer des soldats pour vous arrêter.

Tsiao Taï se gratta la tête.

— J'ignorais cela, dit-il en prenant un air piteux.

— Ne vous inquiétez pas, reprit l'hôte. Mon fils va vous conduire jusqu'au Grand Fleuve. Vous trouverez un bateau sur la rive et dans une heure ou deux vous serez à l'Ile des Trois Chênes. Ceux de là-bas vous aideront si vous leur dites que vous êtes envoyés par le vieux Chao!

Ma Jong et Tsiao Taï s'empressèrent de le remercier et suivirent le jeune homme à travers la rizière. Après avoir marché assez longtemps sur la terre boueuse, leur guide fit halte, et, désignant un rideau d'arbres tout proche, leur expliqua :

— Prenez la petite barque cachée dans cette crique. Le courant vous mènera là où vous désirez aller, mais méfiez-vous des remous.

Les deux amis n'eurent pas de peine à découvrir l'embarcation. Ma Jong se servit d'abord de sa perche pour la dégager des basses branches qui la dissimulaient aux regards indiscrets, puis il empoigna une pagaie. Dérivant sur l'eau couleur de boue, ils furent bientôt assez loin de la berge.

— Ce bateau me paraît bien petit pour traverser un si grand fleuve, remarqua Tsiao Taï en se cramponnant aux plats-bords.

— N'aie pas peur, répondit Ma Jong en riant. Je suis né dans le Kiang-sou et j'ai passé les premières années de ma vie sur l'eau.

Il joua habilement de sa pagaie pour éviter les remous d'un contre-courant. La barque se trouvait presque au milieu du fleuve et les roseaux de la rive apparaissaient comme une mince bande grise. Bientôt on ne les distingua plus; partout où se portait le regard, il ne rencontrait que l'eau brune.

— Une pareille étendue liquide me donne envie de bâiller, dit Tsiao Taï avec mauvaise humeur. Il se coucha sur le dos et finit par s'endormir tandis que toute l'attention de son camarade se concentrait sur le pilotage du bateau. Soudain Ma Jong rompit le silence.

— Regarde, cria-t-il, on aperçoit quelque chose de vert.

Tsiao Taï se redressa. Il vit une multitude de taches verdâtres, petits îlots s'élevant à peine au-dessus de l'eau et couverts d'herbes folles. Une demi-heure plus tard, leur embarcation passa entre des îles plus élevées sur lesquelles croissaient des arbustes. Le crépuscule commençait à descendre, et, de tous côtés, les oiseaux aquatiques lançaient leurs appels mystérieux. Tsiao Taï prêta l'oreille.

— Ce ne sont pas des cris d'oiseaux! s'écria-t-il. Ce sont les signaux de soldats en reconnaissance!

Absorbé par sa difficile manœuvre entre les rives sinueuses, Ma Jong grommela quelques paroles inintelligibles. Soudain la barque oscilla et la pagaie lui fut arrachée des mains tandis que trois têtes émergeaient de l'eau.

– Qui êtes-vous? Ne bougez pas, sans ça on vous fait chavirer! cria l'un des nageurs en posant sa main sur le plat-bord. Avec l'eau boueuse qui dégoulinait le long de son corps, il avait l'air de quelque inquiétant génie aquatique.

– Nous avons eu des ennuis avec les sbires du tribunal, expliqua Ma Jong. Alors le vieux Chao – l'hôtelier du premier village en aval – nous a conseillé de venir ici.

– Vous raconterez votre histoire au Capitaine! répliqua son interlocuteur en lui rendant la pagaie. Dirigez-vous sur les feux que vous apercevez là-bas.

Six hommes armés les attendaient à une sorte de débarcadère fait de troncs d'arbres mal équarris. La lanterne que tenait leur chef permit à Tsiao Taï de voir qu'ils portaient l'uniforme de l'armée, mais sans aucun insigne régimentaire. Ils entraînèrent les deux amis vers l'épaisseur de la forêt.

Bientôt des lumières parurent entre les arbres et la petite troupe déboucha dans une vaste clairière. Une centaine d'hommes rassemblés autour de feux de camp faisaient cuire du riz pour le repas du soir. Tous étaient armés jusqu'aux dents.

Ma Jong et Tsiao Taï furent conduits devant l'état-major de la bande qui siégeait au pied de trois chênes plus que centenaires. Le chef de leur escorte s'avança vers un personnage au torse puissant, vêtu d'un ample pantalon de cuir et d'une cotte-de-mailles, les cheveux serrés dans une écharpe rouge. Très respectueusement, leur guide expliqua :

– Voici les visiteurs annoncés par nos sentinelles, Capitaine.

Le regard de deux petits yeux cruels se posa

sur les lieutenants du juge Ti et, d'une voix brève, l'homme demanda :

— Vos noms? D'où venez-vous? La raison de votre présence ici? Allons, parlez, coquins!

Il avait le ton autoritaire d'un officier. Probablement un déserteur, pensa Tsiao Taï.

— Je m'appelle Yong Bao, Capitaine, répondit Ma Jong avec son plus gracieux sourire. Mon camarade et moi sommes deux Chevaliers des Vertes Forêts. » Il raconta leur équipée avec les sbires et expliqua comment l'hôte leur avait indiqué l'Ile des Trois Chênes. « Ce serait un grand honneur pour nous d'être acceptés dans votre groupe, termina-t-il.

— Nous allons d'abord vérifier ton histoire! répondit le Capitaine qui ajouta, à l'adresse de leur garde : Mettez-les dans l'enclos avec les autres.

Ils reçurent chacun un bol de gruau de riz et on les conduisit dans une clairière plus petite. La lueur d'une torche permettait d'apercevoir une cabane faite de troncs d'arbres. Accroupi dans l'herbe, un homme mangeait son riz. Un peu plus loin, une jeune femme vêtue d'une veste bleue et du pantalon des paysannes était à genoux sous un arbre, occupée elle aussi à manœuvrer ses baguettes.

— Ne bougez pas de cet endroit, les avertit le garde en s'en allant. Ma Jong et Tsiao Taï s'assirent en tailleur en face de l'homme accroupi.

— Je m'appelle Yong Bao, dit Ma Jong d'un ton engageant. Et toi?

— Mao Lou, grommela l'autre, et jetant son bol vide à la jeune femme, il ordonna : Fais la vaisselle!

Elle se leva sans mot dire et ramassa le bol,

puis elle attendit que Ma Jong et Tsiao Taï
eussent avalé leur pitance pour les débarrasser
également. Ma Jong, qu'aucune personne du sexe
féminin ne laissait indifférent, la suivit d'un
regard approbateur. Elle paraissait triste et marchait avec une certaine difficulté, mais on la
devinait extrêmement bien faite. Mao Lou, à qui
l'expression de Ma Jong n'avait pas échappée, dit
en fronçant les sourcils :

— Cherche ailleurs, c'est ma femme.

— Jolie poulette! remarqua Ma Jong d'un air
détaché. Sais-tu pourquoi on nous parque ici?
Nous serions des criminels qu'on n'agirait pas
autrement.

Mao Lou cracha par terre. Après un coup d'œil
circulaire, il dit en baissant la voix :

— Je n'aime pas ces gens-là, mon vieux. Je suis
arrivé ici l'autre jour avec un camarade pour
joindre leur bande. Le Capitaine nous a posé des
tas de questions. Mon camarade n'a pas goûté la
façon dont il nous parlait et il a eu la langue trop
longue. Sais-tu ce qui lui est arrivé?

Ma Jong secoua négativement la tête.

Mao Lou se passa l'index en travers de la
gorge. Comme ça! dit-il avec amertume. Moi, ils
m'ont mis ici, quasiment en prison. Et figure-toi
qu'hier soir deux de ces cocos-là ont essayé de me
soulever ma femme! J'ai dû me battre avec eux
jusqu'à ce que des gardes viennent les arrêter.
Oh, pour de la discipline, il y a de la discipline,
mais quand même, c'est pas des gens sympathi-
ques et je regrette bien d'être venu!

— Je pensais avoir affaire à d'honnêtes voleurs
qui seraient contents de nous accueillir, soupira
Tsiao Taï. Que manigancent-ils donc?

— Va leur poser la question! répliqua Mao Lou
en ricanant.

La jeune femme reparut et, toujours muette, rangea sous un arbre les bols nettoyés.

— Tu ne pourrais pas dire un mot? grommela le charpentier.

— Joue tout seul, mon gros, répondit-elle sans se départir de son calme.

Le visage de Mao Lou s'empourpra de rage, mais il ne la suivit pas dans la cabane. Après avoir poussé un juron ou deux pour se soulager, il confia à Ma Jong: J'ai sauvé la vie à cette garce-là et qu'ai-je obtenu en retour? Des mines dégoûtées, c'est tout! J'ai beau lui tanner le cuir, ça ne sert à rien.

— Il faut taper longtemps sur une femme avant qu'elle devienne raisonnable, remarqua Ma Jong avec philosophie. Mao Lou se leva et, ayant rassemblé un tas de feuilles à grands coups de pied, s'allongea dessus. Ma Jong et Tsiao Taï trouvèrent une place parmi les feuilles mortes, de l'autre côté de l'enclos, et bientôt tous furent profondément endormis.

Tsiao Taï se réveilla en sentant un souffle chaud sur son visage. Dès qu'il eut ouvert les yeux Ma Jong lui dit à l'oreille:

— Je viens de reconnaître le pays, vieux frère. Deux grandes jonques sont amarrées dans la crique principale, prêtes à mettre à la voile demain matin. Il n'y a pas de sentinelles. Rien ne serait plus facile que d'étourdir notre ami Mao d'un bon coup de poing et de les porter, la fille et lui, dans l'une de ces jonques. Mais à deux, nous ne pourrions pas faire sortir de la crique une aussi lourde embarcation. Sans compter qu'il faudrait connaître le chenal.

— Cachons-nous dans la cale! proposa Tsiao Taï. Demain quand ces maudits chiens auront amené la jonque au milieu du fleuve, nous sortirons de notre cachette et nous les prendrons par surprise.

– Parfait! répondit Ma Jong avec satisfaction. Ou bien nous aurons leur peau, ou bien ils auront la nôtre. J'aime quand les choses sont aussi simples que cela! Et comme, en général, ils attendent l'aube pour se mettre en route, nous avons encore le temps de faire un petit somme.

Un instant plus tard les deux amis dormaient profondément.

Une heure avant le lever du soleil, Ma Jong secoua le charpentier. Celui-ci se souleva sur un coude et Ma Jong l'étourdit d'un vigoureux coup de poing en pleine tempe. Il lui attacha les mains et les pieds avec la chaîne mince qu'il portait toujours autour de sa taille et le bâillonna en lui enfonçant dans la bouche un morceau d'étoffe prélevé sur sa veste. Il éveilla ensuite Tsiao Taï, et tous deux pénétrèrent dans la cabane.

Tsiao Taï fit de la lumière au moyen de son briquet pendant que Ma Jong réveillait la jeune femme.

– Nous appartenons au tribunal de Han-yuan, dit-il. Nous avons l'ordre de vous ramener là-bas, madame Tchang.

Fée-de-la-Lune les examina soupçonneusement dans la demi-obscurité.

– Pourquoi vous croirais-je? répliqua-t-elle. Si vous faites mine d'approcher, je hurle!

Avec un soupir, Ma Jong déroula le morceau d'étoffe crasseuse qui retenait sa chevelure et en sortit la lettre du juge Ti. Elle la lut rapidement et demanda :

– Comment allons-nous faire pour partir d'ici?

Quand Ma Jong lui eut expliqué leur plan, elle remarqua :

— Les gardes apportent le premier bol de riz peu après l'aube. Ils donneront tout de suite l'alarme.

— J'ai passé une heure à préparer une fausse piste qui les mènera dans la direction opposée à celle que nous aurons prise, répondit Ma Jong. Nous connaissons notre boulot, ma jolie!

— Je vous prie de rester poli, mon garçon!

— Quelle tigresse! murmura-t-il, épanoui. Tous trois sortirent de la cabane. Ma Jong jeta le corps inerte du charpentier sur son épaule et guidant ses compagnons à travers l'épaisse forêt, leur fit prendre la direction de la crique. La silhouette sombre de deux grandes nefs leur annonça bientôt qu'ils touchaient au but.

Ils montèrent à bord de la jonque la plus avancée. Ma Jong s'approcha de la trappe arrière, fit glisser Mao Lou le long de l'échelle, et descendit à sa suite, imité par Tsiao Taï et Mme Tchang. Cette partie de la cale formait la cuisine, le reste étant rempli jusqu'au plafond par des caisses en bois qu'entouraient d'épais liens de paille tressée.

— Grimpe là-dessus, dit Ma Jong à son camarade, et tâche de pousser les caisses de la seconde rangée. Ça nous fera une bonne cachette. Puis il attrapa la boîte d'outils du bateau, escalada l'échelle, et disparut en criant : Je reviens tout de suite.

Pendant que Fée-de-la-Lune examinait la cuisine, Tsiao Taï monta sur l'une des piles et se glissa dans l'étroit espace libre entre son sommet et le plafond. Tout en déplaçant les caisses, il grommela : « Elles sont joliment lourdes; ces gars-là ont dû les remplir de pierres, pas possible! »

Il venait à peine de terminer l'aménagement d'une cachette suffisante pour quatre personnes, quand Ma Jong reparut. En descendant l'échelle il dit avec satisfaction :

— J'ai percé deux trous dans l'autre jonque. Lorsque ses passagers s'apercevront que leur cale est inondée, il sera un peu tard pour les boucher!

Il aida Tsiao Taï à hisser Mao Lou dans la cachette. Le charpentier avait repris connaissance et roulait des yeux furibonds.

— Ne t'étouffe pas, mon gros! lui dit Tsiao Taï. Souviens-toi que notre Magistrat désire te poser quelques questions avant que tu passes de vie à trépas.

Quand le prisonnier fut installé entre deux caisses, Ma Jong rampa jusqu'à la première rangée et tendit la main à Fée-de-la-Lune.

— Venez, dit-il, Je vais vous aider à monter.

La jeune femme ne bougea pas. Les lèvres serrées, elle semblait réfléchir. Soudain elle demanda :

— Combien d'hommes comprend l'équipage d'une jonque comme celle-ci?

— Six ou sept, répondit impatiemment Ma Jong. Allons, dépêchez-vous.

— Je reste en bas, déclara-t-elle, et fronçant son joli petit nez, elle ajouta : Je ne me vois pas très bien à plat ventre sur ces caisses malpropres!

Ma Jong laissa échapper un juron. « Si vous ne... » Il s'arrêta court. Des pas pesants résonnaient sur le pont et une voix impatiente criait des ordres.

Fée-de-la-Lune souleva le mantelet du sabord arrière et jeta un coup d'œil au-dehors.

— Une quarantaine d'hommes armés jusqu'aux dents montent dans l'autre jonque, murmurat-elle.

— Venez nous rejoindre immédiatement! commanda Ma Jong à mi-voix.

Avec un rire moqueur elle se débarrassa de sa veste, et, le torse nu, se mit à laver la vaisselle.

– Quel buste! murmura Ma Jong avec une admiration non déguisée. Mais, Auguste Ciel, je me demande ce qui peut se passer dans la tête de ce petit chameau-là!

De lourds cordages tombèrent sur le pont... la jonque s'ébranla, et la lente mélopée dont les matelots accompagnaient la manœuvre de leurs perches parvint jusqu'à eux.

L'échelle se mit à craquer, puis le bruit cessa brusquement tandis qu'un robuste gaillard s'arrêtait pour contempler avec stupeur cette passagère à demi-nue. Fée-de-la-Lune lui décocha une œillade espiègle et demanda innocemment :

– Vous venez m'aider?

– Il faut que j'inspecte la cargaison, parvint à dire l'homme, les yeux fixés sur les seins aimablement arrondis de la jeune femme.

– Si vous préférez la compagnie de ces sales caisses, à votre aise! Je saurai bien m'arranger toute seule.

– Non! non! s'écria-t-il. Et dégringolant très vite les derniers échelons il s'approcha d'elle en ajoutant avec un sourire admiratif :

– Vous êtes rudement bien balancée, vous savez!

– Vous n'êtes pas si mal vous-même! répondit poliment Fée-de-la-Lune. Elle laissa les mains de l'homme courir un instant sur son corps, puis les repoussa en disant : Le travail d'abord, le plaisir ensuite. Allez me chercher un seau d'eau.

– Chang, où es-tu? cria sur le pont une voix enrouée.

– J'inspecte la cargaison! répondit vivement l'admirateur de Fée-de-la-Lune. Je remonterai dès que j'aurai fini. Vérifie si les voiles sont prêtes.

– Pour combien de personnes dois-je préparer le riz? s'enquit la jeune femme. Y a-t-il des soldats à bord?

– Non, ils sont sur la seconde jonque, celle qui nous suit, dit Chang en lui tendant le seau demandé. Prépare seulement quelque chose pour moi, ma belle. Je suis le chef, ici. Le timonier et les quatre matelots se contenteront de ce que je leur laisserai.

On entendit un cliquetis d'armes sur le pont.

– Je croyais que nous n'avions pas de soldats à bord? demanda Fée-de-la-Lune.

– Ce sont les gardes de notre avant-poste. Ils viennent fouiller la jonque avant son départ.

– Ah, ce que j'aime les militaires! s'écria la jeune femme. S'il vous plaît, monsieur Chang, dites-leur de descendre!

Sans répondre, l'amoureux capitaine grimpa rapidement le long de l'échelle et, passant la tête dans l'écoutille, cria :

– J'ai fouillé toute la cale, mes enfants! Il fait une chaleur infernale en bas. On entendit une courte discussion, puis Chang redescendit. Je me suis débarrassé d'eux! expliqua-t-il. Avec un clin d'œil polisson, il ajouta : Moi aussi, j'ai été soldat, ma belle, et je n'ai pas mon pareil pour monter à l'assaut! Il lui passa un bras autour de la taille et, de sa main libre, se mit à tirer sur le lien qui tenait le pantalon de la jeune femme.

– Pas ici! cria Fée-de-la-Lune. Je suis une personne convenable, moi. Allez plutôt voir s'il n'y a pas un petit coin pour nous derrière ces boîtes, là-haut.

Chang se hâta d'obéir. Comme il arrivait au sommet de la pile, Ma Jong le saisit par le cou, le tira sur les caisses, et serra jusqu'à ce que sa victime ait perdu connaissance. Il sauta ensuite

233

dans la cuisine pendant que la jeune femme fermait le mantelet du sabord et remettait sa veste.

— Du beau travail, ma petite! Il n'en dit pas davantage et bondit vers l'échelle. La trappe venait de s'ouvrir de nouveau et deux grosses bottes apparaissaient dans l'ouverture. Une voix coléreuse demanda :

— Qu'est-ce que tu fabriques, Chang?

Ma Jong tira sur les jambes de l'homme. Celui-ci dégringola, sa tête vint heurter le plancher avec un bruit mat, et il demeura inerte. Du haut de son perchoir, Tsiao Taï tendit les bras, Ma Jong lui passa l'homme qu'ils firent ensuite glisser derrière la rangée de caisses.

— Ligote-le bien et redescends, murmura Ma Jong. Moi, je vais là-haut et je t'envoie les autres. Sois prêt à les recevoir.

Il se faufila par le sabord, et, s'aidant du cordage de l'ancre, se hissa sans bruit sur le pont. Après s'être assuré que personne ne s'était aperçu de son manège, il s'approcha nonchalamment du timonier qui tenait à deux mains sa lourde barre et remarqua tout haut : « Il commence à faire chaud dans la cale. » Ayant noté que le bateau était à présent au milieu du fleuve et que la deuxième jonque les suivait, il s'étendit tranquillement sur le plancher.

Le timonier le regarda bouche bée, puis soudain siffla de toutes ses forces. Trois solides matelots accoururent aussitôt.

— Qui diable es-tu? demanda le premier.

Ma Jong replia les bras derrière sa tête et bâilla longuement avant de répondre :

— On m'a mis là pour surveiller la cargaison. Ce brave vieux Chang et moi nous venons juste de compter les caisses.

— Le capitaine ne nous tient au courant de rien! grommela le matelot avec mauvaise humeur. Ce qu'il peut se croire, celui-là! Je vais descendre lui demander quelles voiles il faut hisser. » L'homme se dirigea vers l'écoutille suivi de ses deux camarades.

Ma Jong se releva tranquillement, et, lorsque le matelot fut penché au-dessus de la trappe, il lui expédia un coup de pied qui le fit dégringoler par l'ouverture. Rapide comme l'éclair, il envoya ensuite son poing dans la mâchoire du second matelot. L'homme recula en titubant. Un direct au cœur le fit basculer par-dessus bord. Le troisième marin se lança sur Ma Jong, un couteau à la main. Ma Jong se baissa et, tandis que l'arme passait au-dessus de lui, il donna un formidable coup de tête dans le ventre de son assaillant. Le souffle coupé, celui-ci s'affala sur le dos de Ma Jong qui se redressa brusquement, envoyant ainsi son agresseur rejoindre le second matelot dans le fleuve.

— Les poissons ne manqueront pas de nourriture cette année, dit-il à l'homme de barre. Je te conseille de rester au gouvernail si tu ne veux pas aller retrouver tes amis.

Il chercha du regard la seconde jonque, assez loin derrière eux maintenant. Elle avait pris un fort gîte à tribord et la confusion semblait régner sur le pont couvert d'hommes courant en tous sens. La chemise de ces gens-là ne demeurera pas longtemps sèche, remarqua-t-il avec bonne humeur avant de se pencher sur la voile en nattes de jonc.

Tsiao Taï passa la tête hors de l'écoutille.

— Tu ne m'en as envoyé qu'un seul, dit-il. Où sont les autres?

Sans lâcher sa voile, Ma Jong lui indiqua le

fleuve. Tsiao Taï fouilla des yeux les deux rives et demanda au timonier :

– Quand passerons-nous devant un poste militaire?

– Dans deux heures, répondit l'homme d'un ton hargneux.

– Quelle était votre destination, fils de chien?

– Liou-kiang, à quatre heures d'ici. Des amis à nous doivent se battre là-bas.

– Tu as de la veine, dit Tsiao Taï, tu ne risques pas d'attraper un mauvais coup à leur côté!

Tandis qu'ils déjeunaient assis à l'ombre de la grande voile, Ma Jong mit madame Tchang au courant des aventures de son mari. Quand il se tut, les yeux de la jeune femme étaient embués de larmes. « Le pauvre, pauvre garçon! » murmura-t-elle doucement.

Ma Jong échangea un coup d'œil avec son camarade.

– Je me demande ce qu'une belle fille comme ça peut trouver de bien chez ce lamentable freluquet, lui glissa-t-il à l'oreille.

Tsiao Taï avait les yeux fixés sur la rive.

– Ne vois-tu pas ces étendards? s'écria-t-il. C'est le poste militaire, Frère Ma!

Ma Jong bondit sur ses pieds. Il donna un ordre à l'homme de barre et se hâta de réduire la voile. Une demi-heure plus tard, la jonque était à quai.

Ma Jong tendit la lettre du juge Ti au caporal qui commandait le poste et fit son rapport.

– J'amène quatre voleurs de l'Ile des Trois Chênes et une de leurs jonques, dit-il. Je ne sais pas ce qu'elle transporte, mais ça m'a l'air bigrement lourd.

Accompagné de quatre soldats, le caporal alla

inspecter la cargaison. Tout comme leur chef, les hommes portaient le casque à jugulaire et un haut d'armure par-dessus leur cotte-de-maille. En plus de leur sabre, une lourde hache de guerre pendait à leur ceinture.

— Pourquoi diable trimballez-vous cette quincaillerie? demanda Ma Jong, surpris.

Le caporal le regarda d'un air soucieux.

— Le bruit court que des escarmouches ont eu lieu entre nos troupes et des bandes armées, en aval du fleuve. Ces quatre hommes forment tout l'effectif de la garnison. Le reste est parti pour Liou-kiang avec notre capitaine.

Pendant cette conversation, les soldats avaient ouvert l'une des caisses. Elle contenait des casques, des vestes de cuir, des sabres, des arbalètes avec leurs flèches et d'autres pièces d'équipement militaire. Une petite fleur de lotus blanc ornait le devant des casques et un sac était rempli de reproductions en argent du même emblême. Tsiao Taï en fourra une poignée dans sa manche et dit au caporal :

— La jonque faisait route vers Liou-kiang, ainsi qu'une autre transportant quarante bandits armés. Mais cette dernière a coulé en amont.

— Enfin une bonne nouvelle! s'écria le caporal. Ces gens-là auraient donné du fil à retordre à mon capitaine qui a seulement une trentaine d'hommes avec lui. Que puis-je faire pour vous? Sur la rive opposée du fleuve, juste en face de nous, se trouve le poste frontalier du district de Hanyuan.

— Ça tombe on ne peut mieux, dit Ma Jong. Faites-nous vite passer de l'autre côté.

Aussitôt débarqué, Ma Jong réquisitionna quatre chevaux. Le sergent qui commandait le poste lui expliqua qu'en suivant la rive du lac, ils

237

atteindraient Han-yuan en moins de deux heures.

Tsiao Taï retira le bâillon de Mao Lou. L'ex-charpentier voulut se mettre à jurer, mais sa langue enflée ne lui permit d'émettre que des sons rauques et – heureusement – inintelligibles. Tout en attachant les pieds du prisonnier à la sangle de sa selle, Ma Jong demanda :

– Savez-vous monter à cheval, madame Tchang?

– Bien sûr, répondit-elle. Mais prêtez-moi votre veste car ce qui me sert à m'asseoir est encore un peu sensible!

Elle plaça le vêtement plié en deux sur le dos de sa bête, et, dès qu'elle eut prestement sauté en selle, la petite troupe prit le chemin de Hanyuan.

XVII

*Un témoin oculaire décrit l'assassinat
du Temple Bouddhiste;
le juge Ti résout une vieille énigme.*

Pendant que Fée-de-la-Lune et ses compagnons chevauchaient vers Han-yuan, le juge Ti présidait l'audience vespérale.

La température continuait d'être accablante. Le juge étouffait dans sa lourde robe de brocart; il était fatigué et irritable, ayant passé toute la nuit et toute la matinée à examiner les antécédents et la façon de vivre de chacun des membres du Tribunal. Le Sergent et Tao Gan l'assistaient dans ce travail, mais les trois hommes n'avaient rien découvert de suspect dans le comportement des sbires et des différents commis : aucun d'eux ne faisait de dépenses exagérées, ne s'absentait trop fréquemment, ou ne se conduisait de façon étrange. Officiellement, la mort de Wan Yi-fan avait été présentée comme un suicide; en attendant l'autopsie, le corps reposait dans l'une des cellules de la prison.

L'audience n'en finissait pas. De nombreux détails réclamaient l'attention du magistrat; pris séparément, leur importance était minime, négligés, leur ensemble eût fini par nuire au bon fonctionnement administratif du district.

Le Sergent seul l'aidait dans cette tâche,

Tao Gan étant parti faire, sur son ordre, le tour de la ville pour se rendre compte de l'état d'esprit des habitants.

Ce fut avec un soupir de soulagement qu'il sortit enfin du tribunal. Pendant que le Sergent l'aidait à changer de robe, Tao Gan reparut, l'air soucieux.

— Il y a du drame dans l'air, Votre Excellence, déclara-t-il. J'ai écouté ce qui se disait dans les maisons de thé. Les gens s'attendent à un événement fâcheux, mais quel événement, ils n'en savent rien. De vagues rumeurs circulent à propos de voleurs de grands chemins qui se rassembleraient dans le district de Kiang-pei. Certains murmurent que ces bandes armées vont traverser le fleuve pour venir ici. Les boutiquiers sont déjà en train de mettre leurs volets; quand ils ferment si tôt, c'est toujours mauvais signe.

Le juge tirailla sa moustache.

— Dès notre arrivée à Han-yuan, j'ai constaté une certaine tension dans l'atmosphère, dit-il, mais à présent les choses semblent se gâter tout à fait.

— J'ai été suivi, reprit Tao Gan, ce qui ne me surprend nullement. Je suis assez connu, et mon rôle lors de l'arrestation du moine a fait marcher les langues.

— As-tu identifié ton suiveur?

— Non, Votre Excellence. C'était un homme de haute taille, puissamment charpenté, rouge de visage et avec une barbe en collier.

— Tu ne l'as pas fait arrêter par les gardes en arrivant ici?

— Non, Votre Excellence. Au moment où je traversais une petite rue écartée, un autre individu l'a rejoint, et, comme ils s'apprêtaient à m'attaquer, je me suis arrêté devant le magasin

240

d'un marchand d'huile. Il y avait une grande jarre sur le trottoir; quand mon suiveur a voulu porter la main sur moi, je lui ai fait un croc-en-jambe et il est tombé sur cette jarre qui s'est renversée. Quatre vigoureux commis se sont aussitôt précipités hors de la boutique et le coquin a eu beau prétendre que je l'avais attaqué, sa puissante carrure comparée à ma piètre apparence leur fit comprendre qu'il se moquait d'eux. Lorsque je suis parti, ils étaient en train de lui casser une jarre sur le crâne tandis que son complice détalait à toutes jambes.

Le juge considéra pensivement son frêle interlocuteur. Il se souvint de la façon dont Tao Gan avait attiré le moine à « l'Auberge de la Carpe Rouge » : décidément, ce personnage d'aspect si paisible était pour ses ennemis un redoutable adversaire!

A ce moment, la porte du cabinet s'ouvrit et Fée-de-la-Lune entra, escortée de Ma Jong et de Tsiao Taï.

— Mao est sous les verrous, Votre Excellence! annonça triomphalement Ma Jong, et voici la petite poupée disparue!

Le visage du juge Ti s'éclaira.

— Félicitations à mes braves lieutenants! s'écria-t-il. Puis, désignant un siège à la jeune femme, il dit avec bonté : Vous avez certainement hâte de rentrer chez vous, Madame. Nous entendrons votre déposition plus tard, mais je serais heureux si vous vouliez bien m'expliquer rapidement ce qui vous est arrivé après qu'on eut placé votre cercueil dans le Temple Bouddhiste. Je connais déjà les malencontreuses circonstances qui vous ont fait passer pour morte.

Les joues de Fée-de-la-Lune s'empourprèrent. Surmontant sa gêne, elle commença :

– Lorsque je repris connaissance, je crus d'abord que le cercueil était déjà enterré, mais un peu d'air que je sentis filtrer entre les planches me rassura et j'essayai de soulever le couvercle. N'y réussissant pas, je me mis à crier et à donner des coups de pied et des coups de poing dans les parois. Bientôt mes pieds et mes mains furent en sang, l'air se fit plus rare, et la peur de mourir étouffée me saisit. Je ne sais depuis combien de temps durait cette terrible situation quand j'entendis de gros rires.

« Je me remis à bourrer de coups de pied les parois du cercueil. Les rires cessèrent aussitôt. « C'est un fantôme », murmura une voix effrayée, « sauvons-nous! » Je criai de toutes mes forces : « Je ne suis pas un fantôme, j'ai été mise en bière vivante! Aidez-moi à sortir! » Des coups de marteau retentirent au-dessus de ma tête, le couvercle se souleva et je respirai l'air pur.

« Deux hommes qui me parurent être des artisans se tenaient près de moi. Le visage tout ridé du plus vieux était bienveillant mais son compagnon avait une mine renfrognée. A leur teint rubicond je vis que tous deux venaient certainement de boire plus qu'à leur soif. Ma présence inattendue les dégrisa quelque peu. Ils m'aidèrent à sortir du cercueil et me conduisirent dans le jardin du temple. Là, je m'assis sur le banc de pierre qui se trouve à côté de l'étang aux lotus. Le plus âgé des deux hommes y puisa de l'eau pour me rafraîchir le visage, l'autre me fit boire à sa gourde une gorgée de liqueur forte. Quand je me sentis mieux, je leur expliquai qui j'étais et comment je me trouvais là. L'aîné des deux hommes – il s'appelait Mao Yuan – me dit qu'il était charpentier et venait justement de travailler chez mon beau-père. Il avait soupé avec son neveu Mao Lou, et, comme il se faisait tard, ils avaient décidé de dormir dans le temple désert. «Mais nous allons vous reconduire chez vous, ajouta-t-il, et le docteur Tchang vous mettra au courant du reste.»

Fée-de-la-Lune s'arrêta un instant. Après une courte hésitation elle continua: «Pendant qu'il parlait ainsi, je sentais sur moi le regard brûlant de son neveu. «Réfléchissons avant d'agir, mon oncle! s'écria-t-il. Le Destin a décidé que cette femme passerait pour morte. Qui sommes-nous pour oser contrevenir à ses décrets?» Je me rendais bien compte qu'il me désirait, et toute ma frayeur était revenue. Je suppliai Mao Yuan de me ramener chez moi. Le vieux charpentier tança son neveu. Ce sermon le mit en rage et les deux hommes se querellèrent violemment. Soudain Mao Lou leva sa hache et en porta un coup terrible à son oncle.»

Fée-de-la-Lune était devenue très pâle. Le juge fit signe au Sergent Hong qui apporta aussitôt du thé bouillant à la jeune femme. Après l'avoir avalé, elle reprit:

— La vue de cette affreuse blessure me fit tourner le cœur et je m'évanouis. Quand je revins à moi, Mao Lou me regardait avec une expression cruelle. «Tu vas m'accompagner et te taire, me dit-il. Si tu cries, je te tue aussi!» Nous sortîmes du jardin par la porte de derrière et, après m'avoir attachée à un arbre, il disparut un moment. A son retour il n'avait plus la boîte d'outils ni l'horrible hache. M'entraînant à travers un dédale de ruelles obscures, il me conduisit dans ce qui me parut être une auberge de dernière catégorie. Une déplaisante créature nous fit monter dans une chambre d'une saleté repoussante. Mao Lou me demanda: «Que penses-tu de

ce charmant petit nid pour notre nuit de noces? »
Je suppliai la femme de me délivrer de lui. Elle
sembla comprendre. « Laisse la poulette tranquille, dit-elle, je ferai le nécessaire et demain tu la
trouveras plus docile. » Il partit sans un mot. La
femme me donna une vieille robe; je pus enfin
ôter mon suaire, et, après avoir mangé un peu de
riz qu'elle m'apporta, je dormis jusqu'au lendemain.

« Lorsque je m'éveillai, je me sentis mieux. Je
voulus sortir, mais la porte était fermée à clef. Je
donnai de grands coups de pied dedans. La
femme parut aussitôt. Je lui dis mon nom, puis lui
expliquai que Mao Lou m'avait enlevée de force
et que je désirais m'en aller. Elle éclata de rire.
« Toutes ces filles racontent la même histoire!
s'exclama-t-elle. Va, ma poulette, ce soir tu seras
Madame Mao. »

« A ces paroles, la colère me prit et je la
menaçai de me plaindre au tribunal. Elle m'appela d'un vilain nom et m'arracha ma robe. Je
suis assez vigoureuse, aussi quand je la vis tirer
une corde de sa manche pour m'attacher, je la
repoussai violemment. Hélas, je n'étais pas de
taille à lutter avec elle et un coup inattendu dans
l'estomac me coupa le souffle. Elle en profita
pour me tirer les bras derrière le dos et me lier les
poignets ensemble. Elle m'attrapa ensuite par les
cheveux et me fit tomber à genoux, m'obligeant à
toucher le sol de mon front. »

Fée-de-la-Lune avala sa salive avec effort, les
joues toutes roses à l'évocation de ce désagréable
souvenir. « Se servant de sa corde comme d'un
fouet, reprit-elle, l'horrible mégère me cingla les
hanches. Je criai, autant de colère que de douleur, et tentai de lui échapper, mais elle me planta
son genou dans le dos, me releva brutalement la

tête avec sa main gauche et, levant sa corde, se mit à me fouetter de toutes ses forces. J'eus beau la supplier, elle ne m'écouta pas et je dus recevoir jusqu'au bout l'humiliante correction.

« Mon bourreau ne s'arrêta qu'en voyant le sang couler le long de mes cuisses. Tout essoufflée, elle me tira par les cheveux pour me remettre debout, me poussa contre l'un des montants du lit et m'y attacha solidement. Après quoi, l'ignoble créature sortit en fermant la porte à clef derrière elle. Gémissant de honte et de douleur, je demeurai ainsi pendant un temps qui me parut interminable. Mao Lou parut enfin. Mon état sembla lui faire pitié, il coupa la corde en grommelant des paroles que je ne compris pas. Mes pauvres jambes enflées étaient incapables de me soutenir, aussi dut-il m'aider à m'étendre sur le lit. Il me donna une serviette mouillée et, posant la vieille robe sur moi, me dit : « Dors, maintenant. Demain nous partirons en voyage. » J'étais si épuisée que je m'endormis dès qu'il eut quitté la chambre.

« Quand je m'éveillai de nouveau, le lendemain matin, je découvris que le moindre mouvement me faisait atrocement souffrir. L'horrible femme reparut, d'humeur amicale à présent. « Mao Lou est un coquin, dit-elle, mais je dois avouer qu'il paie de façon royale! » Après m'avoir donné une tasse de thé, elle étala un onguent sur mes plaies. Mao Lou arriva et me fit mettre une veste et un pantalon. Un individu borgne nous attendait dans la rue. Chaque pas était une agonie pour moi, mais les deux hommes me faisaient avancer en proférant d'effroyables menaces et je n'osais rien dire aux gens que nous rencontrions. Le voyage en carriole à travers la rizière, puis la traversée en barque furent un véritable martyre. La première nuit, Mao voulut s'approcher de moi. Je prétendis être malade. Un peu plus tard, deux des bandits tentèrent de me violer; Mao Lou se battit avec eux et des gardes les emmenèrent. Le lendemain vos hommes sont arrivés...

— Cela suffit, Madame, dit le juge Ti, mes lieutenants me raconteront le reste. Il fit signe au Sergent de verser une autre tasse de thé à la jeune femme et poursuivit d'un ton plus grave : Vous avez montré beaucoup de caractère dans des circonstances difficiles, Madame Tchang. En un court espace de temps, votre mari et vous avez traversé de terribles épreuves physiques et morales sans vous laisser abattre. A présent, vos maux sont terminés, et je suis certain que de longues années de bonheur vous attendent.

« Je dois cependant vous informer que votre père, Liou Fei-po, a quitté la ville dans des circonstances fâcheuses. Pouvez-vous nous dire les raisons de ce départ précipité?

Le visage de Fée-de-la-Lune se rembrunit.

— Père ne me tenait pas au courant de ses affaires, dit-elle. J'ai toujours pensé qu'elles marchaient bien, car nous n'avions pas de soucis financiers. C'est un homme volontaire et d'humeur difficile, Noble Juge. Je sais que ma mère et ses autres épouses ne sont pas toujours très heureuses. Mais avec moi il est si gentil... si prévenant... Je ne vois vraiment pas...

— Cela ne fait rien, l'interrompit le juge. Nous le retrouverons en temps voulu. S'adressant au Sergent Hong, il ordonna : Conduis Madame Tchang à la loge du portier et envoie chercher un palanquin fermé. Commande au Chef des sbires de monter à cheval et d'aller prévenir le docteur Tchang et son fils de l'arrivée de Madame.

Fée-de-la-Lune s'inclina devant le magistrat pour le remercier, puis elle suivit le Sergent.

Le juge Ti se renversa dans son fauteuil.

— A présent, je vous écoute, dit-il à ses deux lieutenants.

Ma Jong raconta leurs aventures en détail, insistant sur le courage et l'esprit d'initiative de Madame Tchang. Quand il en vint à la seconde jonque avec ses bandits armés et révéla le contenu de la cargaison entreposée sur le premier bâtiment, le juge se redressa, les sourcils froncés. Ma Jong rapporta les paroles du caporal au sujet des troubles de Liou-kiang sans souffler mot des fleurs de lotus dont la signification lui échappait. Lorsqu'il se tut, Tsiao Taï posa sur la table la poignée d'emblèmes en argent rapportés par lui et dit avec un air soucieux :

— Cet insigne se trouvait aussi sur les casques, Votre Excellence. J'ai entendu dire qu'une société secrète appelée « le Lotus Blanc » s'est autrefois rendue tristement célèbre dans l'Empire, et je me demande si les bandits de Kiang-pei n'utilisent pas ce nom redoutable pour intimider la population?

Le juge jeta un coup d'œil aux lotus d'argent, puis il se leva et se mit à arpenter son cabinet en grommelant des paroles indistinctes. Ses lieutenants se regardèrent avec inquiétude : ils n'avaient jamais vu leur maître dans un pareil état.

Brusquement, il se ressaisit.

— Il faut que je réfléchisse à un grave problème, dit-il en essayant de sourire. Allez vous distraire un peu, mes enfants, vous l'avez bien mérité.

Ma Jong, Tsiao Taï et Tao Gan sortirent en silence. Le Sergent hésita un instant, mais, quand il vit le visage crispé de son maître, il baissa la tête et les suivit sans rien dire.

Le juge regagna lentement son fauteuil. Il s'assit et, croisant les bras, laissa tomber son menton sur sa poitrine. Ainsi, ses pires craintes étaient fondées : « le Lotus Blanc » se reconstituait et allait passer à l'action. L'un des foyers de la conspiration se trouvait à Han-yuan même, et lui, le Magistrat du district, n'avait rien su voir. Une sanglante guerre civile était sur le point d'éclater, des innocents allaient périr, de florissantes cités seraient détruites. Ce désastre national, il ne pouvait certes l'empêcher puisque le Lotus Blanc étendait vraisemblablement ses tentacules sur tout l'Empire, mais si Han-yuan n'était qu'une des nombreuses citadelles de la société secrète, sa proximité de la capitale lui conférait une valeur particulière et il avait été incapable d'avertir le gouvernement de ce qui s'y tramait. Il avait failli à sa tâche... La tâche la plus importante de toute sa carrière! Il se cacha le visage dans les mains, en proie à un violent désespoir.

Bientôt, cependant, il recouvra son sang-froid. Peut-être n'était-il pas trop tard pour donner l'alarme. L'escarmouche de Liou-kiang n'était qu'un coup de sonde et, grâce à Ma Jong et à Tsiao Taï, les rebelles avaient été privés des renforts attendus. Il leur faudrait un jour ou deux pour organiser une nouvelle attaque; le commandant du poste de Liou-kiang avait sans aucun doute averti ses chefs et le gouvernement allait ouvrir une enquête. Tout cela prendrait du temps... trop de temps! Son devoir était de dire à ses supérieurs que l'insurrection de Liou-kiang n'était pas un simple soulèvement local, mais faisait partie d'un vaste complot organisé par un nouveau Lotus Blanc. Il lui fallait envoyer tout de suite au gouvernement un message accompagné de preuves irréfutables. Et ces preuves, il ne les possédait pas!

Pourtant, si Liou Fei-po venait de disparaître, Han Sei-yu était encore là. La première chose à faire était donc d'arrêter Han. Au besoin on emploierait la torture pour l'obliger à parler. Les preuves justifiant cette action manquaient, mais quand la sûreté de l'État est en jeu, au diable les règlements! Et le problème d'échecs conduisait aussi à Han Sei-yu. L'ancêtre de celui-ci, Han l'Ermite, avait probablement fait une importante découverte dont le mystérieux problème contenait la clef. Une découverte à présent utilisée par ses descendants corrompus pour mener à bien leurs funestes desseins. Mais de quelle invention pouvait-il s'agir? Han l'Ermite n'était pas seulement un sage philosophe et un joueur d'échecs fameux, il s'y connaissait aussi en architecture. On lui devait une Chapelle Bouddhiste dont il avait lui-même gravé la plaque d'autel...

Le juge se redressa brusquement et, fermant les yeux, se remémora sa conversation nocturne avec Mademoiselle Chaton-de-Saule. Il revoyait les longues mains fines de la jeune fille lui montrant l'inscription... Cette inscription occupait un carré parfait, il s'en souvenait distinctement. La fille de Han Sei-yu lui avait dit que chaque mot était gravé sur un petit cube de jade. Il s'agissait donc d'un grand carré divisé en carrés plus petits. Et Han l'Ermite avait aussi laissé un problème d'échecs, c'est-à-dire un grand carré divisé également en carrés plus petits...

Le juge ouvrit un tiroir. Jetant sur le sol les papiers qui l'encombraient, il chercha fiévreusement la copie de l'inscription offerte par Mademoiselle Chaton-de-Saule.

249

Il finit par retrouver le feuillet. Vite, il le déroula, le posa sur sa table, mit sur ses bords deux presse-papiers pour le maintenir bien à plat, puis, plaçant le problème d'échecs à côté, compara les deux feuilles.

Le texte bouddhique comprenait soixante-quatre mots arrangés en huit colonnes de chacune huit mots. Oui, cela faisait bien un carré parfait. Le juge Ti fronça ses épais sourcils. Le problème d'échecs se présentait aussi sous la forme d'un carré, mais celui-ci était divisé en dix-huit colonnes de dix-huit cases. Et, même si la similitude de forme avait une signification particulière, quel rapport y avait-il entre un texte bouddhique et un problème d'échecs?

Voyons, se dit-il, réfléchissons avec calme. Ce texte est une citation provenant d'un vieux livre bouddhique. On ne peut donc pas s'en servir pour transmettre un message caché sans en modifier la rédaction. Par conséquent, s'il existe une relation entre le texte et le problème, c'est dans le problème que se trouve la clef de l'énigme.

Il tirailla sa moustache. En réalité ce problème d'échecs n'en était pas un, car Tsiao Taï avait observé que pions blancs et pions noirs semblaient disposés au hasard. La position des pièces noires, en particulier, était absolument dépourvue de sens. La clef ne se trouvait-elle pas dans cette position des pions noirs, les blancs ajoutés après coup pour dérouter les indiscrets?

Le juge examina plus attentivement la disposition des pièces noires et trouva qu'elles occupaient un espace délimité par huit points d'intersection en hauteur et huit points d'intersection en largeur. Les soixante-quatre mots du texte bouddhique remplissaient un espace exactement semblable!

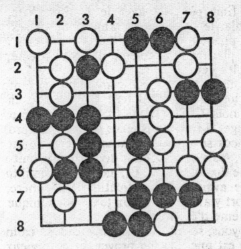

*Partie de l'échiquier délimitée par les pièces noires
et qui retint plus particulièrement l'attention du Juge Ti.*

Le magistrat saisit rapidement son pinceau et,
se référant au problème d'échecs, et négligeant
complètement les pions blancs, il traça un cercle
autour de chacun des mots du texte correspondant à la position de chaque pion noir du problème. Il poussa un gros soupir. Les dix-sept mots lus
les uns à la suite des autres formaient une phrase
ne pouvant avoir qu'un seul sens. L'énigme était
résolue !

Il jeta le pinceau sur la table et essuya la sueur
qui perlait à son front. Il savait maintenant où
trouver le quartier général du « Lotus Blanc ».

D'un pas de nouveau élastique, il s'en fut ouvrir
la porte de son cabinet. Rassemblés dans un coin
du couloir, ses quatre lieutenants discutaient à
voix basse, cherchant la cause possible du désespoir de leur maître.

Il leur fit signe d'entrer. Tout de suite ils virent que la crise était passée. Debout devant son bureau, les bras croisés dans ses larges manches et fixant sur eux son regard étincelant, le juge Ti annonça :

– Ce soir, mes amis, nous allons en finir avec l'affaire de la courtisane noyée. Je viens de comprendre son dernier message!

XVIII

Un curieux incendie
endommage une belle demeure;
le juge Ti,
enfin, découvre ce qu'il cherchait.

A voix basse, le juge expliqua son plan aux quatre hommes. « Faites bien attention, conclut-il, il y a un traître dans ce tribunal et ses murs même ont des oreilles. »

Ma Jong et Tsiao Taï sortirent en toute hâte pour aller accomplir la mission dont ils venaient d'être chargés.

— Toi, Sergent, dit le magistrat au fidèle Huong, tu vas te rendre au corps de garde. Sans en avoir l'air, tu surveilleras les hommes, et si une personne étrangère au tribunal vient parler à l'un d'eux, fais-le immédiatement arrêter ainsi que son visiteur.

Cet ordre donné, il gagna la terrasse de marbre, suivi de Tao Gan. Quand il eut atteint les dernières marches, son regard anxieux monta vers le ciel où brillait la lune. Il étendit la main : pas le moindre souffle d'air. Rassuré, il s'assit près de la balustrade et, le menton posé sur ses deux mains réunies en coupe, contempla la ville envahie par la nuit.

La première veille était passée maintenant et les lumières s'éteignaient une à une. Debout derrière le fauteuil du juge, Tao Gan jouait machinalement avec les poils de sa verrue en essayant de percer l'obscurité.

Les deux hommes gardèrent le silence un long moment. Le son d'un claquoir monta de la rue : le veilleur de nuit faisait sa ronde.

— Que peuvent-ils bien fabriquer? murmura le juge en se levant.

— Ce n'est pas une besogne facile, Votre Excellence. Cela peut prendre plus de temps que nous ne l'avons calculé.

Le magistrat saisit la manche de son lieutenant.

— Regarde! s'écria-t-il. Ça y est!

Vers l'Est, une colonne de fumée grise s'élevait lentement au-dessus des toits, et bientôt une flamme claire jaillit.

— Viens! cria le juge en courant vers l'escalier.

Lorsqu'ils arrivèrent dans la grande cour, le gong du tribunal commençait à faire entendre sa voix de bronze. Deux gardes le frappaient en cadence avec leurs lourds battoirs de bois pour annoncer qu'un incendie venait d'être aperçu; de tous côtés, les hommes accouraient en fixant la jugulaire de leur casque.

— Que deux sbires demeurent ici, commanda le juge, et que tous les autres aillent lutter contre le feu! » Puis, suivi de Tao Gan, il se précipita dans la rue.

Chez Han Sei-yu le portail était grand ouvert. Les flammes léchaient déjà le toit de la resserre, derrière le bâtiment principal, et les derniers serviteurs sortaient en courant, un petit baluchon hâtivement jeté sur l'épaule. Sous la direction du Surveillant-de-Quartier de nombreuses personnes formaient la chaîne et passaient des seaux d'eau aux sbires montés sur le mur du jardin.

Le juge cria d'une voix forte :

— Que deux hommes montent la garde devant cette porte et empêchent les pillards d'entrer. Je vais voir s'il ne reste personne dans la maison.

Toujours suivi de Tao Gan, il gagna rapidement la Chapelle Bouddhiste. S'approchant de l'autel, il sortit de sa manche la copie de l'inscription et montra les dix-sept mots qu'il avait entourés d'un cercle.

— Vois, dit-il. *Si vous cherchez le chemin de la délivrance appuyez sur ces mots et vous trouverez le salut.* Cette phrase est une clef qui doit permettre d'ouvrir le panneau de jade. C'est sa seule signification possible et ce panneau est sûrement la porte d'une chambre secrète. Tiens-moi le papier!

Le juge appuya son index sur le petit bloc de jade qui portait le mot « si ». Le bloc s'enfonça légèrement. Se servant de ses deux pouces, le juge appuya plus fort. Le bloc céda encore un peu, puis refusa de descendre davantage. Le magistrat pressa le « vous », puis chacun des autres mots. Quand il arriva au dernier caractère, on entendit un déclic et une légère pression sur le panneau suffit à le faire pivoter, révélant une ouverture de quatre pieds carrés.

Le magistrat prit la lanterne des mains de Tao Gan et se glissa dans l'étroit passage, mais, quand son lieutenant l'eut suivi, la porte se referma lentement sur eux. Le juge se hâta d'examiner la face interne du panneau et finit par découvrir un bouton qui permettait de le manœuvrer de l'intérieur. Rassuré, il s'engagea dans le tunnel.

Au bout d'une dizaine de pas le plafond plus élevé lui permit de se tenir debout et sa lanterne éclaira le départ d'un escalier qui s'enfonçait dans l'obscurité. Le juge descendit les marches – il en compta vingt – et se trouva dans une crypte d'une quinzaine de pieds carrés creusée à même le roc. Le long du mur de droite, il aperçut douze grandes jarres fermées par des feuilles de parchemin. L'une de ces feuilles était déchirée; il plongea la main dans l'ouverture : la jarre contenait du riz séché. Devant lui s'ouvrait un autre tunnel obscur, mais plus à gauche il distingua une porte en fer. Sans hésiter il tourna le bouton et la porte pivota silencieusement sur des gonds bien huilés. Le juge retint son souffle : au centre d'une petite salle hexagonale un homme était plongé dans la lecture d'un document. Assis devant une table carrée, il tournait le dos au magistrat qui discernait seulement de larges épaules sur lesquelles tombait la lumière d'une bougie fixée à une applique murale.

Le juge s'avança sur la pointe des pieds, mais l'homme l'entendit et se retourna. C'était Monsieur Wang.

Se levant brusquement, il lança dans les jambes du juge le fauteuil qu'il venait de quitter. Quand le magistrat eut repris son équilibre, le Maître de la Guilde des Orfèvres était de l'autre côté de la table, un long sabre à la main. Le juge sentit quelque chose passer en sifflant au-dessus de son épaule. Avec une agilité surprenante pour un homme de sa corpulence, Wang se baissa et le couteau de Tao Gan alla se planter dans la porte d'un petit cabinet placé le long du mur.

Le magistrat saisit un pesant presse-papier et, tout en reculant pour échapper à la pointe du sabre, réussit à renverser la table sur son adversaire. Malgré un rapide saut sur le côté, celui-ci ne put éviter le bord du meuble qui lui heurta les genoux. Il tomba, lame en avant. Le tranchant affilé coupa un morceau de la manche du juge qui lâcha son presse-papier. Le crâne défoncé, Wang s'écroula sur le sol.

Le juge Ti se baissa pour examiner la tête du malheureux. « Il est mort, » constata-t-il. « Ce presse-papier était plus lourd que je ne l'imaginais! »

En se redressant, il aperçut des boîtes de cuir noir empilées de chaque côté de la porte. Il en compta vingt-quatre, chacune pourvue d'une poignée et d'un cadenas en cuivre.

– Nos aïeux gardaient leurs lingots d'or dans des boîtes semblables, fit-il observer, mais celles-ci sont vides. Après avoir jeté un coup d'œil autour de lui, il ajouta : « Han Sei-yu sait évidemment que les meilleurs mensonges sont ceux qui contiennent une part de vérité : lorsqu'il m'a raconté son prétendu enlèvement, c'est le repaire du Lotus Blanc creusé sous sa propre demeure qu'il m'a décrit. C'est probablement lui le Grand-Maître de la conjuration et Liou Fei-po doit être en train de porter ses dernières instructions aux chefs locaux. Wang devait aussi avoir un rang important dans l'organisation. Il a beaucoup saigné. Essuie le sang avec ton foulard et noue-le bien serré autour de sa tête. Nous cacherons tout à l'heure ce cadavre afin que rien ne signale notre passage. »

Tandis que Tao Gan obéissait, le juge ramassa le petit rouleau de papier qu'étudiait Wang à leur arrivée. La feuille était couverte de caractères minuscules; il l'approcha de la bougie pour les déchiffrer.

– C'est le plan de campagne du Lotus Blanc! s'exclama-t-il. Les noms de personnes et de lieux sont en code, mais la clef n'est certainement pas loin. Regarde si tu ne vois rien dans ce cabinet.

Tao Gan arracha son couteau encore planté

dans le bois et ouvrit la porte du petit meuble. Sur la planche du bas se trouvait une série de cachets gravés reproduisant divers mots d'ordre de la société secrète. Il avisa une boîte à documents en bois de santal posée sur le rayon supérieur et la tendit à son maître. Elle était vide, mais avait été évidemment conçue pour contenir deux objets de forme cylindrique. Le juge Ti roula le document qu'il tenait et, après l'avoir glissé dans son enveloppe de brocart pourpre, constata qu'il laissait dans la boîte assez d'espace pour y placer un autre cylindre de même volume.

— Il faut retrouver le second rouleau, s'écria le juge. C'est sûrement le code. Vois s'il n'y a pas de coffre-fort dissimulé dans le mur.

Pendant que lui-même soulevait le tapis pour inspecter le carrelage, Tao Gan arracha la tenture à demi pourrie et examina soigneusement le mur.

— Du roc partout, déclara-t-il. Mais il doit y avoir des ouvertures un peu plus haut car je sens de l'air frais.

— Ce sont des conduits d'aération, répondit le juge avec impatience. Ils viennent du toit. Cherchons plutôt dans les boîtes de cuir.

Ils les secouèrent une par une sans succès.

— Explorons l'autre tunnel, commanda le magistrat.

Tao Gan prit sa lanterne et les deux hommes regagnèrent la crypte. Montrant une ouverture carrée, à ras du sol, Tao Gan murmura :

— Ce doit être un puits.

— Oui. Han l'Ermite pensait à tout. Cette crypte était probablement destinée à servir de refuge aux siens pendant les périodes troublées. Ils auraient trouvé là tout son or, du riz pour se nourrir et de l'eau pour boire. Éclaire-moi.

Tao Gan obéit et s'écria aussitôt :

– Ce tunnel a été creusé longtemps après l'autre, Votre Excellence. Ce n'est plus du roc. Les parois sont en terre et la menuiserie de soutènement semble toute récente.

Le juge prit la lanterne des mains de son lieutenant pour examiner une caisse étroite et longue placée près de la muraille.

– Ouvre cette boîte, ordonna-t-il

Tao Gan s'accroupit et glissa son couteau sous le couvercle. Dès qu'il l'eut soulevé, il détourna vivement la tête tandis qu'une odeur nauséabonde envahissait le couloir. Le magistrat se couvrit le bas du visage avec son foulard et, se penchant à son tour sur la caisse, vit un cadavre en pleine décomposition sur lequel couraient en tous sens des insectes affolés par la lumière.

– Remets vite le couvercle, nous verrons cela plus tard. Pour l'instant nous n'avons pas de temps à perdre!

Ils descendirent dix nouvelles marches et avancèrent d'une soixantaine de pas avant d'être arrêtés par une étroite porte en fer. L'ayant ouverte, le juge aperçut, au milieu d'un jardin éclairé par la lune, une charpente de bambou que recouvrait du lierre.

– Nous sommes chez Liou Fei-po! s'exclama Tao Gan. Après avoir examiné l'extérieur de la porte, il ajouta : Ce côté-ci est recouvert de petits morceaux de roc cimentés ensemble et fait partie de la grande rocaille. Et là-bas, Noble Juge, c'est la tonnelle où Liou venait faire la sieste!

– Cette porte secrète explique ses disparitions soudaines, remarqua le juge. A présent, retournons sur nos pas.

Tao Gan ne sembla pas entendre, perdu dans la contemplation de l'ingénieux ouvrage.

— Allons, ferme cette porte et viens, répéta impatiemment le juge.

— Pour du beau travail, c'est du beau travail! murmura Tao Gan en suivant son maître à regret. Sa lanterne éclaira soudain un renfoncement du mur. Saisissant le magistrat par la manche, il lui montra sans rien dire quatre tas d'ossements blanchis.

— Les exécutions capitales du Lotus Blanc paraissent avoir lieu dans ce souterrain, remarqua le juge Ti. Ces quatre hommes sont morts depuis très longtemps, mais le cadavre du coffre est plus récent. Il grimpa rapidement les marches qui conduisaient à la salle hexagonale en ajoutant : Aide-moi à porter Wang jusqu'au puits.

Quand ils eurent fait basculer le cadavre dans le trou noir, ils prêtèrent l'oreille et entendirent un « plouf » étouffé, bien loin au-dessous d'eux.

Le juge retourna éteindre la bougie et sortit en fermant la porte derrière lui. Accompagné de Tao Gan il regagna la crypte, puis monta les marches qui conduisaient à l'autel. Quand les deux hommes furent de nouveau dans la chapelle, le panneau de jade se referma silencieusement.

Par curiosité, Tao Gan appuya au hasard sur l'un des caractères, puis sur un second. Dès qu'il poussa celui-ci, le premier reprit sa position initiale. L'expérience renouvelée avec d'autres caractères donna toujours le même résultat.

— Quel génie, ce Han l'Ermite, soupira Tao Gan. Si l'on ne connaît pas la phrase-clef, on peut appuyer sur chacun de ces blocs jusqu'à la consommation des siècles!

Le juge le tira par la manche.

— Allons viens, dit-il, tu étudieras cela plus tard.

Dans la cour, ils croisèrent des serviteurs qui arrivaient en criant :

— L'incendie est éteint!

Han Sei-yu apparut en robe de chambre. D'une voix émue il dit au magistrat :

– Grâce à la prompte action de vos sbires les dégâts sont insignifiants. Il ne reste pas grand-chose du toit de la resserre et l'eau a endommagé quelques balles de riz, mais le mal s'arrête là. C'est le foin entreposé sous le toit qui a dû s'échauffer et mettre le feu au reste. Deux de vos hommes, sur place en un temps miraculeusement court, ont pu empêcher le pire! Grâce au Ciel, il n'y avait pas de vent : c'est ce que je craignais le plus.

– Moi aussi! dit bien sincèrement le juge.

Quelques phrases de politesse furent encore échangées, puis le magistrat et son lieutenant regagnèrent le Yamen.

La robe en lambeaux, le visage barbouillé de suie, Ma Jong et Tsiao Taï les attendaient dans le bureau du juge.

– Cette maudite fumée m'a parcheminé la gorge, se plaignit Ma Jong, mais nous avons au moins appris une chose, Votre Excellence : il est plus facile d'allumer un feu que de l'éteindre!

Le juge ne répondit que par un pâle sourire à cette plaisanterie et, s'asseyant derrière son bureau, déclara :

– Une fois de plus, mes enfants, vous vous êtes bien tirés de votre tâche. Je regrette de ne pouvoir vous accorder un repos mérité, mais le plus gros reste à faire et un autre genre de travail vous attend.

– Rien ne me plaît autant que la variété, répliqua Ma Jong avec bonne humeur.

– Allez d'abord vous laver et prendre un peu de nourriture, poursuivit le juge. Ensuite, revenez ici avec vos casques et vos cottes-de-mailles. Toi, Tao Gan, va chercher le Sergent.

Dès qu'il fut seul, le juge Ti humecta son

pinceau et choisit un long rouleau de papier blanc. Puis, sortant de sa manche le document trouvé dans le repaire souterrain, il se mit à l'étudier.

Il ne leva la tête qu'à l'arrivée de Hong et de Tao Gan.

— Placez sur cette table tous les papiers relatifs à l'affaire de la courtisane noyée, dit-il. Disposez-les de façon à pouvoir me lire les passages dont j'aurai besoin.

Pendant que les deux hommes obéissaient, le juge commença son travail, couvrant rapidement la feuille de caractères aux formes élégantes. Son pinceau semblait voler, et le magistrat s'arrêtait seulement pour demander à ses seconds de lire à haute voix telle ou telle partie d'une déposition qu'il désirait faire figurer dans le rapport.

Il posa enfin son pinceau et poussa un profond soupir. Roulant son travail avec le document trouvé dans la crypte, il enveloppa le tout d'un papier huilé et dit au Sergent d'y apposer le grand sceau du tribunal.

A ce moment, Ma Jong et Tsiao Taï reparurent. Leurs lourdes cottes-de-mailles, leurs épaulières en métal et leurs heaumes pointus les faisaient paraître plus formidables que jamais.

Le magistrat leur remit à chacun trente pièces d'argent et les instruisit de ce qu'ils devaient faire :

— Vous allez partir tout de suite pour la capitale. En route, changez fréquemment de monture. Si vous n'en trouvez pas aux relais, louez-en. L'argent que je vous donne y pourvoira. Si tout va bien, vous serez là-bas avant l'aube.

« Galopez jusqu'au palais du Président de la Cour Métropolitaine. Un gong d'argent est suspendu devant le grand portail. Tout citoyen de l'Empire Fleuri victime d'une injustice a le droit de venir le frapper. Faites-le résonner bien fort, mes amis, et quand vous serez à genoux devant le Président, remettez-lui ce rouleau. Vous n'aurez rien d'autre à ajouter. »

Comme il tendait le paquet scellé à Ma Jong, ce dernier dit en souriant :

— Cela semble facile, Votre Excellence. Un simple costume de chasse ne suffirait-il pas pour le voyage? Toute cette quincaillerie est bien lourde pour les pauvres chevaux.

Le juge leur jeta un regard empreint d'une gravité particulière.

— Votre mission ne sera peut-être pas aussi aisée à remplir qu'il le semble. Il se pourrait qu'on vous tendît une embuscade en route. Il est donc préférable que vous conserviez cet équipement. Encore un mot : ne réclamez l'aide d'aucun fonctionnaire de l'Empire et si l'on essaie de vous arrêter, passez quand même. Si l'un de vous deux est blessé ou tué, que son camarade continue seul jusqu'à la capitale. Et rappelez-vous bien que ce rouleau doit être remis au Président en personne.

— Il faut que ce document ait une importance extraordinaire, Votre Excellence! s'exclama Tsiao Taï en serrant son ceinturon.

Le juge Ti croisa ses bras dans les longues manches de sa robe.

— Il concerne le Mandat du Fils du Ciel, répliqua-t-il.

Avec un éclair de compréhension, Tsiao Taï se mit au garde-à-vous et s'écria :

— Dix mille années de vie à la Maison Impériale!

Jetant un regard surpris à son camarade, Ma Jong compléta automatiquement la phrase séculaire :

— Et vive à jamais l'Empereur!

XIX

Le juge Ti reçoit la visite
d'un redoutable personnage;
un dangereux criminel
met bas le masque.

La journée du lendemain s'annonça exception-
nellement belle. Une petite brume était descen-
due de la montagne pendant le nuit et l'air
ensoleillé du matin en conservait encore une
agréable fraîcheur.

Par un si beau temps, le Sergent pensa trouver
son maître sur la terrasse. Il s'apprêtait à y
monter, quand un scribe le prévint que le magistrat était dans son cabinet de travail.

Le Sergent eut le cœur serré en voyant le juge
affalé sur son bureau, les yeux rouges, le regard
dans le vague. Il était resté là toute la nuit,
comme en témoignaient sa robe froissée et l'odeur
de renfermé qui régnait dans la pièce.

Devant l'air navré du fidèle Hong, le magistrat
dit avec un semblant de sourire :

— Hier soir, après avoir dépêché nos amis vers
la capitale, je m'aperçus qu'il m'était impossible
de fermer l'œil. J'ai donc profité de mon insomnie
pour faire le point à la lumière des derniers
événements. Notre découverte du quartier-général des factieux sous la demeure de Han Sei-yu et
du souterrain qui le relie au jardin de Liou Fei-po
démontre l'importance du rôle joué par ces deux

hommes dans l'affaire. Je puis te révéler à présent qu'il s'agit d'un complot contre le Fils du Ciel, et qu'il a des ramifications dans tout le pays. La situation est sérieuse, je ne la crois cependant pas désespérée. Mon rapport doit être maintenant entre les mains du Président de la Cour Métropolitaine; sans aucun doute, le gouvernement va prendre immédiatement les mesures qui s'imposent.

Le juge but une gorgée de thé avant de poursuivre : «Hier soir, une pièce de puzzle manquait encore. Au cours de ma nuit sans sommeil, j'ai soudain pensé qu'un détail insolite avait récemment attiré mon attention... un détail si infime qu'après m'avoir frappé sur le moment il m'était sorti de l'esprit. Cette nuit, j'eus l'impression que ce détail en apparence insignifiant était d'une importance capitale et qu'il me mènerait au morceau du puzzle qui manquait encore... si seulement je parvenais à me souvenir de quoi il s'agissait!

— Et vous y êtes arrivé, Noble Juge?

— Oui! Ce matin, quand les coqs se sont mis à chanter, tout m'est brusquement revenu à la mémoire. As-tu remarqué, Sergent, que les coqs chantent avant que le soleil ne nous envoie ses premiers rayons? Les animaux ont des sens plus subtils que les nôtres! Ouvre la fenêtre et demande qu'on m'apporte un bol de riz et du poisson salé... avec du poivre vert. J'ai envie de quelque chose qui ait un peu de goût. Et fais-moi un grand pot de thé bien fort!

— Y aura-t-il audience ce matin, Votre Excellence?

— Non. Dès que Ma Jong et Tsiao Taï seront de retour nous rendrons visite à Han Sei-yu et au Conseiller Liang. J'aurais aimé les voir maintenant mais, en devenant une affaire d'État, l'assassinat de cette courtisane sort de ma compétence et je ne peux rien faire sans instructions de la capitale. Espérons que Ma Jong et Tsiao Taï seront vite là.

Lorsqu'il eut pris son petit déjeuner, le juge envoya le Sergent travailler au greffe avec Tao Gan. Lui-même monta sur la terrasse.

S'approchant de la balustrade de marbre, il contempla un long moment le paisible panorama. D'innombrables petits bateaux de pêche étaient alignés le long du quai. Sur la route qui bordait le lac couleur de plomb, les carrioles des fermiers se pressaient vers la ville : les laborieux habitants des campagnes apportaient aux citadins leur nourriture quotidienne, et l'imminence même d'un soulèvement n'arrivait pas à interrompre leur patiente activité.

Le juge traîna un fauteuil à l'ombre et s'assit. Le besoin de dormir fut bientôt le plus fort, ses yeux se fermèrent, et il ne les rouvrit que lorsque le Sergent lui apporta sur un plateau son repas de midi. Courant aussitôt vers la balustrade, il se fit une visière de son éventail et scruta l'horizon. Ni la silhouette de Ma Jong ni celle de Tsiao Taï n'étaient en vue. Déçu, il remarqua :

— Nos amis devraient pourtant être là, Sergent!

— Les autorités supérieures les ont peut-être retenus pour les questionner, Votre Excellence.

Le juge Ti secoua la tête d'un air soucieux. Il déjeuna rapidement et regagna son bureau; le Sergent Hong et Tao Gan prirent place en face de lui, et tous trois se mirent à expédier les affaires courantes.

Ils travaillaient depuis une demi-heure quand des pas pesants résonnèrent dans le couloir. Presque aussitôt, Ma Jong et Tsiao Taï firent leur entrée, épuisés de chaleur et de fatigue.

— Le Ciel soit loué! s'écria le juge. Avez-vous pu voir le Président?

— Oui, Votre Excellence, répondit Ma Jong d'une voix morne. Je lui ai remis les papiers et il les a feuilletés devant nous.

— Qu'a-t-il dit?

Ma Jong haussa les épaules.

— Il les a roulés de nouveau et les a glissés dans sa manche en nous priant d'informer Votre Excellence qu'il les lirait à son premier moment de loisir.

Le visage du magistrat s'assombrit. Le coup était aussi dur qu'imprévu; il n'y avait évidemment aucune raison pour que le Président parlât de l'affaire avec ses messagers, mais il ne s'attendait pas à voir son rapport accueilli de façon si désinvolte. Il resta songeur un instant, puis se ressaisit.

— Enfin, soupira-t-il, je suis heureux qu'il ne vous soit rien arrivé de fâcheux.

— Personne ne nous a attaqués, Votre Excellence, répondit Ma Jong en repoussant son casque en arrière, mais il se passe des choses bien bizarres. Ce matin, quand nous avons quitté la capitale par la Porte Ouest, deux cavaliers nous ont rattrapés. Deux hommes d'un certain âge. Nous faisons le commerce du thé, nous ont-ils dit, et nous nous rendons dans les provinces occidentales. Nous permettez-vous de voyager en votre compagnie jusqu'à Han-yuan? Ils s'exprimaient poliment et ne portaient pas d'armes, nous ne pouvions donc que dire oui. Mais le plus âgé des deux avait un air si peu commode que je sentais les poils de mon dos se hérisser chaque fois que nos regards se croisaient. Nous n'avons pas eu d'ennuis avec eux et ils n'ont pas ouvert la bouche de tout le voyage.

— La fatigue te rendait soupçonneux.

— Ce n'est pas tout, Votre Excellence, dit à son tour Tsiao Taï. Une demi-heure plus tard, une trentaine de cavaliers sortirent d'un chemin creux. Leur chef nous expliqua qu'ils étaient de simples marchands, en route — eux aussi! — pour les provinces de l'ouest. Si ces gens-là étaient des marchands, Votre Excellence, moi je suis bonne d'enfants! J'ai rarement vu pareille collection de faces patibulaires et je suis certain qu'ils cachaient des sabres sous leurs robes. Comme ils avaient pris la tête du cortège et ont constamment chevauché devant nous, leur présence ne nous inquiétait pas trop, mais, un quart d'heure plus tard, une trentaine d'autres marchands du même acabit sont encore venus se joindre à nous... et ceux-là fermaient la marche! Frère Ma et moi nous sommes dit que les choses allaient sûrement se gâter.

Le juge s'était redressé dans son fauteuil et regardait fixement Tsiao Taï.

— Comme nous n'avions plus les documents sur nous, notre inquiétude n'était pas trop grande, continua le messager. Nous pensions que si la fête commençait, l'un de nous deux pourrait toujours se frayer un passage et, en prenant à travers champs, gagner un poste militaire pour y chercher du secours. Mais on nous laissa bien tranquilles. Ces gens-là avaient apparemment mieux à faire qu'à expédier dans l'autre monde deux simples voyageurs. A moins qu'ils n'aient eu seulement pour mission de nous empêcher de donner l'alarme. Cela nous aurait d'ailleurs été impossible, tous les postes que nous dépassions étant déserts. Lorsque nous avons atteint la route qui borde le lac, notre escorte s'est mise à fondre à vue d'œil. De petits groupes de cinq ou six hommes s'en détachaient les uns après les autres et disparaissaient. A l'entrée de Han-yuan, il ne restait plus que les deux « marchands » du début. Nous leur avons dit de se considérer en état d'arrestation, et nous les avons amenés au tribunal. Cela n'a pas eu l'air de les ennuyer outre mesure, et ces insolents-là ont déclaré qu'ils désiraient justement parler à Votre Excellence!

– Ces soixante bandits étaient des rebelles, Votre Excellence, intervint Ma Jong. En arrivant près de Han-yuan, j'en ai aperçu d'autres qui descendaient de la montagne en deux longues files. Ils s'imaginent peut-être nous prendre par surprise, mais les murs du Yamen sont solides et sa position le rend facile à défendre.

Le poing du magistrat s'abattit sur la table.

– Le Ciel seul sait pourquoi le gouvernement n'attache pas d'importance à mon rapport! s'écria-t-il avec colère. Mais quoi qu'il advienne, les rebelles ne s'empareront pas facilement de ma ville! Ils n'ont pas de béliers, et nous disposons de trente hommes bien aguerris. Quel est l'état du magasin d'armes, Tsiao Taï?

– Les flèches ne manquent pas, Votre Excellence. Nous pouvons tenir au moins deux jours et vendre chèrement notre peau!

– Va chercher ces deux misérables traîtres, commanda le juge à Ma Jong. Ils espèrent sans doute que je vais composer avec eux et leur remettre la ville sans combat. Nous allons leur montrer leur erreur. Mais tout d'abord, essayons d'obtenir d'eux des renseignements sur les effectifs dont ils disposent et sur l'emplacement de leurs positions.

Un sourire heureux sur les lèvres, Ma Jong

sortit pour reparaître presque aussitôt avec deux hommes vêtus de longues robes bleues et coiffés de calottes noires. Le plus âgé était assez grand, et son visage impassible aux lourdes paupières demi-closes s'ornait d'un maigre collier de barbe. Son compagnon avait au contraire une silhouette trapue et une expression sardonique. Sa barbiche raide et ses moustaches étaient d'un noir de jais. Il promena immédiatement sur le magistrat et ses lieutenants le regard aigu de ses petits yeux brillants, mais le juge Ti, muet de surprise, ne semblait voir que l'homme au collier de barbe.

Quelques années auparavant, alors qu'il travaillait au Cabinet des Archives de la capitale, on lui avait montré de loin ce personnage redoutable en lui murmurant son nom à l'oreille avec une crainte respectueuse.

Ce visiteur de marque examina un instant le juge, puis, laissant retomber ses paupières sur d'étranges yeux couleur d'ardoise, il désigna les quatre lieutenants d'un bref mouvement de tête. Le juge leur fit aussitôt signe de sortir. Sidérés, Ma Jong et Tsiao Taï ne bougèrent pas, et c'est seulement quand leur maître répéta impatiemment son geste qu'ils se décidèrent à quitter la pièce, suivis du Sergent et de Tao Gan.

Les nouveaux venus s'installèrent dans les fauteuils à hauts dossiers réservés aux personnages importants; le juge Ti s'agenouilla devant eux et fit trois fois le ko-téou.

L'homme aux lourdes paupières sortit un éventail de sa manche. Tout en le manœuvrant, il dit à son compagnon :

— C'est le magistrat Ti. Il lui a fallu deux mois pour s'apercevoir qu'un complot se tramait sous ses yeux et que les conjurés avaient choisi Han-yuan, sa propre ville, pour y établir leur quartier-général. Apparemment, on ne lui a pas appris qu'un magistrat est censé savoir ce qui se passe dans son district.

– Il ne sait même pas ce qui se passe dans son propre tribunal, Vénérable Seigneur! répliqua l'homme aux moustaches de jais. Dans son rapport, il déclare ingénument que les factieux y ont placé un espion. Quelle criminelle incurie!

Son interlocuteur poussa un soupir résigné.

– Dès que ces jeunes gens sont nommés hors de la capitale, ils commencent à se relâcher. Manque de contrôle de la part de leurs supérieurs immédiats, je suppose. Faites-moi penser à convoquer le Préfet de cette région, j'aurai deux mots à lui dire au sujet de cette honteuse affaire.

Les deux visiteurs se turent. Le juge Ti se garda bien d'ouvrir la bouche; on ne parlait à ce haut personnage que s'il vous adressait lui-même la parole. En distribuant blâme et critique, il remplissait d'ailleurs son devoir le plus strict puisqu'il était non seulement Censeur Impérial, mais aussi Grand Inquisiteur et Chef du Service Secret de Sa Majesté. Il s'appelait Meng Ki, et ce nom faisait frissonner dans leurs robes brodées d'or les plus hauts dignitaires de l'Empire. D'une fidélité absolue et aussi incorruptible que froidement cruel, cet homme avait un pouvoir à peu près sans limite. Suprême vérificateur, c'est lui qui exerçait l'ultime contrôle au sommet de la colossale pyramide formée par l'ensemble des services civils et militaires de l'Empire Fleuri.

– Heureusement, Vénérable Seigneur, il est impossible de vous prendre en défaut, déclara l'homme aux moustaches noires. Quand, il y a dix jours, nos agents nous firent part des rumeurs qui couraient sur la renaissance du Lotus Blanc, le généralissime fut prévenu et prit immédiatement les mesures nécessaires. Et lorsque ce Ti s'est enfin réveillé de son paisible sommeil pour nous dire que le quartier général de la rébellion se trouvait à Han-yuan, la Garde Impériale a pris position dans la montagne et autour du lac. Personne n'a encore réussi à surprendre votre vigilance, Vénérable Seigneur!

– Le peu qu'il est en notre pouvoir de faire, nous le faisons, répondit le Grand Inquisiteur. C'est le fonctionnaire local qui est le point faible de notre administration. Les rebelles seront battus, mais beaucoup de sang coulera. Si ce Ti avait été un peu plus assidu à remplir ses devoirs, nous aurions immédiatement arrêté les chefs de la conjuration et la révolte aurait été écrasée dans l'œuf. Sa voix sourde prit un accent métallique pour s'adresser au juge : Vous êtes coupable d'au moins quatre fautes inexcusables, Ti! Première-ment, bien que vos soupçons aient été éveillés, vous avez laissé fuir Liou Fei-po. Deuxièmement, vous avez permis aux rebelles d'assassiner un de leurs agents dans votre propre prison avant de lui avoir arraché les renseignements qu'il détenait. Troisièmement, vous avez tué Wang au lieu de le capturer vivant pour l'interroger. Quatrièmement enfin, vous nous envoyez un rapport incomplet, sans la clef qui nous permettrait de déchiffrer les noms des conjurés. Allons, Ti, parlez! Où se trouve cette clef?

– L'insignifiante personne agenouillée devant vous confesse ses torts! répondit le juge. Le chiffre n'est pas en ma possession, mais je pré-sume que...

– Faites-moi grâce de vos hypothèses, l'inter-rompit le Grand Inquisiteur. Je répète : où se trouve ce chiffre?

– Dans la demeure du Conseiller Liang, Véné-rable Seigneur.

272

Le Grand Inquisiteur sursauta.

— Êtes-vous devenu fou, Ti? demanda-t-il avec colère. Je ne supporterai pas que l'intégrité du Conseiller Liang soit mise en doute!

— L'insignifiante personne agenouillée devant vous confesse sa faute, murmura le juge en répétant la formule exigée par l'étiquette. Le Conseiller ne s'est pas rendu compte de ce qui se tramait chez lui.

— Ce juge incapable essaie de gagner du temps, dit d'un ton dégoûté l'homme aux moustaches noires. Il faut le jeter dans sa propre prison.

Le Grand Inquisiteur ne répondit pas. Il marchait de long en large, faisant tournoyer ses longues manches avec colère. Il finit par s'arrêter devant le magistrat toujours à genoux et demanda sèchement :

— Comment se fait-il que ce document soit dans la demeure du Conseiller?

— Les chefs du Lotus Blanc l'ont placé là pour plus de sûreté, Vénérable Seigneur. Je propose humblement que les hommes de Votre Excellence occupent la maison du Conseiller et arrêtent toutes les personnes qu'elles y trouveront, sans que le Conseiller ni personne d'autre le sache. Je voudrais ensuite qu'il me soit permis d'envoyer quelqu'un auprès de Han Sei-yu et de Kang Tchong. Ce messager prétendrait venir de la part du Conseiller et leur dirait que son maître désire les voir immédiatement pour une affaire urgente. Je propose qu'après cela Votre Excellence se rende aussi chez le Conseiller en me permettant de l'accompagner.

— Pourquoi toutes ces manigances, Ti? La ville est entre mes mains, je vais immédiatement faire arrêter Han Sei-yu et Kang Tchong. Nous irons ensuite chez le Conseiller Liang; je lui expliquerai le but de notre visite et vous me montrerez le document.

– L'insignifiante personne agenouillée à vos pieds voudrait empêcher les chefs du Lotus Blanc de s'enfuir. Je soupçonne Han Sei-yu, Liou Fei-po et Kang Tchong, mais j'ignore leurs rôles respectifs. Je ne sais même pas si le chef de la conjuration se trouve parmi eux, ou s'il s'agit de quelqu'un d'autre que nous ne connaissions pas et qui, alerté par leur arrestation, pourrait prendre la fuite.

Après un instant de réflexion, le Grand Inquisiteur commanda :

– Qu'on amène ce Han et ce Kang chez le Conseiller. Et que tout se passe dans le plus grand secret.

L'homme aux moustaches de jais voulut parler, mais, voyant les sourcils froncés de Meng Ki, il sortit sans rien dire.

– Vous pouvez vous lever, Ti, déclara le Grand Inquisiteur. Prenant dans sa manche un rouleau de documents, il s'absorba dans leur lecture.

Le juge s'approcha de la table. Timidement, il demanda :

– Votre Excellence fera-t-elle à son serviteur indigne l'honneur d'accepter de sa main une tasse de thé?

Meng Ki leva les yeux de son papier pour répondre sèchement :

– Impossible. Je ne bois et ne mange que ce qui est préparé par mon propre personnel.

Il se remit à lire. Le juge Ti resta debout, les bras le long du corps, comme le prescrit le Règlement de la Cour. Il ne sut jamais combien de temps il demeura dans cette position. Le soulagement éprouvé en apprenant que l'autorité suprême prenait les mesures voulues faisait place à de nouvelles inquiétudes. Avec une anxiété croissante il se demandait si ses suppositions étaient justes, passant en revue les différentes possibilités et cherchant quel indice révélateur il pouvait avoir négligé.

Une petite toux sèche le tira de ses réflexions. Le Grand Inquisiteur venait de remettre les documents dans sa manche et se levait en disant :

— Le moment est venu, Ti. La demeure du Conseiller Liang est-elle loin d'ici?

— A quelques instants de marche, Vénérable Seigneur.

— Alors nous allons nous y rendre à pied, de façon à ne pas attirer l'attention.

Dans le couloir, Ma Jong et Tsiao Taï les regardèrent passer d'un air déconfit. Avec un sourire rassurant, le juge leur dit :

— Je sors. Vous allez tous deux garder la grande porte du Yamen pendant que le Sergent et Tao Gan surveilleront la porte de derrière. Ne laissez personne – absolument personne – entrer ou sortir avant mon retour.

Dans la rue, les gens vaquaient à leurs occupations habituelles. Le juge n'en fut pas surpris : il connaissait la terrible efficacité des agents secrets impériaux et nul n'aurait pu se douter que la ville entière était entre leurs mains. Précédant le Grand Inquisiteur de quelques pas, il avançait rapidement sans que personne accordât la moindre attention à ces deux passants vêtus de simples robes bleues.

Chez le Conseiller Liang, la porte fut ouverte par un homme mince et impassible que le juge n'avait encore jamais vu. Il dit respectueusement au Grand Inquisiteur :

– Nous avons arrêté tous les habitants de cette maison, Vénérable Seigneur. Les deux personnes convoquées viennent d'arriver; elles sont dans la bibliothèque, avec le Conseiller.

Il les conduisit dans la pièce pauvrement éclairée où Han Sei-yu et Kang Tchong se trouvaient déjà, assis très droits sur les fauteuils alignés contre le mur.

Le vieux Conseiller se tenait derrière son bureau de laque rouge. Il leva la tête avec difficulté, et, soulevant un peu sa visière, laissa son regard errer dans leur direction.

– Encore des visiteurs! grommela-t-il.

Le Grand Inquisiteur resta debout dans l'embrasure de la porte. Le juge Ti s'approcha du bureau et dit :

– Je suis le Magistrat de ce district, Excellence. Je vous prie de bien vouloir excuser cette visite peu protocolaire. Avec votre permission, je voudrais... »

Le vieillard l'interrompit pour marmonner d'un ton dolent :

– Soyez bref, c'est le moment où je dois prendre médecine!

Le juge plongea sa main dans la vasque aux cyprins dorés et tâtonna un instant. Affolés, les poissons se mirent à nager en rond, frôlant sa main de leurs petits corps froids. La partie supérieure du piédestal pouvait se dévisser, elle formait une sorte de couvercle dont la Fée-des-Fleurs était la poignée. Le juge fit tourner la statuette et la souleva doucement. Un cylindre de cuivre devint visible, son extrémité supérieure dépassant légèrement le niveau de l'eau. Le juge Ti glissa ses doigts dans la cavité et en sortit un rouleau enveloppé de brocart pourpre.

Le Conseiller, Han Sei-yu et Kang Tchong

n'avaient pas bougé. « Va t'asseoir! » cria soudain le mainate dans la cage d'argent.

Le juge Ti s'approcha du Grand Inquisiteur et lui tendit le rouleau pourpre en murmurant :

— Voici la clef du code, Vénérable Seigneur.

Meng Ki déroula le document et se mit à déchiffrer rapidement les premiers caractères. Le juge se tourna vers les autres occupants de la pièce. Le vieux Conseiller regardait ses poissons sans plus remuer qu'une statue, Han Sei-yu et Kang Tchong ne quittaient pas le Grand Inquisiteur des yeux.

Celui-ci leva la main et le couloir se trouva soudain rempli de Gardes Impériaux en armures dorées. Leur désignant Han Sei-yu et Kang Tchong, il ordonna :

— Emparez-vous de ces hommes.

Tandis que les soldats obéissaient, il ajouta, s'adressant au juge Ti : « Le nom de Han Sei-yu ne figure pas sur cette liste, mais je le fais tout de même arrêter. Maintenant nous allons présenter nos excuses à Son Excellence. »

Le juge le retint. Bondissant vers le Conseiller, il lui arracha sa visière, et d'une voix soudain durcie, commanda :

— Lève-toi, Liou Fei-po! Je t'accuse d'avoir lâchement assassiné le Conseiller Impérial Liang Meng-kouang!

L'homme assis derrière le bureau de laque rouge se leva lentement, laissant ses épaules reprendre toute leur largeur. En dépit de la fausse barbe et du fard, on reconnaissait à présent le visage impérieux de Liou Fei-po. Il n'eut pas un regard pour son accusateur, mais, fixant ses yeux étincelants sur Han Sei-yu que des soldats enchaînaient, il cria en soulevant sa barbe postiche d'un geste de défi :

— J'ai tué ta maîtresse, Han!

— Arrêtez cet homme! tonna le Grand Inquisiteur.

Le juge s'écarta pour laisser passer les soldats qui s'approchaient, l'un d'eux faisant déjà sauter une corde dans sa main.

Liou Fei-po s'avança vers eux les bras croisés. Brusquement, sa main droite jaillit de sa large manche, il y eut un éclair d'acier et un jet de sang gicla de sa gorge. Il chancela, puis son corps puissant s'abattit sur le plancher.

Le Chef du Lotus Blanc, le prétendant au Trône du Dragon, venait de mettre fin à ses jours.

XX

Le juge Ti fait une partie de pêche
avec ses lieutenants;
il éclaircit
le mystère du lac de Han-yuan.

Dans les jours qui suivirent, la main de l'Empereur s'appesantit sur les membres du nouveau Lotus Blanc. De nombreux fonctionnaires de tous grades et quelques riches propriétaires furent appréhendés, entendus, et immédiatement exécutés.

Cette action rapide priva la sédition de ses chefs. Il n'y eut pas de vaste mouvement insurrectionnel, et les garnisons locales suffirent pour écraser, sans grande effusion de sang, les petits soulèvements qui éclatèrent dans certains districts éloignés.

A Han-yuan, les hommes du Grand Inquisiteur administraient provisoirement la ville à la place du juge Ti. Meng Ki avait regagné la capitale aussitôt après le suicide de Liou Fei-po, laissant derrière lui son compagnon aux moustaches de jais. Celui-ci utilisa le juge comme conseiller local, et, avec son aide, débarrassa le district de tous ses éléments subversifs. Kang Tchong passa aux aveux et dénonça le commis du tribunal inféodé au Lotus Blanc. Quelques amis de Wang furent arrêtés, ainsi qu'une douzaine d'individus de sac et de corde que Liou avait employés pour ses basses besognes. Tous ces criminels prirent le chemin de la capitale.

Ayant été suspendu pour un temps de ses fonctions, le juge Ti n'eut pas besoin, à son grand soulagement, d'assister à l'exécution de Mao Lou. En haut lieu, on avait d'abord décidé que l'assassin du vieux charpentier subirait le châtiment du fouet jusqu'à ce que mort s'ensuivît, mais le juge réussit à faire commuer cette peine en simple décapitation. Mao Lou – plaida-t-il – n'avait pas violé Madame Tchang; il s'était même porté à son secours quand les bandits de l'Île des Trois Chênes avaient tenté d'abuser d'elle. Le faux moine fut condamné à dix ans de travaux forcés, peine qu'il alla purger à la frontière nord de l'Empire.

Le matin où Mao Lou eut la tête tranchée, une pluie torrentielle s'abattit sur la ville; les habitants en conclurent que leur Divinité tutélaire voulait laver le sang répandu sur son territoire. La pluie cessa aussi soudainement qu'elle avait commencé, et l'après-midi fut frais et ensoleillé.

Comme le juge devait reprendre ses fonctions officielles le soir même, il décida de profiter de ses dernières heures de liberté pour faire une partie de pêche sur le lac.

Il chargea Ma Jong et Tsiao Taï de louer une barque à fond plat et, le chef couvert d'un vaste chapeau de soleil, s'en fut à pied jusqu'à l'embarcadère, suivi du Sergent Hong et de Tao Gan portant l'attirail de pêche.

Tout le monde prit place à bord du bateau que Ma Jong, debout à l'arrière, fit avancer à la godille. Les cinq hommes goûtèrent un instant la fraîcheur de la brise et le doux clapotis des vagues, puis le juge prit la parole.

– Durant cette dernière semaine, dit-il, j'ai

observé avec beaucoup d'intérêt la façon dont opèrent nos agents des Services Secrets. L'homme aux moustaches noires – je ne connais toujours pas son nom ni son titre exact! – s'est d'abord montré plutôt réservé. Toutefois, il se dégela vite et finit par me laisser voir les documents les plus importants. C'est un excellent policier, méthodique et ne craignant pas sa peine. J'ai appris bien des choses à son contact, mais il m'a tellement accablé de besogne que ceci est ma première occasion de bavarder tranquillement avec vous!

Le juge laissa pendre sa main dans l'eau et continua : « Hier, j'ai rendu visite à Han Sei-yu. Il n'est pas encore complètement remis de son sévère interrogatoire. Je crois que ce qui l'a le plus secoué c'est le fait que sa bonne ville de Han-yuan ait pu abriter dans son sein les membres d'un complot aussi scélérat. Il ignorait l'existence de la crypte creusée par son aïeul, mais cela, notre moustachu s'est refusé à le croire! Il l'a questionné sans arrêt pendant deux jours et commençait à se montrer très désagréable. A la fin, cependant, il l'a remis en liberté quand je lui eus rappelé que Han m'avait tout de suite fait part de son enlèvement malgré les terribles menaces des conjurés. Han m'a dit combien il m'était reconnaissant de cette intervention, et j'en ai profité pour lui glisser deux mots au sujet de sa fille et de Liang Fen. Il m'a tout d'abord répondu avec indignation que ce petit secrétaire n'était pas un assez beau parti pour son enfant, puis il s'est rendu à mes raisons et ne s'opposera pas aux fiançailles. Liang Fen est un garçon honnête et sérieux et Chaton-de-Saule une jeune fille tout à fait charmante; je suis persuadé que leur union sera heureuse. »

— Mais Han n'était-il pas l'amant de la courtisane Fleur d'Amandier? demanda le Sergent.

Le juge eut un petit sourire mi-figue mi-
raisin.

— Je me suis trompé tout du long sur le compte
de Han, avoua-t-il. Vieux jeu... un peu bigot...
d'esprit plutôt étroit, au fond c'est quand même
un brave homme. Et il n'a jamais levé les yeux sur
la danseuse assassinée! Elle, en revanche, sortait
vraiment de l'ordinaire. Elle fut grande par
l'amour autant que par la haine. Regardez ces
piliers de marbre blanc qu'on aperçoit dans la
verdure, au centre du Quartier des Saules. C'est
l'arc commémoratif qui lui est élevé sur l'ordre
de son Auguste Majesté. L'inscription sera ainsi
libellée : EXEMPLE DE FIDÉLITÉ A LA FAMILLE ET A
L'ÉTAT.

La barque était à présent loin du rivage. Le
juge qui venait de lancer sa ligne la retira aussitôt
tandis que Ma Jong lâchait un juron. Tous deux
venaient de voir une grande forme sombre passer
sous leur bateau. L'espace d'une seconde, ils
entrevirent deux petits yeux brillants, puis l'ani-
mal s'enfonça dans l'eau couleur d'émeraude.

— Nous n'attraperons rien ici, s'écria le juge
avec humeur. Ces monstrueuses bêtes vont faire
fuir tout le poisson. Tenez, en voilà une autre... Je
me doutais bien que la disparition des malheureux qui se noyaient dans le lac était due à ces
grosses tortues. Quand elles ont goûté à la chair
humaine...

Remarquant l'air peu rassuré de ses compagnons, il ajouta vite : « Ne craignez rien, elles ne
s'attaquent jamais aux vivants! Mène-nous un peu
plus loin, Ma Jong, nous aurons peut-être plus de
chance ailleurs! »

Ma Jong se mit à godiller vigoureusement. Le

juge croisa ses bras dans ses grandes manches et regarda d'un air songeur la ville qui s'éloignait.

— A quel moment Votre Excellence a-t-elle découvert que Liou Fei-po avait pris la place du vieux Conseiller? demanda le Sergent.

— Seulement vers la fin, au cours de la nuit sans sommeil que j'ai passée dans mon bureau en attendant le retour de Ma Jong et de Tsiao Taï. L'affaire du Conseiller prodigue n'avait cependant qu'un intérêt secondaire. Le vrai problème, c'était l'assassinat de la danseuse, et l'on peut dire que le début de cette affaire-là remonte très loin, puisqu'elle a commencé le jour où Liou Fei-po dut renoncer à ses ambitions littéraires. Mais pendant sa dernière phase – celle qui s'est déroulée sous nos yeux – les visées politiques de Liou passèrent au second plan, préoccupé qu'il était par ses relations avec deux femmes : sa fille – Fée-de-la-Lune – et sa maîtresse – Fleur-d'Amandier. Là se trouve vraiment la clef du drame et, dès que je l'eus compris, tout le reste devint limpide.

« La Nature avait comblé Liou Fei-po de ses dons. Intelligent, énergique, intrépide, c'était un chef-né, mais son manque de conformisme l'empêcha de réussir aux Examens Littéraires. Cet échec l'atteignit profondément dans son orgueil, et les grands succès qu'il remporta par la suite dans le monde des affaires ne purent jamais guérir sa blessure. Elle suppura, s'envenima, et finit par faire de lui l'ennemi de notre gouvernement.

« Un événement fortuit lui donna l'idée de faire revivre la vieille Société du Lotus Blanc, de renverser le Fils du Ciel, et de fonder lui-même une nouvelle dynastie. Un jour, tout à fait par hasard, il dénicha chez un antiquaire un vieux manuscrit rédigé par Han l'Ermite. – Le Grand Inquisiteur l'a découvert à son tour parmi les papiers de Liou restés dans la capitale. – Ces feuillets jaunis exposent le projet favori de Han l'Ermite : créer un refuge où ses descendants pourraient s'abriter en cas de troubles. Un plan de la crypte y figure, suivi d'une note expliquant son intention de cacher dans le souterrain tout son trésor personnel – vingt boîtes de cuir pleines de lingots d'or –, d'y creuser un puits et d'y emmagasiner des provisions de bouche. Le manuscrit se termine par un dessin du mécanisme qui permet de faire pivoter le panneau de jade, et une dernière phrase annonce que le secret sera transmis de père en fils dans la famille Han.

« Lorsque Liou lut ce document, il commença sans doute par n'y voir que les divagations d'un vieillard. Puis il pensa que la chose valait la peine d'être vérifiée et s'arrangea pour passer une huitaine de jours chez le représentant actuel de la famille. Il découvrit que ce dernier – Han Sei-yu – ignorait le projet de son aïeul et avait seulement entendu dire que la porte de la chapelle ne devait jamais être fermée et qu'une lampe devait toujours brûler devant l'autel. Il ne voyait là qu'une preuve de la piété de son ancêtre, mais, bien entendu, l'idée véritable de Han l'Ermite était que ses descendants pussent se réfugier dans la crypte à n'importe quel moment du jour ou de la nuit. Liou a probablement visité la chapelle à l'insu de son hôte et s'est aperçu que la crypte existait réellement. Il comprit que la mort soudaine du vieil ermite l'avait empêché de révéler le secret à son fils, le grand-père de Han Sei-yu. Quant au traité d'échecs, l'imprimeur le composa en suivant scrupuleusement le texte laissé par Han l'Ermite, y compris la dernière page et son énigmatique problème.

« Personne – sauf Liou Fei-po et, vraisemblablement, Fleur-d'Amandier – ne sut jamais que ce problème n'était rien d'autre que la clef d'une porte secrète. »

– Quel homme avisé, cet Ermite! s'écria Tao Gan. La publication du problème d'échecs empêchait la clef de se perdre... sans que les non-initiés puissent y comprendre quoi que ce soit!

– Oui, Han l'Ermite était aussi prudent que sage et j'aurais aimé le connaître, répondit le juge. Mais revenons à notre affaire. Le trésor de l'Ermite fournit à Liou les capitaux nécessaires à l'organisation de son vaste complot. De plus, il disposait à présent du quartier-général rêvé. Il fit bâtir une villa sur le terrain situé entre la demeure de Han Sei-yu et la résidence du Conseiller Liang. Quatre maçons creusèrent le passage souterrain reliant la crypte à son jardin et, leur besogne achevée, il les tua de ses propres mains. Je déduis ceci des ossements trouvés dans le passage secret.

« Mais, à mesure que le complot prenait de l'ampleur, les dépenses de Liou augmentaient aussi. Il fallait payer les chefs de bandes... armer leurs hommes... remettre de substantiels pots-de-vin aux fonctionnaires à corrompre. Sa fortune personnelle y passa et le trésor de l'Ermite fut bientôt englouti. Liou dut chercher de l'argent ailleurs. Il conçut alors un plan qui lui permettrait de s'approprier les biens du Conseiller Liang. Il commença par accompagner fréquemment son voisin lorsque celui-ci se promenait dans son jardin, se familiarisant ainsi avec les habitudes du vieil homme et de sa peu nombreuse maisonnée. Puis il attira le Conseiller dans le souterrain et le tua. Il a dû commettre ce crime il y a six lunes environ, à en juger d'après l'état du cadavre que Tao Gan et moi avons trouvé dans le cercueil du passage secret. A partir de ce moment, la santé du prétendu Conseiller s'altéra, sa vue baissa de plus en plus, la mémoire lui fit défaut, et il garda la chambre la majeure partie du temps, toutes choses qui permirent à Liou de jouer plus aisément son double rôle. Il devait changer de vêtements dans la crypte et traverser subrepticement son propre jardin pour se faufiler ensuite dans la maison du Conseiller. L'appartement occupé par Liang Fen se trouvait à l'autre bout de la propriété et le vieux couple qui composait toute la domesticité était à peu près retombé en enfance, ce qui simplifiait encore sa tâche. Parfois, cependant, des circonstances imprévues l'obligeaient à demeurer chez le Conseiller plus longtemps qu'il ne l'avait prévu; ceci, et l'obligation d'assister aux assemblées du Lotus Blanc lorsque le Grand Conseil se réunissait dans la crypte, expliquent les « disparitions soudaines » qui commençaient à inquiéter les membres de sa maisonnée.

« Avec l'aide de son complice Wan Yi-fan, il fit un relevé des biens du Conseiller et se mit à vendre ses terres les unes après les autres. Ainsi furent rassemblés des fonds suffisants pour achever les derniers préparatifs. Ce fut alors que les choses se gâtèrent dans la vie privée de Liou, et nous arrivons à l'entrée en scène de la courtisane Fleur-d'Amandier, ou, pour lui donner son véritable nom, Mademoiselle Fan Ho-yi. »

La barque était à présent immobile. Ma Jong venait de poser sa godille pour s'asseoir à son tour, et les quatre lieutenants du juge étaient suspendus aux lèvres de leur maître. Repoussant un peu son chapeau de soleil, il poursuivit :

— La conspiration venait de gagner la province

du Chansi. Un propriétaire foncier de Ping-yang nommé Fan s'était joint aux conjurés, mais, presque aussitôt, cet homme se repentit de son geste et décida de tout avouer au magistrat du district. Le Lotus Blanc eut vent du projet et obligea Fan à se suicider après lui avoir fait signer une lettre dans laquelle il se reconnaissait coupable du crime contre l'État. Ses biens tombèrent aux mains du Lotus Blanc. Sa veuve, sa fille Ho-yi et un fils plus jeune furent réduits à la mendicité. Ho-yi décida de se vendre à un proxénète. Avec l'argent obtenu, elle acheta pour sa mère une petite ferme et, devenue Mademoiselle Fleur-d'Amandier, lui adressa régulièrement la plus grande partie de ses gains afin que son jeune frère pût poursuivre ses études. J'ai trouvé ces renseignements dans le rapport que les agents du Grand Inquisiteur ont envoyé de Ping-yang après avoir arrêté et interrogé les chefs locaux du Lotus Blanc.

« Le reste de l'histoire de Mademoiselle Fan Ho-yi s'imagine aisément. Avant de mourir, son père la mit au courant du complot et lui révéla que son chef – Liou Fei-po – avait son quartier-général à Han-yuan. La courageuse et loyale enfant résolut de le venger. Elle obtint d'être revendue à Han-yuan et s'arrangea pour devenir la maîtresse de Liou Fei-po. Son dessein était de se faire dire sur l'oreiller les secrets du Lotus Blanc afin de pouvoir fournir aux magistrats les preuves voulues.

« C'était une jeune femme d'une beauté étrange... obsédante. Je pense qu'elle appartenait à l'une de ces familles de Ping-yang qui ont rendu célèbre le nom de cette localité en se transmettant de mère en fille certaines connaissances magiques. Je me demande cependant si elle aurait réussi à s'attacher un homme aussi égoïste et ambitieux que Liou Fei-po si elle n'avait pas ressemblé de façon extraordinaire à Fée-de-la-Lune, la propre fille de Liou.

« Je ne prétends pas, mes amis, être capable de comprendre ou d'analyser les étranges écarts dont est capable le cœur humain. Je me contenterai de vous dire ceci : à l'affection qu'éprouvait Liou pour sa fille se mêlait un sentiment que notre société ne permet pas de nourrir pour une femme à laquelle on est lié par le sang. Cet amour passionné était l'unique point vulnérable de son âme froide et cruelle... et il l'a certainement combattu de toutes ses forces puisque sa fille ne s'est jamais doutée de rien. J'ignore jusqu'à quel point ce trouble sentiment a pu influencer les rapports qu'il entretenait avec ses différentes épouses, mais je ne serais pas surpris d'apprendre que l'atmosphère de sa maison ait été souvent tendue. Quoi qu'il en soit, sa liaison avec la courtisane permit à Liou d'échapper au conflit qui le déchirait, et il goûta dans cette aventure un tragique enivrement que n'aurait pu lui faire éprouver aucune autre femme.

« Au cours de ses rendez-vous secrets avec Fleur-d'Amandier – nous savons à présent que Wang leur prêtait un pavillon de son jardin – la jeune femme apprit de Liou certains détails sur le Lotus Blanc, y compris la signification du problème d'échecs. La passion de Liou s'exhala aussi sur le papier et il écrivit à la courtisane des lettres brûlantes, mais, trop intelligent pour laisser sa propre écriture le compromettre, il imita celle de Liang Fen avec laquelle il s'était familiarisé en étudiant les affaires financières du Conseiller. Seul le Ciel peut savoir quelle pensée perverse lui fit signer ces missives enflammées du pseudonyme de Candidat Tchang, l'amoureux de sa fille. Je le répète, ces divagations du cœur humain dépassent ma compréhension.

« L'idée que sa fille se marierait un jour et qu'un autre homme deviendrait le maître de son corps était pour Liou une torture insupportable. Quand Fée-de-la-Lune tomba amoureuse de Candidat Tchang, il s'opposa violemment au mariage et donna l'ordre à Wan Yi-fan de salir de ses calomnies le docteur Tchang afin d'avoir une raison pour légitimer son refus. Fée-de-la-Lune se mit à dépérir. Liou fit alors un terrible effort et finit par consentir aux fiançailles, mais l'imminence de la séparation exacerba sa douleur. De plus, ses lettres à Fleur-d'Amandier nous montrent que, juste à ce moment-là, l'empressement de la danseuse à l'interroger sur le Lotus Blanc lui fit soupçonner son véritable dessein. Il décide alors de rompre avec elle. Sur le point de perdre en même temps les deux seules femmes qu'il eût aimées, nous imaginons sans peine son état d'esprit. Pour comble de malheur, ses ennuis financiers ne cessaient d'augmenter. L'époque où devait éclater la rébellion approchait, il lui fallait des sommes toujours plus grosses. Les propriétés du Conseiller Liang étant presque toutes vendues, Liou demanda la totalité de son argent liquide à Wang, puis, sur son ordre, Kang Tchong fit accorder par son frère un prêt substantiel à Wan Yi-fan. Voilà où en étaient les choses il y a deux lunes, peu après notre arrivée à Han-yuan. »

Le juge Ti s'arrêta un instant afin de reprendre haleine. Tao Gan en profita pour demander :

— Comment Votre Excellence découvrit-elle que Kang Tchong faisait partie de la bande?

— A cause du mal qu'il s'est donné pour faire avancer une somme aussi considérable à Wan

Yi-fan. Cela me parut bizarre qu'un homme d'affaires expérimenté conseillât à son frère de prêter tant d'argent au petit personnage de réputation douteuse qu'était Wan Yi-fan. Quand j'eus compris que ce dernier appartenait à la conspiration, il devint clair pour moi que le plus jeune des frères Kang était aussi des leurs. Les efforts désespérés de Liou Fei-po pour obtenir à tout prix de l'argent frais me fournirent un important indice. Les « disparitions » fréquentes de Liou coïncidant avec la maladie soudaine du Conseiller Liang me firent découvrir la substitution de personne. Je fis un rapprochement entre la curieuse soif d'or du vieux Conseiller et les besoins monétaires de Wang. L'âge avancé du Conseiller interdisant de croire qu'il ait pu se faire conspirateur, la conclusion s'imposait d'elle-même.

Tao Gan hocha la tête en tortillant d'un geste machinal les poils de sa verrue.

— Nous en arrivons maintenant à l'assassinat de la courtisane, poursuivit le juge. Je ne compris comment les choses s'étaient vraiment passées qu'à la fin de mon enquête. Fée-de-la-Lune venait d'épouser Candidat Tchang et, le lendemain, se donnait le banquet sur le bateau-de-fleurs. Soupçonnant Fleur-d'Amandier de vouloir le trahir, Liou ne la quitta pas des yeux pendant toute la soirée. Quand, debout entre Han Sei-yu et moi, elle me parla du complot, Liou lut sur ses lèvres les paroles de la jeune femme. Et il crut, bien à tort, qu'elle s'adressait à Han.

— Mais, Votre Excellence, n'avions-nous pas décidé qu'une telle méprise était impossible? demanda le Sergent Hong. Elle a dit *Seigneur Juge* en vous parlant.

— J'aurais dû voir mon erreur plus tôt, répondit

le magistrat avec un sourire contrit. Souviens-toi qu'elle parlait très vite et sans me regarder. Au lieu de *Seigneur Juge,* Liou lut *Sei-yu* sur ses lèvres. *Sei-yu,* le petit nom de Han! Cela le mit dans une rage froide. Non seulement sa maîtresse trahissait les secrets du Lotus Blanc, mais de plus elle le trompait avec Han Sei-yu! Sinon, pourquoi aurait-elle employé son nom personnel? Cette méprise explique la façon brutale dont Liou s'y prit le lendemain pour clore la bouche de Han. Elle explique aussi les paroles prononcées par Liou avant de se trancher la gorge : elles s'adressaient à un rival supposé.

« Heureusement, la dernière phrase de Fleur-d'Amandier lui échappa. En regagnant notre table, Mademoiselle Anémone se trouva placée entre lui et sa camarade juste au moment où celle-ci la prononçait. S'il avait pu lire sur ses lèvres cette allusion au jeu d'échecs, il aurait sans doute évacué la crypte au plus tôt!

« Toutefois, il en savait assez pour juger nécessaire de tuer la jeune femme. J'aurais dû comprendre cela en voyant l'expression de Liou pendant la danse de sa maîtresse. Il contemplait pour la dernière fois l'éblouissante beauté de celle qu'il venait de condamner à mort : la haine brillait dans ses yeux, mais son regard exprimait en même temps le profond désespoir de l'homme qui va perdre sa bien-aimée.

« L'indisposition de Monsieur Peng lui fournit un bon prétexte pour quitter la salle du banquet. Il accompagna le malade à tribord et, tandis que Peng, penché sur le bastingage, était incapable de rien voir, Liou gagna l'allée de bâbord, appela Fleur-d'Amandier par signe à travers sa fenêtre, et la conduisit à la grande cabine. Là, il l'étourdit d'un coup de poing, plaça dans sa manche le lourd brûle-parfum de bronze, puis fit glisser le corps de la jeune femme dans l'eau. Après quoi, il rejoignit Monsieur Peng qui commençait à se sentir mieux, et les deux hommes revinrent ensemble dans la salle à manger. Vous pouvez imaginer les pensées de l'assassin quand il apprit que le cadavre n'avait pas coulé au fond du lac et que le meurtre venait d'être découvert.

« Le lendemain matin, une nouvelle plus accablante encore lui parvenait. Fée-de-la-Lune, sa fille bien-aimée, avait été trouvée morte sur sa couche nuptiale. Il perdait ainsi en quelques heures les deux femmes qui avaient joué un rôle essentiel dans sa vie sentimentale. Chose curieuse, ce n'est pas Candidat Tchang qu'il poursuivit de sa haine, mais le père de celui-ci. La passion contre nature de Liou lui fit-elle supposer que le professeur était coupable d'un péché analogue? C'est la seule explication plausible de sa fantastique accusation. La mort de Fée-de-la-Lune avait jeté un coup terrible pour lui, mais quand le corps de la jeune femme disparut de façon mystérieuse, il perdit le peu de contrôle sur lui-même qui lui restait. A partir de cet instant, nous avons affaire à une sorte de dément irresponsable.

« Son complice Kang Tchong explique dans sa confession que Liou donna l'ordre à tous les membres de la Société de se mettre à la recherche du corps de sa fille. Il se conduisit de façon si étrange que Wang, Kang Tchong et Wan Yi-fan commencèrent à s'alarmer. Les trois hommes désapprouvèrent tout à fait l'enlèvement de Han Sei-yu. Ils trouvaient la chose dangereuse et inutile puisque l'assassinat de la courtisane devait suffire à convaincre Han qu'il ferait mieux de se taire. Liou refusa de les écouter, voulant à tout prix humilier son rival. Han fut donc jeté dans un

292

palanquin clos par des bandits à la solde de Liou, promené en rond dans le jardin de ce dernier, et conduit à l'intérieur du souterrain creusé sous sa propre demeure! Han m'a décrit exactement cette salle hexagonale et il se souvenait des dix marches qui mènent du passage secret à la crypte. Le personnage en cagoule blanche était Liou lui-même qui ne voulait pas laisser échapper une si belle occasion de mortifier l'homme avec lequel il s'imaginait avoir été trahi par Fleur-d'Amandier.

« Nous touchons à la fin de cette lamentable histoire. Le corps de Fée-de-la-Lune n'est pas retrouvé, Liou manque d'argent et voit que je commence à le soupçonner. Il décide alors de disparaître en tant que Liou Fei-po et de diriger la phase finale des opérations sous le masque du Conseiller Liang.

« Wan Yi-fan est arrêté avant de connaître les intentions de son chef. Aussi, quand je lui dis que Liou s'est enfui, il pense aussitôt que celui-ci a renoncé à ses ambitieux projets et il se résout à tout avouer pour sauver sa peau. Mais un employé du tribunal à la solde du Lotus Blanc avertit Liou qui fait parvenir, par son intermédiaire, un gâteau empoisonné à Wan. C'est pour m'intimider que le lotus emblématique figurait sur ce gâteau – le prisonnier n'aurait pu le voir puisque son cachot n'était pas éclairé. – Liou voulait m'effrayer afin que je me tienne tranquille pendant les ultimes préparatifs de la rébellion.

« La même nuit, il fait dire à Wang et à Kang Tchong de se rendre désormais chez le Conseiller Liang lorsqu'ils auront à lui parler. Les deux hommes tiennent conseil. Ils pensent que Liou perd la raison et Wang décide de le remplacer à la tête du Lotus Blanc. Wang va dans la crypte chercher le code dont il a besoin pour connaître les noms des différents membres de la Société. Il ne le trouve pas, car Liou a déjà transféré le précieux rouleau dans la vasque aux poissons, mais Tao Gan et moi le surprenons dans la salle hexagonale et le nouveau chef du Lotus Blanc est tué.

— Comment avez-vous deviné où était ce rouleau, Noble juge? demanda Tsiao Taï avec curiosité.

Le magistrat sourit.

— Quand j'ai rendu visite au prétendu Conseiller, on m'a conduit dans la bibliothèque. En attendant l'arrivée de mon hôte, j'ai regardé les cyprins dorés. Lorsque ces jolies petites bêtes m'ont aperçu, elles se sont conduites de façon parfaitement normale, nageant vers la surface pour attraper la nourriture qu'elles espéraient recevoir. Mais quand je tendis la main vers la statuette, mon geste les affola. Il ne me vint pas à l'esprit, sur le moment, de rechercher la cause de cet émoi inattendu, mais lorsque j'arrivai plus tard à la conclusion que Liou se faisait passer pour le vieux Conseiller, l'incident me revint en mémoire. Je savais que ces petits poissons, comme toutes les bêtes de race, sont sensitifs à l'extrême et n'aiment pas que des étrangers viennent barboter dans leur eau. La crainte manifestée par eux en voyant mes doigts s'approcher de leur domaine indiquait qu'un fait analogue avait dû se produire récemment. J'en déduisis que le piédestal de la statue recelait une cachette, et, comme le trésor le plus précieux de Liou était un petit rouleau manuscrit, je me dis qu'il l'avait probablement placé là. » Prenant sa ligne pour l'amorcer, le juge conclut : « Vous savez tout, à présent! »

– Une affaire aussi importante ne peut que valoir un avancement rapide à Votre Excellence! dit le Sergent avec satisfaction.

– Un avancement rapide? répéta le juge étonné. Auguste Ciel! Je suis trop heureux de ne pas être purement et simplement révoqué! Le Grand Inquisiteur m'a chapitré d'importance pour avoir mis si longtemps à découvrir le complot, et les documents administratifs qui me réintègrent dans mes fonctions mentionnent le fait en noir sur blanc! C'est ma découverte de l'endroit où était caché le code qui a incité mes supérieurs à se montrer indulgents. Un magistrat, mes bons amis, est censé connaître tout ce qui se passe dans son district.

– En tout cas, reprit le Sergent, notre première affaire ici a été menée à bonne fin et l'on ne parlera plus de la courtisane noyée!

Le juge Ti considéra d'un air pensif l'eau qui les entourait. Après un long silence, il secoua doucement la tête.

– Eh bien, moi, Sergent, répliqua-t-il, j'ai l'impression que cette affaire n'est pas terminée. La haine de la courtisane était si grande que le suicide de Liou n'a sans doute pas suffi à l'apaiser. Il existe des passions si intenses, si violemment inhumaines, qu'elles acquièrent une sorte de vie propre et conservent le pouvoir de faire du mal longtemps après la mort de ceux qui les éprouvaient. On dit même qu'il arrive à ces forces obscures de s'introduire dans un cadavre qu'elles réaniment pour continuer leur sinistre besogne. » Remarquant la mine troublée de ses compagnons, il ajouta vite : « Mais aussi puissantes que soient ces forces surnaturelles, elles ne peuvent tourmenter que ceux dont les noires actions les attirent ici-bas [13]. »

Le juge se pencha sur le plat-bord. Aperçut-il dans les profondeurs de l'eau ce visage immobile au regard fixe qu'il avait vu contre la coupée du bateau-de-fleurs? Il frissonna et, relevant la tête, murmura d'un air absent : « Je crois que l'homme porté au mal par des instincts pervers ferait bien, le soir, d'éviter les rives de ce lac! »

NOTES DU TRADUCTEUR

1. *Dynastie Ming.* — Les empereurs de cette dynastie ont régné de 1368 à 1644, alors que le juge Ti, né en 630 et mort en l'an 700, a vécu sous la dynastie T'ang.

2. *Couleur blanche.* — Le blanc est, en Chine, la couleur de la tristesse et de la mort. Il peut symboliser aussi la pureté, et c'est pour ces différentes raisons que l'héroïne du prologue est vêtue de blanc. La couleur de la joie – et du mariage – est le rouge. Le mariage est donc appelé « l'affaire rouge » tandis que la cérémonie funèbre s'appelle « l'affaire blanche ».

3. *Yamen.* — Le Yamen est la résidence officielle du magistrat et comprend, outre ses appartements particuliers, divers bâtiments administratifs (salle de réception, tribunal, prison, etc.). L'auteur en donne une description détaillée dans sa postface.

4. *Examens littéraires.* — Dans ces examens triennaux les Candidats avaient à exposer leur connaissance des « Livres Classiques » (ensemble des enseignements confucéens) en composant des poèmes et des essais sur des thèmes donnés. C'est parmi les lauréats des examens du troisième degré que se recrutaient les magistrats de district, base de la colossale pyramide formée par l'ancien système administratif chinois. Ce sont ces lettrés-fonctionnaires que les Occidentaux nomment « mandarins », mot d'origine indo-portugaise.

5. *Fée-de-la-Lune.* — Une vieille légende raconte que Tch'ang Ngo, la belle épouse d'un chef de clan légendaire, s'empara de l'élixir d'immortalité offert par les dieux à son mari pour le remercier d'un service rendu. Grondée par son époux furieux d'être ainsi frustré de sa récompense, elle alla se réfugier dans la lune. De nos jours encore, à la Fête de la

mi-automne, les théâtres chinois donnent une pièce appelée « Tch'ang Ngo s'envole dans la lune », et l'on dit couramment d'une jolie femme : « Elle est belle comme la Fée de la Lune! »

6. *La Fée des Nuages.* — Les nuages ont parfois une signification sexuelle dans la cosmogonie chinoise. L'homme y est considéré comme un microcosme et son union avec la femme est, en petit, une réplique du mariage cosmique du Ciel et de la Terre, dans lequel les nuages sont l'ovule terrestre fécondé par la pluie, semence céleste.

Une charmante histoire contée par le poète Song Yu (IIIe siècle avant J.-C.) décrit ainsi l'aventure arrivée à un prince des temps anciens en promenade près de Kao-t'ang : « Fatigué, il s'endormit dans la campagne et rêva qu'une inconnue s'avançait vers lui. « Je suis la Dame de la Montagne Wou », lui dit-elle, « et je réside en ce moment à Kao-t'ang. Ayant appris que vous étiez ici, je suis venue partager couche et oreiller avec vous. » Le prince s'unit à elle. En le quittant, elle lui dit : « Ma demeure se trouve sur le versant méridional de la Montagne Wou. A l'aube, je suis le nuage matinal, le soir, je suis la pluie qui tombe... » Cette dernière phrase séduisit immédiatement un peuple amateur de symboles poétiques et d'allusions littéraires, et l'étreinte de deux amants devint pour les Chinois : « l'affaire des nuages et de la pluie ». Dans une littérature amoureuse plus tardive, on trouve des images comme celles-ci : « Lorsque la pluie fut tombée, les nuages se dispersèrent », ou bien : « le nuage enfin creva et répandit l'ondée bienfaisante », qui sont autant d'allusions à la rencontre du prince d'autrefois et de la Fée de la Montagne Wou. Toutes ces choses sont racontées dans le passionnant et très érudit ouvrage de Robert Van Gulik intitulé *Sexual Life in Ancient China*, Édit. Leyde, 1961, (*La vie sexuelle dans la Chine ancienne*, Édit. Gallimard), auquel nous renvoyons le lecteur désireux d'en savoir plus long à ce sujet.

7. *Manches servant de poches.* — A l'époque du juge Ti, les vêtements chinois étaient dépourvus de poches, aussi fourrait-on dans les plis des larges manches tous les menus objets qu'on désirait emporter.

8. *Faire le ko-téou.* — Toucher le sol de son front en se prosternant.

9. *Intervalle entre la mise en bière et la mise en terre du cercueil.* — Il n'est pas inhabituel de conserver assez longtemps chez soi, ou le plus souvent dans un temple voisin, le cercueil contenant un parent défunt. Pour les Chinois, en

effet, le site dans lequel le cercueil sera mis en terre a une grande importance, et richesses, honneurs, nombreuse postérité seront accordés au descendant du mort si la nature du sol, la configuration du terrain, la proximité d'un bosquet de bambous ou d'un cours d'eau, en un mot si tous les éléments naturels forment une harmonieuse combinaison correspondant bien à la personnalité du défunt. Il faut donc attendre, pour procéder à l'enterrement définitif, qu'un géomancien professionnel ait découvert ce site idéal en s'aidant d'une boussole particulière, ce qui peut demander des semaines ou même des mois.

10. *Importance de la descendance mâle.* — Le culte des ancêtres joue, on le sait, un grand rôle dans la vie chinoise. « Il dépasse infiniment la portée du respect filial », écrit Louis Bréhier, « et répond à un sentiment de solidarité qui unit dans un même intérêt de conversation sociale les morts et les vivants : Les mânes ont en effet besoin, pour « vivre », d'être entretenus par les offrandes de leurs descendants; en retour, ils veillent sur ceux-ci et protègent leurs travaux. » Comme c'est le fils qui prend soin des tablettes ancestrales – la fille, dès son mariage, appartient à sa nouvelle famille, – il est donc très important pour un Chinois d'avoir une descendance mâle, et un vieil auteur a pu écrire à ce sujet : « Une bonne épouse qui, à trente ans, n'a pas donné de fils à son mari doit engager ses bijoux pour lui acheter une concubine. »

11. *Ligatures de sapèques.* — Les sapèques étaient de petites pièces de monnaie en cuivre percées d'un trou carré au centre. Un certain nombre de ces pièces enfilées ensemble sur une cordelette ou un brin de jonc formaient une « ligature ».

12. *Veilles de nuit.* — La nuit chinoise est divisée en cinq veilles de deux heures chacune. La première veille de nuit va de dix-neuf heures à vingt et une heures.

13. *Esprits.* — Le surnaturel tient une place importante dans les vieux romans chinois, et il arrive aux esprits des morts de se réincarner, soit pour expier des fautes commises dans une existence antérieure ou pour accomplir une action bénéfique déterminée – aider un orphelin laissé sur terre, par exemple, – soit, au contraire, pour se venger d'un ennemi. Cette dernière opération peut se poursuivre au cours d'une *nouvelle existence* de celui-ci, comme c'est le cas pour Liou et Fleur-d'Amandier dans l'introduction du présent ouvrage.

Ce prologue est d'ailleurs tout à fait dans la tradition des anciens romans chinois qui commençaient très souvent par une sorte de préfiguration – rédigée en termes allusifs et voilés – des aventures qui allaient arriver aux héros du livre.

Dans l'un de ses ouvrages non encore traduit en français *The Chinese Nail Murders* (à paraître en 10/18), Robert Van Gulik écrit à propos de ce genre d'introduction : « Ce procédé fut inventé pour la délectation de lecteurs d'une époque révolue qui considéraient toute hâte comme une erreur fondamentale et ne craignaient pas de lire et de relire un roman depuis le début jusqu'à la fin. »

Nous nous permettons de conseiller au lecteur français d'aujourd'hui de se faire un peu l'imitateur du lecteur chinois de jadis et, lorsqu'il aura terminé ce roman, d'en relire tout au moins les premières pages. Cette nouvelle lecture lui apportera un plaisir supplémentaire, et nous sommes sûrs que, saisissant alors tout à fait la pensée de l'auteur, il admirera comme nous l'art avec lequel il a su relier la fin de l'histoire à son commencement.

POSTFACE

Comme dans tous les vieux récits policiers chinois, le personnage principal du roman qu'on vient de lire est un magistrat de district. Depuis les débuts de l'Empire chinois jusqu'à l'établissement de la République en 1912, ce fonctionnaire jouait à la fois le rôle de juge, de jury, de procureur impérial et de détective.

Le territoire soumis à sa juridiction était la plus petite unité administrative de la complexe machine gouvernementale chinoise : il comprenait, en général, une ville entourée de murs et quatre-vingts kilomètres de campagne environnante. Son autorité s'exerçait souverainement sur ce territoire. Il présidait le tribunal, percevait les impôts, enregistrait naissances, mariages et décès, et veillait au maintien de l'ordre public. Il devait avoir l'œil à tout, et comme son influence se faisait sentir au cours des différentes phases de l'existence de chacun, on l'appelait « le magistrat-père-et-mère-de-tous ». Il n'avait de comptes à rendre qu'à ses supérieurs : le Préfet ou le Gouverneur de la Province.

L'exercice de ses fonctions l'obligeait fréquemment à mener lui-même les enquêtes judiciaires, et c'est pour cette raison que, dans la littérature chinoise, le personnage qui résout les énigmes criminelles n'apparaît pas sous le nom de « détective », mais toujours sous celui de « juge ».

Comme dans les autres récits ayant le juge Ti pour héros, je me suis efforcé de faire voir combien sont variés les devoirs de ce magistrat. C'est lui qu'on prévient immédiatement lorsqu'un crime vient d'être découvert, c'est lui qui examine les lieux pour trouver les indices révélateurs, c'est encore lui qui convoque les témoins, cherche le coupable, l'arrête, le contraint aux aveux, et veille enfin à ce que le juste châtiment de son crime lui soit administré.

Pour l'assister dans cette tâche complexe, il ne pouvait guère compter sur le personnel du tribunal. Sbires, gardes, geôliers, contrôleur-des-décès et autres employés subalternes se cantonnaient dans la petite routine quotidienne, et la chasse aux indices ne faisait pas partie de leurs attributions.

Au début de sa carrière, chaque juge choisissait donc avec soin trois ou quatre hommes de confiance qu'il attachait à sa personne et qui le suivaient dans ses changements de poste jusqu'au jour où il finissait Préfet ou Gouverneur de Province. Hiérarchiquement ces lieutenants se plaçaient au-dessus des autres membres du tribunal; ils dépendaient uniquement du juge, et c'est sur eux que celui-ci s'appuyait pour mener à bien la partie policière de sa tâche.

Les romans chinois décrivent ces hommes comme d'intrépides gaillards, experts dans l'art de la lutte et de la boxe. Ces qualités leur étaient nécessaires, car, suivant une noble tradition reprise plus tard par leurs émules de Londres, ils ne portaient pas d'armes et se servaient uniquement de leurs mains pour arrêter les malfaiteurs.

Comme la plupart de ses collègues, le juge Ti recrutait ce genre d'aides parmi les « Chevaliers-des-Vertes-Forêts », en d'autres termes, parmi les voleurs de grand chemin du type Robin des Bois. Ces hommes avaient « pris le maquis » pour échapper à une condamnation injuste, ou bien pour avoir tué un fonctionnaire cruel, ou pour toute autre raison de ce genre. Dans *Trafic d'or sous les T'ang*, n° 1619, j'ai raconté comment le juge Ti fit la connaissance de Ma Jong et de Tsiao Taï au début de sa carrière, et l'on a vu dans *Meurtre sur un bateau-de-fleurs* la façon dont l'astucieux Tao Gan entra dans sa troupe.

Le juge les chargeait de toutes sortes de besognes. Ils se livraient pour lui à de discrètes enquêtes, interrogeaient les témoins, filaient les suspects ou mettaient la main au collet des criminels. Ce qui ne veut nullement dire que le juge restât toujours assis derrière son bureau. Mais, comme chacune de ses sorties officielles s'accompagnait de tout le cérémonial qu'exigeait la dignité de sa charge, s'il désirait procéder personnellement à quelque petite enquête, il devait quitter le *Yamen* en secret après avoir revêtu un déguisement de son choix. On a vu dans *Meurtre sur un bateau-de-fleurs* le juge Ti faire sa première expérience de ce genre... et quelle leçon il en tira!

C'est cependant la salle du tribunal qui demeure son principal théâtre d'opération. Trônant derrière la haute table couverte du tapis écarlate, il confond par ses adroites questions l'accusé retors, tire doucement la vérité de la bouche du témoin craintif, ou, usant de toute son autorité, oblige les scélérats à confesser leurs crimes. Le tribunal faisait partie du *Yamen*, vaste ensemble de bâtiments séparés par des cours et des galeries, le tout entouré d'une muraille et correspondant à peu près à notre hôtel de ville. Après avoir franchi le grand portail ornementé que flanquait le corps de garde, on arrivait dans la première cour, au fond de laquelle s'élevait la salle du tribunal. Près de l'entrée, un grand gong de bronze était suspendu à un support en bois. Trois coups frappés sur cet instrument annonçaient que l'audience allait s'ouvrir, mais tout citoyen qui désirait déposer une plainte avait le droit de frapper ce gong à n'importe quelle heure de la journée.

La salle du tribunal était vaste et nue. Quelques textes muraux exaltant la majesté de la loi en constituaient le seul ornement. Dans le fond, sur une estrade, se trouvait la haute table recouverte du tapis écarlate. C'est derrière ce meuble que siégeait le juge. Des tables plus petites placées à droite et à gauche permettaient aux scribes d'enregistrer les débats. Plus au fond encore, une ouverture masquée par un écran permettait d'accéder à une pièce réservée au magistrat – le cabinet du juge, dirions-nous. Une grande licorne, symbole chinois de la perspicacité, était peinte sur l'écran. C'est dans son bureau personnel que le juge accomplissait le reste de sa besogne journalière. Il tenait en principe trois audiences chaque jour, l'une de bonne heure le matin, une autre vers midi, et la dernière au début de la soirée. Le calendrier chinois ne comportant pas de dimanche, le seul congé officiel était le Jour de l'An.

Le cabinet du juge donnait sur une seconde cour, entourée elle-même de bâtiments qui abritaient les scribes, les archivistes et tout le personnel chargé du travail administratif.

Derrière le greffe, au fond d'un jardin, s'élevait

la grande salle de réception. On y accueillait les visiteurs de marque, et diverses cérémonies s'y déroulaient à l'occasion.

Enfin, plus loin encore, se trouvaient les appartements privés du magistrat. Ses épouses, ses enfants, ses domestiques logeaient dans cette partie du *Yamen* qui formait un petit monde à part.

Avant d'examiner les méthodes employées par un juge de cette époque, rappelons que bien des avantages apportés par la science moderne lui faisaient défaut. Il n'existait pas de classification des empreintes digitales, par exemple. Impossible également d'avoir recours à l'analyse chimique ou à l'emploi de la photographie. Mais, d'un autre côté, les larges pouvoirs que lui accordait le Code pénal du temps facilitaient grandement la tâche du magistrat. Sans autre formalité que l'établissement d'un mandat d'amener, il pouvait faire arrêter n'importe quel suspect et l'interroger sous la torture. Il pouvait également faire fustiger en pleine audience un témoin récalcitrant, accepter de simples ouï-dire, pousser un accusé à mentir afin de lui fourrer ensuite le nez dans ses contradictions. En bref, il utilisait bien des méthodes – y compris celles baptisées « troisième et quatrième degrés » par les journalistes américains – qui feraient frémir un juge d'aujourd'hui. Précisons néanmoins que ce n'est pas à l'emploi de la violence ni de la torture que les vieux juges chinois devaient leur succès, mais plutôt à leur profonde connaissance du cœur humain, à la logique de leurs déductions, et, par-dessus tout, à leur bon sens. Des magistrats comme le juge Ti alliaient une grande rectitude morale à beaucoup d'intelligence. Une vaste culture les mettait à même d'apprécier l'art et la littérature de leur pays, et de nombreuses branches du savoir humain leur étaient familières – ils avaient, entre autres choses, une teinture de médecine et de pharmacologie. A cela venait s'ajouter une connaissance des spéculations bouddhistes et du fonctionnement de l'esprit humain – introduite de bonne heure en Chine par les missionnaires indiens – qui faisait d'eux de remarquables psychologues. Dans *Meurtre sur un bateau-de-fleurs*, l'analyse par le juge Ti de la vie passionnelle anormale de Liou Fei-po n'est donc pas aussi anachronique qu'elle pourrait le sembler au premier abord.

Un système de contrôles variés empêchait les abus de pouvoir. Modeste rouage de la colossale machine administrative impériale, le magistrat de district devait rendre compte de chacun de ses actes à ses supérieurs et joindre à son rapport tous les documents originaux. Comme chaque fonctionnaire, quel que fût son grade, était tenu pour responsable des actions de ses subordonnés, ces rapports subissaient un examen approfondi aux divers échelons administratifs, et s'il existait le plus léger doute sur la régularité du jugement prononcé, l'affaire revenait devant un nouveau tribunal. S'il apparaissait alors que le juge avait commis une faute ou une erreur, de sévères mesures disciplinaires étaient prises contre lui. Le magistrat de district ne détenait pas ses pouvoirs quasi absolus en vertu de son rang mais en raison de sa fonction, et il rayonnait seulement d'un éclat emprunté au prestige d'un système dont il n'était que le très temporaire représentant. En un mot, la loi était inviolable, mais celui qui l'appliquait ne bénéficiait d'aucune immunité, et, lorsque ses supérieurs le jugeaient en faute, il était sommairement dépouillé de son autorité, réduit au piteux état de prisonnier, obligé de se mettre à genoux sur le parquet du tribunal, insulté par les sbires, battu par eux... jusqu'au moment où il pouvait se justifier. J'ai voulu illustrer ce fait dans *Meurtre sur un bateau-de-fleurs,* et le lecteur en trouvera un exemple encore plus poussé dans *The Chinese Nail Murders* (à paraître dans 10/18).

Mais, et ceci fait grand honneur à l'esprit démocratique qui a toujours animé le peuple chinois en dépit de la forme autocratique de son ancien gouvernement, c'est encore l'opinion publique qui freinait avec le plus d'efficacité les abus du pouvoir judiciaire. Le *Lu-hing* – document antérieur au début de l'ère chrétienne – déclare : « Les juges doivent agir en accord avec l'opinion publique. » Lorsque le tribunal siégeait, l'accès de la grande salle était libre, et les débats formaient le principal sujet de conversation de toute la ville. L'instruction d'une affaire, y compris l'enquête préliminaire, se déroulait entièrement sous les yeux du public. A ce point de vue, le vieux système chinois était bien en avance sur le nôtre. Les grouillantes masses du Céleste Empire étaient organisées et capables de faire entendre leur voix. A côté d'éléments fermés, comme la famille ou le clan, il y avait la vaste organisation des guildes professionnelles, les associations de commerçants, et les fraternités religieuses. Si le peuple décidait de mettre en mauvaise posture un juge inique ou cruel, il ne payait pas les impôts en temps voulu, faisait enregistrer naissances et décès de façon fantaisiste, et collaborait de mauvaise grâce aux travaux publics. Un Censeur Impérial venait bientôt procéder à une enquête. Investis d'une autorité absolue, ces personnages redoutés parcouraient tout l'Empire incognito. Ils n'avaient de compte à rendre qu'à l'Empereur et pouvaient arrêter sur-le-champ n'importe quel fonctionnaire et l'envoyer dans la capitale pour y être jugé.

Ce système avait cependant un grave défaut : le bon fonctionnement de la pyramide dépendait trop de l'excellence du sommet. Dès que la qualité des fonctionnaires métropolitains s'altéra, la décomposition gagna rapidement tous les échelons inférieurs. La corruption de la justice devint manifeste pendant le dernier siècle de la domination mandchoue. Il ne faut donc pas s'étonner si les visiteurs occidentaux venus observer les mœurs chinoises au cours du XIXe siècle ont parlé de l'appareil judiciaire en termes peu favorables.

Le second défaut du système était d'assigner des tâches trop nombreuses au magistrat de district. Si ce fonctionnaire perpétuellement surmené ne voulait pas consacrer toutes ses heures de veille à son travail, il lui fallait se décharger d'une partie considérable de sa besogne sur des subordonnés. Des hommes comme le juge Ti pouvaient mener à bien cette tâche écrasante, mais les mortels moins favorisés par la nature déléguaient une trop grande partie de leur autorité aux principaux employés : le Premier Scribe, le Chef des sbires, etc. Et ce sont toujours les sous-ordres qui abusent de leur pouvoir !

La fonction de magistrat de district était le premier échelon d'une carrière de lettré-fonctionnaire ; comme on n'accordait d'avancement qu'à ceux qui s'en montraient dignes, et que d'autre part la durée de service dans un district excédait rarement trois années, il en résultait que le plus médiocrement doué s'efforçait malgré tout d'être un bon « père-et-mère-de-tous », avec l'espoir d'une promotion rapide à un meilleur poste.

A tout prendre, les résultats n'étaient donc pas si mauvais. Le texte suivant de George Staunton – l'érudit traducteur du Code pénal chinois – peut être cité en tribut au vieux système judiciaire de ce pays – et cela d'autant plus qu'il écrivait à la fin du XVIIIᵉ siècle, alors que le pouvoir central du conquérant mandchou commençait à se désagréger et que, par conséquent, la plupart des abus se laissaient déjà percevoir. *Nous avons tout lieu de croire,* dit cet observateur prudent, *que les actes injustes, flagrants ou répétés, finissent presque toujours par être châtiés, quelle que soit la fonction, quel que soit le rang du coupable.*

Dans ce roman, je me suis conformé une fois encore à la coutume traditionnelle de la littérature policière chinoise, et mon juge s'occupe simultanément de plusieurs affaires. J'ai combiné les diverses actions de façon à former un récit continu, et le héros en est toujours le juge Ti, fameux homme d'État de l'époque T'ang. Le juge Ti a réellement existé. Son nom complet est Ti Jen-tsie, et il vécut de l'an 630 à l'an 700 de notre ère. Dans sa jeunesse, lorsqu'il était magistrat provincial, il débrouilla de nombreuses et difficiles affaires criminelles et acquit ainsi une certaine renommée. Il devint plus tard Ministre de la Cour Impériale, et, par ses sages et courageux conseils, exerça une influence bénéfique sur la marche de l'État.

Dans *Meurtre sur un bateau-de-fleurs,* l'Affaire de l'Épousée Disparue est basée sur un cas réel d'arrêt des fonctions vitales consigné dans la sixième partie de *King-fen-k'i-an* (« Étranges affaires qui étonnèrent le monde »), recueil d'histoires criminelles publié en 1920, à Shanghaï, par un certain Wang Yi. Ce recueil est la réimpression textuelle de récits plus anciens, mais les sources ne sont malheureusement pas indiquées. Le cas utilisé ici se serait présenté au début du règne de l'Empereur Kouang-siu, c'est-à-dire vers 1880. Je me suis seulement servi des faits essentiels, le reste étant modifié pour l'adapter à l'Affaire de la Courtisane Noyée.

L'Affaire de la Courtisane Noyée a été imaginée par moi pour former un cadre aux trois récits. Les meurtres sur les bateaux-de-fleurs et les intrigues des Sociétés secrètes figurent de temps à autre dans les romans policiers chinois. Je dois cependant avouer que la Société du Lotus Blanc est postérieure au juge Ti. Elle apparut seulement au XIIIe siècle et faisait partie du mouvement nationaliste chinois dirigé contre les conquérants mongols. Elle fleurit de nouveau vers l'an 1600, quand la dynastie Ming approchait de sa fin. Dans le présent récit, le Lotus Blanc est présenté comme un ramassis de factieux uniquement occupés de leur intérêt personnel. De tels épisodes se rencontrent dans l'histoire chinoise, mais il faut bien dire que, le plus souvent, ces complots étaient ourdis par des patriotes loyaux et désintéressés, en lutte contre l'oppresseur étranger. Il est à noter que le Parti Nationaliste Chinois qui, sous la direction du Dr Sun Yat-sen, chassa en 1912 la dynastie étrangère mandchoue et fonda la République Chinoise, fut d'abord une société politique secrète appelée *T'ong-meng-houei*. En 1896, les Mandchous mirent la tête du Dr Sun Yat-sen à prix, et, lors d'un voyage de ce dernier en Angleterre, réussirent à l'entraîner dans les locaux de la Légation Impériale Chinoise où il fut retenu prisonnier. Il aurait été envoyé en Chine pour y être décapité, s'il n'avait réussi à faire passer une lettre au-dehors. Cette lettre fut remise aux autorités britanniques, et, grâce à l'intervention de Lord Salisbury, le Dr Sun Yat-sen fut libéré. La réalité est souvent plus étrange que la fiction!

Le repaire de voleurs établi dans d'inexpugnables marécages vient du fameux roman picaresque *Chouei-hou-tchouan* (roman traduit en français et publié en 1978 par les éditions Gallimard sous le titre : *Au bord de l'eau*, coll. la Pléiade) qui décrit les faits et gestes d'une telle bande. Il en existe deux versions anglaises, l'une par J. H. Jackson (*Water Margin*, deux vol. Shanghaï, 1937), l'autre par Pearl Buck (*All Men are Brothers*, Londres, 1937).

Un mot maintenant sur la serrure à secret du panneau de jade. On utilise depuis des siècles, en Chine, des cadenas fonctionnant sur ce principe. Leur barre de fermeture s'enfonce dans un cylindre creux composé d'anneaux – quatre ou davantage. Sur la face externe de chacun d'eux sont gravés cinq ou sept caractères chinois. Une dent à l'intérieur de chaque anneau correspond à une cannelure qui court le long de la barre. Celle-ci ne peut sortir du cylindre que lorsque tous les anneaux sont dans la bonne position, c'est-à-dire quand toutes les dents sont bien en face de la cannelure. Il est facile de se souvenir de cette position grâce à une phrase-clef pour laquelle chaque anneau fournit un caractère.

Les Chinois connaissent deux sortes de jeux d'échecs, le *siang-k'i* et le *wei-k'i*. Le premier se joue avec des pièces de différentes valeurs et il faut, comme chez nous, mettre échec et mat le « général » de l'adversaire. C'est un jeu fort populaire dans toutes les classes de la société. Le *wei-k'i*, décrit dans *Meurtre sur un bateau-de-fleurs*, est beaucoup plus ancien, et les lettrés sont presque les seuls à le pratiquer. Il fut introduit au Japon pendant le VIIIe siècle et y est toujours populaire. Les Japonais l'appellent « go ». Il existe une nombreuse littérature sur ce jeu attachant, y compris des traités suivis de problèmes. Un bon livre anglais sur ce sujet est « The Game of Go », par A. Smith, publié à New York en 1908 et réimprimé à Tokyo en 1956.

Robert Van Gulik, 1963.

CHRONOLOGIE DES ENQUÊTES
DU JUGE TI
DANS LES ROMANS
DE ROBERT VAN GULIK

Le Juge Ti est né en 630 à Tai-yuan, dans la province du Chan-si. Il y passe avec succès les examens littéraires provinciaux.

En 650, il accompagne son père à Tch'ang-ngan – alors la capitale de l'Empire Chinois – et y passe avec succès les examens littéraires supérieurs. Il prend pour femmes une Première Épouse et une Seconde Épouse, et travaille comme secrétaire aux Archives Impériales.

En 663, il est nommé Magistrat et affecté au poste de Peng-lai. Les affaires criminelles qu'il débrouille alors sont contées dans les ouvrages suivants :

The Chinese Gold Murders, Trafic d'or sous les T'ang (coll. 10/18, n° 1619).

*Five Auspicious Clouds.

*The Red Tape Murder.

*He came with the Rain.

The Lacquer Screen, le Paravent de laque (coll. 10/18, n° 1620).

En 666, il est nommé à Han-yan :

The Chinese Lake Murders, Meurtre sur un bateau-de-fleurs (coll. 10/18, n° 1632).

**The Morning of the Monkey.

The Haunted Monastery, le Monastère hanté (coll. 10/18, n° 1633).

*The Murder on The Lotus Pond.

En 668, il est nommé à Pou-yang :
The Chinese Bell Murders, Le Squelette sous cloche (coll. 10/18, n° 1621).
The Two Beggars.
The Wrong Sword.
The Red Pavilion, le Pavillon rouge (coll. 10/18, n° 1579).
The Emperor's Pearl, la Perle de l'Empereur (coll. 10/18, n° 1580).
Necklace and Calabash.
Poets and Murder.
En 670, il est nommé à Lang-fang :
The Chinese Maze Murders.
The Phantom of The Temple.
The Coffin of The Emperor.
Murder of New Year's Eve.
En 676, il est nommé à Pei-tcheou :
The Chinese Nail Murders.
**The Night of The Tiger.*
En 677, il devient président de la Cour Métropolitaine de Justice et réside dans la Capitale :
The Willow Pattern, le Motif du saule (coll. 10/18, n° 1591).
Murder in Canton, Meurtre à Canton (coll. 10/18, n° 1558).
Il meurt en 700, âgé de soixante-dix ans.

Les huit titres précédés d'un * sont les récits réunis sous le nom de *Judge Dee at Work,* et les deux précédés de ** ceux qui composent *The Monkey and The Tiger.*
Le lieu et la date de sa naissance ainsi que ceux de sa mort sont réels, les autres ont été inventés par Robert Van Gulik.

Note de l'éditeur : les aventures inédites du juge Ti seront publiées par 10/18 en 1985-1986.

TABLE

LA COMPOSITION, L'IMPRESSION ET LE BROCHAGE DE CE LIVRE
ONT ÉTÉ EFFECTUÉS PAR LA SOCIÉTÉ NOUVELLE FIRMIN-DIDOT
MESNIL-SUR-L'ESTRÉE
POUR LE COMPTE DES ÉDITIONS U.G.E.

LE 2 MAI 1984

Imprimé en France
Dépôt légal : mai 1984
N° d'édition 1499 – N° d'impression : 0720